Für all diejenigen, die sich nicht dazugehörig fühlen.
Du wirst deine Leute finden.

EINS

BELLA

»Bella, bitte, lass mich runter.«

Das Blut pochte mir so laut in den Ohren, dass ich die Worte kaum hörte. Doch die Stimme drang zu mir durch. Ich wusste, wer da zu mir sprach...

»Bella, ich würde es wirklich zu schätzen wissen, wenn du meinen Hals loslassen könntest.«

Roter Nebel trübte meine Sicht und ich konnte den Mann, dessen Kehle ich an die Wand vor mir drückte, nicht sehen.

Aber ich kannte diese Stimme...

»Bella, bitte.« Die Stimme klang kratzig und erstickt.

»Joshua!«, schrie ich und ließ von ihm ab. Die Wut, die durch meinen Körper tobte, verflüchtigte sich und Schuldgefühle übermannten mich. »Scheiße, Scheiße, Scheiße, ich habe es schon wieder getan, nicht wahr?«

Joshua rutschte an der beigefarbenen Wand herunter und fasste sich an den Hals. Seine Augen waren rot.

»Ja. So siehts aus.«

»Warum nur? Warum bin ich so?« Ich konnte die

Bitterkeit nicht aus meiner Stimme vertreiben, hockte mich neben ihn und zog ihn auf die Füße.

»Die Therapie wird dir helfen, Bella«, sagte er. Er blinzelte langsam und drehte den Kopf vorsichtig in beide Richtungen. Wir gingen zurück zu seinem Schreibtisch und der langen Couch, auf der ich immer saß.

»Aber ich komme schon seit Monaten her und es geht mir nicht besser.« Wut begann sich wieder in meinem Bauch zu regen und die Frustration darüber, dass ich mich nicht beherrschen konnte, war ironischerweise nur noch mehr Antrieb für meinen Zorn.

»Antiaggressionstherapie braucht seine Zeit. Du schlägst dich gut«, sagte Joshua und setzte sich wieder auf seinen Stuhl.

Ich sackte auf dem Sofa zusammen und legte den Kopf schief. Meine Haut kribbelte noch immer und das Adrenalin, das einen solchen Anfall immer begleitete, machte mich ganz hibbelig.

»Wie oft willst du dich noch von mir angreifen lassen, bevor du aufgibst?«, flüsterte ich. Eigentlich wollte ich die Antwort gar nicht wissen. Ich konnte einfach nicht mit ansehen, wie der einzige Mann, der je versucht hatte, mir zu helfen, immer und immer wieder meinetwegen leiden musste.

»Ich bin härter als ich aussehe. Wir bekommen das schon hin.«

Er lächelte mich an. Der größte Teil der Anspannung war aus seinem Gesicht verschwunden und ich wollte ihm so gerne glauben. Ich wusste, dass es vollkommen bescheuert war, in seinen Therapeuten verliebt zu sein, aber zu meiner Verteidigung, war er verdammt heiß.

Sein dunkles Haar fiel ihm über die Stirn und kringelte sich hinter den Ohren. Seine hellbraunen Augen strahlten eine Ruhe aus, der wie ein Balsam auf meine überstiegene Energie wirkte.

Und, was auch immer er sagte, für meinen Geschmack sah er definitiv tough genug aus. Mein Blick glitt über seinen Körper, seine breiten Schultern und die gewölbten Muskeln an seinen Oberarmen.

Doch da war auch der große rote Fleck an seinem Hals... Das hatte ich getan. Ich hatte ihm das angetan. Die Schuldgefühle machten mich ganz krank und drehten mir den Magen um. Joshua war der einzige Mensch, der je wirklich versucht hatte, mir zu helfen.

Doch wenn der rote Nebel sich über meinem Verstand senkte, war ich nicht mehr Bella, ein größtenteils anständiger, wenn auch ein wenig überdrehter, im Grunde aber guter Mensch. Sondern ich wurde zu einer Furie. Und ich war stark. Es war, als ob meine Wut mich körperlich stärker und gefährlicher machte. In diesen Momenten war ich nicht mehr ich selbst. Mein rationales Denkvermögen und meine Sinne wurden von dem roten Dunst verschleiert.

Und das Schlimmste war, dass ich es mir sogar so gewünscht hatte.

Als ich jünger war, hatte ich nicht einmal versucht, gegen diese Kraft in mir anzukämpfen. Das Gefühl von Stärke und Kontrolle war wie eine Droge. Ich ließ dem Verlangen nach Konfrontation freien Lauf. Jeder Kampf, den ich gewann, war ein Hochgefühl, egal ob die Person, die ich halb zu Tode trat, es verdient hatte oder nicht.

Wenn mich jemand unterschätzte, was bei einer Größe von kaum 1,50 m und meinem Elfengesicht und blonden Haaren oft genug vorkam, war es mir eine Freude, diese Vorurteile in Stücke zu schlagen. Und es waren nicht nur ihre Vorurteile, die ich zertrümmerte. Ich zertrümmerte alles.

Als ich älter wurde und die Bullen mich nicht mehr ziehen ließen, wurde ich vorsichtiger. Aber ich hörte nicht auf.

Als ich wegen Kämpfens in einer illegalen Glücksspielhalle verhaftet wurde, musste ich für sechs Monate in den Knast. Nachdem ich jede meiner Zellengenossinnen verprügelt hatte, wurde ich in Einzelhaft gesteckt.

Und dort wurde ich traurig. So richtig, richtig traurig. Völlig allein zu sein war verdammt hart. Aber da ich niemanden hatte, mit dem ich mich prügeln konnte, konnte ich zum ersten Mal in meinem Leben klar denken. Ich merkte, dass ich lernen musste, meine Wut zu kontrollieren und sie gezielt an den richtigen Leuten auszulassen; die Leute, die es verdienten, die Hacke vollgehauen zu bekommen.

»Erzähl mir noch einmal von dem Traum«, sagte Joshua.

»Aber was ist, wenn mich das wieder triggert?«

»Wir müssen herausfinden, was die Episoden verursacht. Ich akzeptiere das Risiko, das damit verbunden ist«, erwiderte er sanft.

Ich schüttelte den Kopf. »Nein. Nein, ich denke, wir sollten jetzt aufhören. Du hast heute schon genug durchgemacht.«

»Du bist kein schlechter Mensch, Bella. Die Wut in dir ist eine chemische Substanz, die freigesetzt wird. Sie ist nicht Teil deiner Seele. Vergiss das nicht.«

Ich antwortete nicht. Denn er hatte unrecht. Mein Problem war kein chemisches Ungleichgewicht. Es war mehr als das. Ich hatte mein ganzes Leben lang gewusst, dass etwas mit mir nicht stimmte.

Joshua seufzte. »Kommst du heute zur Gruppentherapie?«

Ich nickte. Ich hasste diese Sitzungen. Jeder dort ging mir auf die Nerven. Aber Joshua bestand darauf, dass sie mir guttaten und ich hatte Schuldgefühle, weil ich ihn verletzt hatte.

»Klaro«, sagte ich.

»Gut. Bist du sicher, dass du nicht weitermachen willst?«

»Sicher«, sagte ich. »Ich geh schnell noch eine Runde joggen, um etwas Energie abzubauen, bis es losgeht.«

»Gute Idee«, lächelte er. »Wir sehen uns dann in zwanzig Minuten.«

»Du bist ein anständiger Mensch. Du bist ein anständiger Mensch«, murmelte ich vor mir her, während ich Fleet Street entlang joggte. Ich wich den Touristenmassen aus und tat mein Bestes, ungeduldige Kommentare zu unterdrücken. Diese Idioten bewegten sich aber auch verdammt langsam. Vielleicht sollte ich umziehen. London pulsierte geradezu mit wütender Energie. Das würde mir nicht helfen, mich zu beruhigen.

Aber ich konnte London nicht verlassen. Es ging nicht um Familie oder so. Ich hatte nicht einmal Freunde, geschweige denn Familie. Ich konnte London wegen der Theater nicht verlassen.

Seit ich vor zehn Jahren von New Jersey nach London gezogen war, hatte ich jedes bisschen Geld gespart, das ich von den beschissenen Jobs, die mich ausnahmslos innerhalb kürzester Zeit wieder hinauswarfen, zusammenkratzen konnte, um es für Theatertickets auszugeben.

Für Bücher hatte ich keine Geduld und ich konnte nicht lange genug stillsitzen, um einen Film zu schauen, aber Theaterstücke zogen mich magisch in ihren Bann.

Jedes bisschen guten Charakters, das ich aufwies, führte ich auf das zurück, was ich in Theaterstücken und Musicals gelernt hatte. Empathie, die sonst Mangelware war, strömte nur so aus mir hervor, wenn ich diese fiktiven Geschichten so lebendig vorgespielt bekam. Wenn die Schauspieler alles gaben, sog ich jede Sekunde in mich ein.

Nein, ich konnte London nicht verlassen. Auch wenn ich mir, seit ich meinen letzten Scheißjob verloren hatte, keine Theaterbesuche mehr leisten konnte. Aber immerhin hatte ich eine wertvolle Lektion gelernt; ich hatte nicht das richtige Temperament, als Barkeeper zu arbeiten.

Besoffene Arschlöcher lösen meine Wut mit einem Fingerschnippen aus und anscheinend darf man zahlende Kunden nicht schlagen.

Ich sog mehr Luft in meine Lungen und joggte schneller.

Ich würde einen anderen Job finden. Und das bald, sonst würden meine hochnäsige Katze und ich noch auf der Straße enden.

»Du bist ein anständiger Mensch«, wiederholte ich mit zusammengebissenen Zähnen und zeigte einem Radfahrer, der auf der falschen Straßenseite fuhr und dem ich mit einem Sprung ausweichen musste, den Mittelfinger.

. . .

Als ich das Gebäude, in dem Joshua seine Praxis hatte, wieder erreichte, ging ich erst in den Waschraum, um ein frisches T-Shirt anzuziehen. Ich befreite mein Haar aus dem Dutt auf meinem Kopf und versuchte, es einigermaßen attraktiv aussehen zu lassen, gab dann aber auf und starrte mein Spiegelbild an.

Warum zum Teufel sollte ein Mann, den ich regelmäßig angriff und der wusste, was für ein Freak ich war, sich zu mir hingezogen fühlen?

Ich stieß einen Seufzer aus. Wenigstens wusste er, dass ich ein Freak war. Anders als all die anderen armen Schweine, mit denen ich ausgegangen war. Sie hatten erst davon erfahren, als etwas Harmloses den roten Nebel ausgelöst hatte und ich aus heiterem Himmel vollkommen ausgerastet war.

Kurzgesagt ließ mein Liebesleben zu wünschen übrig.

Aber Joshua... Da war etwas in seinen Augen, wenn er mich ansah. Da war ich mir sicher. Mehr als nur seine professionelle Geduld. Er mochte mich.

»Ja, rede dir das ruhig ein, Freak«, murmelte ich meinem Spiegelbild zu. Aber das war meine Angst, die da sprach. Angst, die sich als dummes Gerede und Aggression manifestierte. Das hatte er mir in unseren Sitzungen beigebracht.

Ich hatte die Befürchtung, dass er mich abweisen würde und dass ich ihm dann nicht mehr in die Augen sehen könnte. Dann würde ich ihn und auch seine Hilfe verlieren.

»Aber stell dir mal vor, wie sich dein Leben zum Besseren wenden würde, wenn er dich wirklich mögen würde. Stell dir mal vor, jemanden zu haben, mit dem du jeden Tag und jede Nacht teilen könntest. Stell dir mal vor, er würde dich küssen...«

Ich hatte meinen Entschluss gefasst und richtete mich auf. Ich würde ihm meine Gefühle gestehen.

Wenn er sie nicht erwiderte, dann würde er sich nicht wie ein Arsch verhalten. Das war nicht seine Art. Ich würde einfach mit geknicktem Ego und einem roten Gesicht nach Hause marschieren, jede Menge Eiscreme verschlingen und dann ein paar Stunden lang meinen Sandsack verdreschen. Und vielleicht würde ich ihn eine Woche lang meiden.

Aber wenn er mich nicht zurückweisen würde... Der Gedanke an seine weichen Augen, seine sanfte Stimme und ausdrucksstarken Hände ließ mir das Herz schneller schlagen.

Der potenzielle Gewinn überwog die Scham, die eine Zurückweisung auslösen würde.

Ich war früh dran und noch war niemand anderes da, als ich die Doppeltür zum Konferenzsaal aufstieß. Mein Herz hämmerte in meiner Brust. Ich würde das jetzt wirklich durchziehen. Ich würde ihm sagen, was ich für ihn empfand. Vielleicht würde ich nicht direkt sagen, dass ich in ihn verliebt war. Ich wollte ihn ja nicht gleich zu Tode erschrecken.

Joshua arbeitete Teilzeit als Psychologiedozent an der Uni und Teilzeit als Therapeut für Aggressionsbewälti- gung. Die Uni stellte ihm ein Büro für Einzelsitzungen und diesen Hörsaal für Gruppensitzungen zur Verfü- gung. Ich war nicht zur Uni gegangen. Welch Über- raschung.

Leider war Joshuas Gebäude keines der schönen alten Universitätsgebäude, die überall in London verstreut waren und aussahen, wie aus dem Märchenbuch. Wir befanden uns hier in einem Betonmonstrum aus den Siebzigern und dieser Vorlesungsraum sah aus wie ein langweiliges Büro, in dem billige Plastikstühle aufgestellt waren.

Ich stolperte, als ich den Ring der für uns aufgestellten Sitze in der Mitte des Raumes erreichte.

Jemand lag da auf dem Boden, in der Mitte des Stuhlkreises. Joshua.

»Joshua?« Ich rannte zu ihm und ließ mich neben ihm auf die Knie fallen. Gerade wollte ich ihn auf den Rücken drehen, als ich erstarrte. Blut.

Unter ihm war Blut und es breitete sich so schnell aus, dass ich jetzt fast schon in der Lache hockte. Wenn sein Blut noch immer so stark floss, musste dieses Attentat auf Joshua gerade erst passiert sein.

Ich sprang auf, hob die Fäuste und meine Muskeln schwollen an.

»Wo bist du?«, brüllte ich die unbekannte Bedrohung an. »Zeig dich!«

Die Luft vor mir flirrte, dann blitzte blendend weißes Licht auf.

Instinktiv bedeckte ich meine Augen mit den Händen und ich spürte, wie die Wut in mir aufstieg. Ich war bereit zu kämpfen.

Ich ließ die Arme fallen und blinzelte schnell, um meine Augen an das helle Licht zu gewöhnen. Dann erstarrte ich.

Ein Mann stand mir gegenüber, auf Joshuas anderer Seite. Doch so einen Mann hatte ich noch nie zuvor gesehen.

Er war weit über zwei Meter groß und trug eine schimmernde goldene Rüstung wie ein Soldat aus der Antike.

Sein Gesicht war von einem massiven, glänzenden Helm mit einer roten Feder bedeckt und seine Arme und Beine bestanden aus enormen Muskeln. Dicke Seile waren um seine Glieder gewickelt. Er sah aus wie Arnold Schwarzenegger in einem Faschingskostüm.

Plötzlich stieß er Joshua mit seiner Sandale an.

»Was zum Teufel machst du da?«, schrie ich und stürzte auf ihn zu. »Warum hast du das getan?«

Die Augen in dem Helm richteten sich auf meine.

»Du bist mehr daran interessiert, mich herauszufordern, als ihn zu retten? Das bestätigt es. Du bist es«, sagte der Mann. Seine Stimme war tief und schroff. Die Worte verblüfften mich und mir wurde klar, dass er recht hatte. Ich musste Joshua helfen.

Ich schob meine Hand in meine Gesäßtasche, holte mein Handy hervor und fummelte daran herum, um es zu entsperren.

»Keine Bewegung! Ich weiß nicht, warum du das getan hast, aber ich werde sofort die Polizei rufen!«

Der Mann ignorierte mich, drehte Joshua mit dem Fuß um und ein furchtbares Quietschgeräusch ertönte. Die Vorderseite seines Hemdes war blutdurchtränkt.

»Ist er tot?«

Bitte, bitte, bitte lass ihn nicht tot sein, betete ich und Tränen brannten hinter meinen Lidern.

»Ja. Er ist tot.«

Ich spürte, wie Schwindel meine Sinne überkam. Es war, als hätte mein Körper vergessen, wie man atmet.

»Nein, nein, das kann nicht sein«. Ich robbte auf den Knien auf Joshua zu und suchte nach einem Puls an seinem Hals.

Da war nichts.

»Sein menschlicher Körper ist tot. Die Polizei wird

denken, dass du ihn ermordet hast«, sagte der Mann schlicht.

»Was?«

»Sieh dich doch hier um. Du bist allein mit der Leiche. Die menschliche Polizei ist nicht sonderlich klug.«

»Menschliche Polizei? Was geht hier vor?«

Ich starrte zu dem gepanzerten Riesen hoch. Meine Gedanken überschlugen sich, doch ich konnte mir keinen Reim auf diese Situation machen. Das konnte alles nicht wahr sein.

»Ich bin Ares, Gott des Krieges.«

»Ares? Der griechische Gott? Verdammt. Was soll der Quatsch? Wir haben keine Zeit Spielchen zu spielen, verdammt!«

»Ja, Ares. Und hör auf, zu fluchen. Das gehört sich nicht für eine Dame.«

»Dame?« Ich merkte, dass ich schrie. Unsicher stand ich auf und die nächsten Worte waren kaum mehr als ein Schluchzten. »Warum hast du ihn umgebracht?«

»Dummes Mädchen. Ich habe ihn nicht umgebracht. Und nur sein menschlicher Körper ist tot. Sein unsterblicher Körper wurde entführt und in den Olymp gebracht.«

Ich spürte, wie ich zu schwanken begann. Dann schoss mir ein Adrenalinstoß in die Adern und beruhigte mich.

»Du musst jetzt verdammt noch mal anfangen, mir zu sagen, was Sache ist«, dröhnte ich.

Der riesige Mann starrte mich ein paar Sekunden lang an, dann seufzte er.

»Ich bin Ares, der Gott des Krieges. Und du bist Enyo, die Kampfgöttin. Ich bin hier, um dich zu töten.«

ZWEI

BELLA

Jeder normale Mensch würde sich jetzt so schnell wie möglich vom Acker machen und nicht aufhören zu laufen, um sich vor diesem gepanzerten Riesen in Sicherheit zu bringen.

Doch wie immer lenkte mich mein Kampfinstinkt, anstatt meines gesunden Menschenverstandes. Ich starrte ihn an und hielt die Fäuste hoch erhoben, während der rote Dunst meinen Geist vernebelte.

»Versuch's nur, Panzerknabe«, knurrte ich. All meine rationalen Gedanken lösten sich in dem roten Nebel auf. Ich dachte nicht mehr an Joshua und die Polizei, wie zum Teufel dieser Kerl hier aus dem Nichts aufgetaucht war, oder über seine Worte, dass ich eine *Göttin* sei, nach. Meine Sinne waren vollkommen eingenommen von einem Schwall von Wut und Gewalt, der sich in mir ausbreitete. Er mag größer sein als ich, aber ich war stärker, als man glauben mochte. Sehr viel stärker. Und ich kämpfte nicht immer mit fairen Methoden.

Langsam zog er ein schimmerndes Schwert aus einer Scheide an seiner Hüfte. Es war fast so lang wie ich und selbst durch meine Aggression hindurch fühlte ich den Angstschweiß auf meiner Haut. Ich hatte noch nie gegen jemanden mit einem Schwert gekämpft.

Es gibt immer ein erstes Mal.

Ich nahm eine Kampfhaltung ein, beugte meine Knie und war bereit.

»Warum läufst du nicht weg?«, fragte er mich und seine Stimme klang noch immer ruhig.

»Das werde ich ganz bestimmt nicht, du Irrer. Ich werde dich hier festhalten, bis die Polizei ankommt.«

»Du vergisst, dass ich mich in Luft auflösen kann. Wenn die Polizei kommt, wirst du verhaftet«, sagte er.

»Das werden wir ja sehen«, spuckte ich, obwohl ich wusste, dass er recht hatte. Aber dieses Wissen hatte keinerlei Kontrolle über den Rest meines Körpers.

Meine Beine vibrierten fast vor aufgestauter Energie und mein Sichtfeld war jetzt komplett von dem roten Nebel eingenommen.

Der Riese hob sein Schwert.

Ein grüner Lichtblitz erfüllte den Raum und eine weitere Gestalt erschien direkt vor mir. Sie war klein und... pelzig. Schock durchfuhr mich und ich blinzelte wild. Der Hüne gab ein wütendes Brüllen von sich.

»Zeeva?«, stammelte ich.

Meine Katze saß ruhig zwischen mir und dem Riesen.

Meine kurzhaarige, verspannte von Thunfisch besessene Siamkatze saß einfach nur da, als sei diese Situation nichts Außergewöhnliches.

»Was in Gottes Namen ist hier los?«, hauchte ich und rieb mir die Augen.

Dass der Mann, in den ich heimlich verliebt war, von

einem gepanzerten Giganten ermordet worden ist, war etwas, auf das meine Gewalt reagieren konnte. Aber dass meine Hauskatze hier aus dem Nichts am Tatort auftauchte?

Nein. Das war zu viel.

Meine Arme fielen herab und Zeeva drehte sich zu mir um und sah mich mit ihren bernsteinfarbenen Augen so verächtlich und distanziert wie immer an.

»Bella, du bist ein Narr«, ertönte eine kühle Frauenstimme in meinem Kopf. *»Wenn du das nächste Mal von einem Gott herausgefordert wirst, lauf weg.«*

Ich öffnete den Mund, um ihr zu antworten, doch es kam kein Ton hervor.

Ich musste den Verstand verloren haben. Ich war verrückt geworden. Vielleicht war das alles gar nicht real und Joshua ging es gut. Vielleicht würde er mich in der Irrenanstalt besuchen.

Vielleicht aber auch nicht.

Zeeva leuchtete türkis auf und meine Kinnlade fiel hinunter, als sie zu wachsen begann und nicht mehr aufhörte, bis sie so groß war wie ein Löwe. Doch ihr Kopf war immer noch der einer Siamkatze, mit spitzen Ohren und mandelförmigen Augen.

»Ares, du darfst ihr die Macht nicht einfach nehmen, indem du sie tötest. Du musst sie dir verdienen.«

Eine laute Frauenstimme drang aus der Katze und ich spürte, wie meine Knie nachgaben.

»Du verstehst den Ernst der Lage nicht!«, brüllte Ares.

»Ich verstehe sehr wohl, was vor sich geht. Hera hat mich informiert. Zeus hat dich angegriffen und du hast deine Macht verloren. Aber du darfst die von Enyo nicht nehmen, ohne sie dir verdient zu haben.«

Mein Mund öffnete und schloss sich wie der eines verrückten Goldfischs und ich schaute zwischen den beiden hin und her.

Der Riese starrte meine gigantische Katze an und die Wut glänzte förmlich in seinen Augen. Dann steckte er das Schwert mit einem erzürnten Hieb zurück in die Scheide.

»Wie du willst. Dann regeln wir das im Olymp«, schnauzte er und die Welt um mich herum löste sich in weißes Licht auf.

Als ich mir das Licht zum zweiten Mal innerhalb von fünf Minuten aus den Augen rieb, war ich mir absolut sicher, dass ich den Verstand verloren hatte. Ich stand auf einem weißen Marmorboden und anstelle von Wänden waren zu beiden Seiten der Halle riesige Flammen zu sehen. Und sie waren nicht orangefarben, wie ich es von Feuer erwarten würde, sondern leuchteten in allen Farben des Regenbogens. Fasziniert sah ich ihnen bei ihrem Tanz zu. Ein Husten lenkte meine Aufmerksamkeit jedoch wieder von ihnen hinweg und mein verblüffter Blick wanderte zu dem, was vor mir lag.

Throne. Zwei Thronsessel, auf denen Menschen saßen. Nun, eine Person jedenfalls. Es war eine schöne junge Frau mit weißem Haar, die ein grünes Kleid und eine Krone aus Rosen mit goldenen Dornen trug. Auf dem anderen Thron, der offenbar aus Knochen und Schädeln bestand, saß eine Gestalt, die komplett aus Rauch war.

»Ares, was hast du jetzt getan?«, fragte eine zischende Männerstimme, die von der Rauchgestalt ausging.

»Wie hast du dich ohne deine Kraft hierherzaubern können?«, fügte die Frau hinzu, schenkte mir ein Lächeln und ließ ihren Blick über mich hinweggleiten. »Keine Panik, das hier ist alles echt. Und du wirst dich schon noch daran gewöhnen«, sagte sie freundlich.

Ich wollte antworten, doch nur ein Quietschen stieß zwischen meinen Lippen hervor. Ich schloss den Mund. Der rote Nebel hatte sich zum ersten Mal in meinem Leben gelegt und mein Gehirn stand still, genau wie mein Körper. Was auch immer gerade geschah, es konnte einfach alles nicht wahr sein.

»Das ist Enyo«, grunzte der gepanzerte Hüne und deutete auf mich. »Die Macht des Krieges wurde zwischen uns aufgeteilt und dann haben wir Enyo... an die Welt der Sterblichen verloren.«

Ich blinzelte ihn an.

»Wenn sie bei mir ist, kann ich auf ihre Macht zugreifen, denn es ist die gleiche wie meine.« Er stieß die Worte hervor, als würden sie ihm gewaltsam abgezwungen.

Was zum Teufel ging hier vor?

»Die Macht wurde zwischen euch aufgeteilt?«, fragte die Frau und Ares nickte.

»Ja, Königin Persephone.«

Persephone? Hieß das, dass die Rauchgestalt auf dem Schädelthron Hades war?

Das war total verrückt. Ich meine, ich mag griechische Mythologie ja gern, aber das hier konnte einfach nicht real sein.

»Warum wurde die Macht aufgeteilt? Seid ihr zwei miteinander verwandt?«

Ein seltsames, stotterndes Geräusch sprudelte aus meinem Mund hervor. Entsetzt blickte ich zwischen ihnen allen hin und her und die Absurdität dieser Frage erwachte etwas in mir. Ich hatte keine Familie.

»Um Himmels willen. Bitte sag mir, dass wir nicht verwandt sind«, hauchte ich.

Er starrte mich durch die Augenschlitze in seinem Helm an und mir fiel seine Augenfarbe auf. Sie war braun wie Schokolade. Eine reiche, dunkele Farbe, doch der Ausdruck, der in seinen Augen stand, war der eines verloren Kindes.

»Wir sind nicht verwandt. Unsere Abstammung könnte nicht weiter voneinander entfernt sein. Ich stamme von ...«, er hielt inne und holte tief Luft. »Ich stamme von Zeus ab. Sie stammt von einem unbekannten Titanen ab.«

»Was soll ich sein?«, fragte ich und hatte meine Augenbrauen so weit hochgezogen, dass mein Gesicht schmerzte. Ich konnte vor Verwirrung nicht klar denken und der Adrenalinstoß, der meiner Wut normalerweise voranging und mir Konzentration verlieh, kam einfach nicht.

Das ist alles ein Theaterstück, sagte ich mir. *Sie sind harmlose Schauspieler. Flipp nicht aus.*

»Du redest von Zeus und Titanen. Und meine Katze kann sprechen.« Ich stemmte die Hände in die Hüften und schloss die Augen. Langsam atmete ich Luft tief in meine Lungen, damit der Schwindel mich nicht kraftlos werden ließ. »Mein einziger Freund wurde gerade umgebracht und ich bin mir ziemlich sicher, dass es dieser Panzerknabe hier war. Kann mir bitte jemand sagen, was zum Teufel hier los ist?«

Als ich die Augen wieder öffnete, starrte Persephone Ares an und ein schwaches grünes Glühen umgab sie.

»Hast du einen Sterblichen getötet?«, fragte sie ihn mit stählerner Stimme.

»Nein! Er war bereits tot als ich ankam. Und außerdem war er nicht sterblich. Um ihn herum herrschte Wächtermagie. Nur sein menschlicher Körper wurde zerstört.«

Zerstört. Ich hatte wieder das Gefühl gleich ohnmächtig zu werden. Mit Mühe versuchte ich seinen Worten einen Sinn zu entnehmen.

»Wenn er nicht tot ist, wo ist er dann? Warum sagt mir keiner, was hier vor sich geht?«, sagte ich, diesmal lauter. Die Frustration peitschte durch mich hindurch wie ein Sturm.

»Es tut mir leid, Enyo«, sagte Persephone und nickte.

»Bella«, schnauzte ich, korrigierte sie automatisch und bereute dann, sie unterbrochen zu haben. »Ich heiße Bella«, murmelte ich.

»Okay. Bella. Hier ist die Kurzversion. Ich habe, genau wie du, einst in der Welt der Sterblichen gelebt, ohne vom Olymp zu wissen. Das ist eine Welt, die von Göttern regiert wird und voller Unsterblicher und Magie und Kreaturen ist, die wir als Mythen und Legenden kennen. Zeus, der König der Götter, hat vor kurzem einen sehr großen Fehler gemacht und jetzt regiert mein Mann, Hades, an seiner Stelle, im Wechsel mit Poseidon unsere Welt.«

Ich starrte sie wortlos an.

»Zeus ist verschwunden. Doch bevor er ging, kämpfte er mit Ares und nahm ihm seine Macht. Zeus ist extrem stark und so eine Handlung kann nicht rückgängig gemacht werden.«

»Doch, kann es wohl. Wenn ich sie töte, kann ich ihre Macht nehmen«, unterbrach mich Ares.

Ich warf ihm einen Blick zu, der ihm laut und deutlich verkündete, was ich von seinem Plan hielt und drehte mich wieder Persephone zu.

»Was ist mit Joshua passiert?« Ich hatte noch hundert andere Fragen, aber diese war die Wichtigste.

Persephone runzelte die Stirn und blickte auf die rauchige Gestalt neben ihr. Dieses Mal war der zischende Ton aus seiner Stimme verschwunden.

»Dies ist nicht der erste Bericht, über Wächter, die aus dem Reich der Sterblichen entführt werden, der mir zu Ohren kommt,«, sagte er.

»Wächter?«

»Es gibt viele von ihnen. Sie sorgen dafür, dass Leute wie du – die Kräfte besitzen und nicht in die Welt der Sterblichen gehören - keinen Ärger verursachen oder in Schwierigkeiten geraden.«

Empörung stieg in mir auf, verflog aber schnell wieder. Ich verursachte und zog immer wieder Ärger an. Es hatte keinen Sinn, das zu leugnen.

»Also wusste Joshua von all dem?« Ich fuchtelte mit den Händen im Raum herum und die Flammen zu beiden Seiten des Zimmers sprangen wie zur Antwort tanzend in die Höhe.

»Ja. Er wird von deiner Kraft gewusst haben und versucht haben, dir dabei zu helfen, sie zu kontrollieren. Ich bezweifle, dass er wusste, wer du wirklich bist. Er wird nur die Information gehabt haben, dass du aus dem Olymp stammst.«

Ein hohles Gefühl der Enttäuschung machte sich in meinem Bauch breit. Zusammen mit einem dumpfen Gefühl des Verrats.

»Und meine Katze?«

»Ich weiß es nicht«, antwortete Persephone und sah

neugierig zu Zeeva hinüber. Ich schaute auch zu ihr hinunter. Sie war wieder auf ihre normale Größe geschrumpft und saß einen Meter von mir entfernt auf dem Boden. Wie immer würdigte sie mich keines Blickes.

»Ich wurde schon vor langer Zeit damit beauftragt, auf Enyo aufzupassen«, sagte sie mit der Frauenstimme von vorhin.

»Von wem?«, fragte Persephone, bevor ich es tun konnte.

»Hera«, antwortete sie und Persephone lächelte.

»Hera ist eine gütige Göttin und eine gerechte Herrscherin«, sagte sie zu Zeeva und die verräterische Katze nickte.

»Also...« Ich rieb mir übers Gesicht. »Verstehe ich das richtig, meine Katze und ich haben magische Kräfte und kommen aus einer geheimen Welt der griechischen Mythologie?«

»Du hast die Macht des Krieges. Sie besteht hauptsächlich aus Wut, Stärke und gewalttätigen Tendenzen«, sagte Ares unwirsch.

Das erklärte eine ganze Menge. Vielleicht war das alles doch nicht so verrückt, wie es klang.

»Und Joshua und andere... *Wächter* sind verschwunden?«

»Wir haben keine Zeit für diese Diskussionen!«, rief Ares und stampfte mit dem Fuß auf den Marmor auf. Ich würde ihm nicht die Genugtuung geben zusammenzuzucken und streckte stattdessen den Rücken durch. Seine Wut löste meine aus und ich klammerte mich an das vertraute Gefühl und die Schärfung meiner Konzentration. »Ich brauche meine Macht zurück, bevor mein Reich herausfindet, was geschehen ist und sich gegen mich auflehnt!«

»Wir müssen Joshua finden!«, protestierte ich und sah ihn an. »Scheiß auf deine blöden Kräfte. Ein Mann wurde entführt!« Joshuas lebloses Gesicht blitzte in meiner Erinnerung auf und ich biss mir auf die Lippen und versuchte mich nicht meinen Emotionen hinzugeben.

Ich musste mich auf eine einzige Sache konzentrieren. Und das war Joshua zu finden. Er mochte mich angelogen und im Unklaren darüber gelassen haben, wer oder was er wirklich war und wer oder was ich war, aber er hatte mir helfen wollen. Und jetzt war ich die einzige Person, die wusste, was mit ihm passiert war. Er hatte niemanden außer mir.

Diesen ganzen Wahnsinn zu verstehen, würde warten müssen. Zuerst musste ich dafür sorgen, dass er in Sicherheit war.

»Meine Kräfte sind wichtiger als das Verschwinden irgendeines unbedeutenden Wächters«, sagte Ares. Ich ballte die Fäuste, aber Hades ergriff das Wort und wir drehten uns beide zu ihm um.

»Ares, du darfst Enyo nicht töten. Ich verbiete es.«

Der Kriegsgott knurrte und ich konnte mir nicht verkneifen, ihm ein sarkastisches Lächeln und den Mittelfinger zu zeigen. Er fletschte die Zähne.

»Wie wir bereits besprochen haben, gibt einen anderen Weg, wie du deine Macht zurückgewinnen kannst. Oceanus ist das einzige Wesen, das stärker ist als Zeus. Bitte ihn um Hilfe.«

»Hades, ich werde mich nicht zur Marionette machen und einen Titanen um Hilfe bitten!«, sagte Ares laut. Sein enormer Körper quoll vor Ärger praktisch aus seiner Rüstung, als sich seine Muskeln anspannten. Ich sah jedoch, dass er versuchte, sein Temperament zu zügeln.

»Dann bist du dazu bestimmt, für immer machtlos zu bleiben.« Die Rauchgestalt zuckte mit den Achseln. »Es sei denn, Enyo erklärt sich freiwillig dazu bereit, ihre Macht mit dir zu teilen.«

»Warum sollte ich ihm helfen?«, rief ich aus. »Vielleicht hat dieses Arschloch Joshua selbst entführt!«

»An diesem Verbrechen ist er nicht schuld«, sagte Hades.

»Ein Arschloch zu sein, oder meinen Freund entführt zu haben?«

»Die Entführung«, sagte Hades nach einer kurzen Pause, in der ich meinte, ein Kichern zu hören. »Eine Reihe von Dämonen ist in all dem Chaos von Zeus Flucht aus der Unterwelt entkommen. Ich habe Grund zu der Annahme, dass einer dieser Dämonen dafür verantwortlich ist und ich habe gehört, dass sie in Ares Reich Zuflucht gefunden haben.«

»Das ist nicht mein Problem«, jaulte Ares.

»Als Herrscher des Olymps mache ich es hiermit zu deinem Problem. Ich will, dass du diesen entflohenen Dämon und die gestohlenen Wächter findest. Ich habe keine Autorität in deinem gesetzlosen Land. Somit ist es deine Verantwortung.«

»Wenn ich in mein Reich zurückkehre, werde ich gestürzt werden ohne meine Macht!«

»Dann musst du mit Bella zusammenarbeiten.«

»Nein«, sagte Ares.

»Ich befehle es dir als dein König, Ares«, sagte Hades und ein Zischen klang in seiner Stimme mit. Ein beklemmendes Gefühl eiskalter Angst überkam mich und das Verlangen, mich zu verstecken, schnürte mir fast die Kehle ab. Das Gefühl war mir fremd. Panik drückte meine Brust zusammen.

»Sie ist immer noch ein Mensch, mein Lieber«, sagte Persephone sanft und meine Angst verflog. Sie drehte sich wieder zu uns um und sprach langsam und deutlich. »Ares, du musst tun, was dein König befiehlt. Bella, wenn du deinen Freund finden willst, wird die Hilfe von Ares, einem der zwölf Herrscher des Olymps, von unschätzbarem Wert sein. Du wärst töricht, seine Hilfe abzulehnen.«

Die Endgültigkeit und der Sinn ihrer Worte waren deutlich, obwohl sich jeder Teil in mir dagegen auflehnte, mit diesem riesigen Idioten zusammenzuarbeiten. Er würde mich wahrscheinlich eher umbringen, ehe er mir helfen würde.

Aber ich hatte keine Wahl.

»Ich muss Joshua finden«, sagte ich. »Außer mir weiß niemand, dass er verschwunden ist. Ich bin alles, was er hat.«

Persephones Augen wurden weicher und sie legte ihre Hand auf den Arm der rauchigen Gestalt neben ihr. Ihre Liebe war fast greifbar. Sie strömte aus ihnen wie physische Kraft. Ich spürte einen kleinen Anflug von Eifersucht und verwandelte das Gefühl schnell in Entschlossenheit. Wenn ich Joshua fand und es demjenigen, der ihn entführt hatte, zurückzahlen konnte, würde er mich vielleicht auch lieben.

»Dann ist es beschlossene Sache. Wir werden eine kleine Zeremonie geben, um euch bei eurer Aufgabe zu bestärken«, sagte Hades und verschwand mit einem hellen Blitz.

»Zeremonie? Was? Wir müssen Joshua finden! Wir wissen nicht, warum er entführt wurde. Wir müssen ihn finden, bevor er…« Ich brach ab, weil ich den Satz nicht beenden wollte. Ich konnte mich nicht dazu durchringen, von seinem Tod zu sprechen, nicht nachdem ich seinen Körper in einer Blutlache auf dem Boden habe liegen sehen.

Ich fröstelte und ich zwang mich, nicht weiter darüber nachzudenken. *Du darfst dich nur auf seine Rettung konzentrieren, Bella.*

»Alles zu seiner Zeit, Bella. Wir müssen auf Hades warten. In der Zwischenzeit wirst du ein wenig Hintergrundwissen über deine neue Umgebung brauchen«, sagte Persephone.

»Was ich brauche, ist ein verdammt großes Glas Alkohol«, antwortete ich spitz und fühlte mich sofort schuldig. Sie versuchte, mir zu helfen. Zu meiner Überraschung grinste sie mich an.

»Das kann ich gut nachvollziehen. Das habe ich auch gebraucht, als ich hier angekommen bin.«

DREI

BELLA

Persephone brachte uns mit einem weiteren weißen Blitz in einen riesigen Raum mit gewölbten Fenstern auf einer Seite, die einen grünen Wald übersahen. Ich hatte nicht damit gerechnet, dass Ares uns begleiten würde und starrte ihn an.

»Warum bist du hier?«, fragte ich, als Persephone sich auf den Weg zu einem langen Tresen machte. Die Mitte des Raumes wurde von einem langen, großen Esstisch dominiert.

»Ich kann meine Kraft nicht ohne dich einsetzen«, antwortete er und klang, als liege ihm noch weniger an meiner Anwesenheit als mir an seiner.

»Ich brauche etwas Zeit für mich allein, um herauszufinden, was zum Teufel hier los ist und um meine Gedanken zu ordnen«, sagte ich bestimmt. Ich wollte ihn hauptsächlich einfach nur loswerden.

»Du fluchst zu viel«, sagte er nach einem Moment der Stille. Ich hörte Persephone lachen und spürte, wie sich meine Miene verfinsterte.

»Ich fluche so viel, wie ich verdammt noch mal will«, schnauzte ich.

»Du hast mich ein Arschloch genannt. Das ist unhöflich.«

»Du wolltest mich umbringen! Ich würde sagen, das ist noch unhöflicher, als jemanden, der eindeutig ein Arschloch ist, ein Arschloch zu nennen!« Wut durchströmte mich und seine Augen verengten sich.

»Hör auf, mich ein Arschloch zu nennen«, knurrte er.

»In Ordnung. Wie wäre es mit Arschgesicht?« Die Beleidigung kam in London immer gut an. »Oder vielleicht ganz klassisch, Dumpfbacke?«

Er machte einen Schritt auf mich zu und ich hob die Fäuste, aber Persephones helle Stimme kam uns zuvor.

»Hier ist der Drink, den du wolltest, Bella.« Ich drehte mich widerwillig zu ihr um und wandte meinen Blick von dem gepanzerten Riesen ab. »Ares, wir brauchen ein wenig Zeit unter Frauen«, sagte sie und schnippte mit den Fingern. Ich hörte Ares noch schreien, dann verschwand er in einem hellen Blitz.

Ich stieß einen Seufzer der Erleichterung aus.

»Gott sei Dank. Was für ein Verrückter.«

»Er ist bei Weitem nicht der Schlimmste von ihnen«, lächelte sie.

»Wirklich?« Ich nahm das Glas, das sie mir anbot, dankbar an.

»Wirklich. Und ich verstehe, wie du dich fühlst. Aber glaub mir, wenn ich dir sage, dass es einfacher ist, diese Welt zu akzeptieren, als sich gegen sie zu wehren.«

Mit einem Schluck spülte ich die Hälfte meines Glases hinunter und eine angenehme Wärme strömte von meiner Kehle in meine Brust.

»Eigentlich habe ich schon immer gewusst, dass mit

mir etwas nicht stimmt. Um ehrlich zu sein, macht das alles irgendwie Sinn.«

Persephone gluckste und nippte an ihrem Glas.

»Ich wünschte, ich hätte es damals so schnell angenommen.«

Es war wahr, dass ich weniger Zweifel hatte, als man hätte annehmen sollen. Vielleicht war mein Bedürfnis, Joshua zu finden, nicht das Einzige, das mich von einem Zusammenbruch bewahrte. Es war, als hätte ich mein ganzes Leben lang darauf gewartet, dass jemand in mein Leben tritt und es aus der Bahn wirft. Zugegeben, eine altgriechische Göttin zu sein, war nicht, was ich erwartet hatte. Aber gleichzeitig machte es so viel Sinn, dass ich es aus vollem Herzen glauben konnte. Je mehr ich darüber nachdachte, desto klarer wurde mir, dass ich nicht aus der beschissenen Welt stammte, in die ich hinein geboren war, aber in welche ich einfach nicht gehörte. Ich spürte ein Kribbeln in meiner Brust an der Stelle, von welcher meine Wut und meine Kraft aufstieg. Mein Leben lang hatte ich vergeblich versucht, sie zu verstehen und zu kontrollieren.

Es war fast eine Erleichterung.

Außerdem könnte das erklären, warum meine Eltern mich verlassen hatten.

»Ähm, danke und danke an Hades, dass ihr Ares davon abgehalten habt, mich zu töten«, sagte ich.

»Gern geschehen. Bella, du solltest mit deiner Katze reden. Hera hätte sie nicht beauftragt, auf dich aufzupassen, wenn du nicht besonders wichtig wärst.«

»Ares sagte, ich sei die Göttin des Krieges. Ist das richtig?«

»Ich weiß es nicht. Es gibt keine Kriegsgöttin«, sagte sie langsam. »Ich weiß nichts über deine Vergangenheit, aber ich kann dir ein wenig über den Olymp erzählen. Alle olympischen Götter herrschen hier über ihre eigenen Reiche. Es waren zwölf, bis Hades ein neues schuf und es Oceanus, einem der Urtitanen, schenkte. Das ist eine große Sache, denn die Olympier und die Titanen haben vor langer Zeit einen Krieg geführt und sie verstehen sich immer noch nicht wirklich. Zeus hasst Titanen.«

»Hat Ares nicht gesagt, dass ich von einem Titanen abstamme?« Ich fühlte mich schuldig, weil ich hier in Sicherheit war und endlose Fragen über mich selbst stellte, während Joshua irgendwo da draußen gefangen war. Aber ich wusste nicht, was ich sonst tun konnte. Vielleicht würde ich ja etwas Nützliches erfahren.

»Ja. Viele Bürger im Olymp sind Titanen. Aber sie werden erst seit Kurzem in der Gesellschaft akzeptiert.«

»Na toll. Hier bin ich auch ein Freak«, murmelte ich und leerte den Rest meines Glases.

Persephone lachte.

»Warte erstmal ab, bis du die Kreaturen siehst, die hier leben. Man muss schon etwas ganz Besonderes sein, um im Olymp aufzufallen. Wir befinden uns hier in Hades Reich, der Unterwelt, auch bekannt als Reich der Jungfrau. Die Reiche sind nach den Sternzeichen der Welt der Sterblichen benannt. Ares Reich ist, wenig überraschend, das des Widders.«

»Wer regiert das Reich des Stiers?«, fragte ich, denn das war mein Sternzeichen.

»Dionysos, der Gott des Weins. Und es ist ein großartiger Ort, ganz anders als Ares Reich, in dem die gewalttätigsten Stämme des Olymps leben. Jeder dort ist rücksichtslos, durchtrainiert und machthungrig. Es ist so gefährlich, dass es nur selten von Außenstehenden besucht wird.«

»Ach so«, sagte ich und Beklemmung machte sich in mir breit. Ares Reich klang perfekt für mich und das bereitete mir Unwohl. »Und dort komme ich her?«

»Ich weiß es nicht. Sprich mit Zeeva. Sie wird dir mehr Auskunft geben können als ich. Vieles davon lerne ich gerade erst jetzt. Ich habe selbst noch nicht alle anderen verbotenen Reiche besucht.«

»Es gibt verbotene Reiche?«

»Ja. Man kann die Reiche von Aphrodite, Artemis, Hephaistos und Hades nur mit einer Einladung betreten.«

»Warst du schon mal im Reich des Widders?«, fragte ich.

»Ja. Ich habe die Königin der Amazonen besucht, im Süden«, nickte Persephone.

»Die Königin der Amazonen?«

»Ja. Sie ist die Tochter von Ares.«

»Er sieht nicht nach einer Vaterfigur aus«, sagte ich langsam.

»Abstammung funktioniert ein bisschen anders bei Göttern als in der sterblichen Welt. Meine Mutter ist eine Göttin, aber ich habe sie nie getroffen. So seltsam es klingt, sie hauen oft ab, nachdem die Kinder zur Welt kommen.«

»So seltsam klingt das nicht«, murmelte ich und war mir meines bitteren Tons bewusst. Persephone schenkte mir ein verständnisvolles Lächeln.

»Hier gibt es keine familiäre Bindung. Götter sind unsterblich und Liebe und Familie haben nichts mit dem zu tun, womit sie aufgewachsen sind.«

»Daran scheint es dir und Hades nicht zu fehlen«, sagte ich.

»Wir sind miteinander verbunden«, strahlte sie und ich unterdrückte einen weiteren Stich der Eifersucht. »Hera, die Göttin der Ehe, hat uns magisch miteinander verbunden. Unsere Verbindung ist so langwährend wie die Unsterblichkeit selbst.«

»Klingt nach einer großen Verpflichtung«, sagte ich und stellte mein Glas ab. Persephone hob es auf, trug es zurück zum Tresen und füllte es wieder mit der bernsteinfarbenen Flüssigkeit auf.

»Da wir gerade von Hera sprechen, ich lasse dich mit Zeeva allein, damit ihr euch unterhalten könnt, bis Hades zurückkehrt.«

»Aber was ist mit Joshua? Je länger wir nicht wissen, wo er ist, desto größer ist die Gefahr, dass ihm etwas Schreckliches zustößt.«

»Bella, wenn derjenige, der ihn entführt hat, ihn hätte umbringen wollen, hätte er es getan, als er seinen menschlichen Körper getötet hat. Hades sagt, dass Wächter starke magische Kräfte haben. Ich bin mir sicher, dass es deinem Freund gut geht.«

Ich sah sie finster an, sagte aber nichts und nippte stattdessen an meinem Getränk. Wenn ihr geliebter Hades entführt worden wäre, wäre sie bestimmt nicht so gefasst. Aber sie war nett zu mir und ohne die Hilfe dieser Leute hatte ich keine Chance, in dieser Welt etwas zu erreichen.

Mir brannten noch eine Menge Fragen unter den Fingernägeln, aber meine höchste Priorität war es, Joshua zu retten. Ich war die einzige Person, die wusste, dass er in Schwierigkeiten war. Erst nachdem er in Sicherheit war, würde ich in der Lage sein, herauszufinden, was das alles hier für mich bedeutete.

Persephone ließ mich mit dem mysteriösen Getränk allein und ich ließ mich in einen der vielen Stühle fallen. Ein kleiner Blitz türkisfarbenen Lichtes leuchtete von irgendwo auf dem Boden auf und ich runzelte verwirrt die Stirn.

»*Hallo, Enyo*«, sagte eine Frauenstimme in meinen Gedanken und ich zuckte so überrascht zusammen, dass Flüssigkeit aus meinem Glas schwappte.

»Verschwinde verdammt noch einmal aus meinem Kopf!«

»*Sprich nicht in so einem Ton mit mir. Ich habe dich länger beobachtet, als es mir lieb ist und da ist nichts als heiße Luft hinter deiner spitzen Zunge.*« Zeeva sprang auf den Tisch und setzte sich langsam und anmutig vor mich hin. Ich verengte meine Augen.

»Warum hast du noch nie mit mir gesprochen? Und wie kannst du in meinem Kopf sprechen? Und warum bist du überhaupt hier?«

»*Ich hatte bisher keinen Grund, mit dir zu reden. Ich bin ein Geschöpf der Magie, mit der Fähigkeit zur mentalen Kommunikation. Das ist im Olymp üblich. Warum ich hier bin, geht dich nichts an.*«

»Machst du Witze? Natürlich geht es mich etwas an!«

Die Katze stieß einen langen Seufzer aus und peitschte mit dem Schwanz über die Tischoberfläche. Mir schwirrte der Kopf. An Zeevas Anwesenheit in dieser Welt hatte mein Gehirn definitiv am meisten zu knabbern. Sie war nie ein anhängliches oder gar kuscheliges

Haustier gewesen, aber das war einer der Gründe, warum ich sie so gemocht hatte. Sie war so übellaunig und unabhängig, wie ich es war. Wenn ich gewusst hätte, dass sie eine verdammte... Warte, was war sie überhaupt?

»Was für ein Geschöpf der Magie bist du?«, fragte ich sie.

»*Ich bin ein Sphinx-Hybrid*«, antwortete sie nach einem Moment des Nachdenkens.

»Sphinx? Sind das nicht die, die Rätsel aufstellen?«

»*Ja. Wenn ich dir ein Rätsel stellen würde, das du nicht beantworten könntest, müsste ich dich umbringen. Bitte mich also nicht um eins*«, sagte sie trocken.

Mir fiel der Mund auf.

»Du könntest mich umbringen?«

»*Selbstverständlich.*«

»Warum bist du hier? Ich verstehe das alles nicht.« Ich fuhr mir schon wieder mit den Händen übers Gesicht, als könne ich mir Klarheit in die Augen reiben.

»*Trink mehr Nektar. Es wird dir helfen, klarer zu denken*«, wies sie mich an. Ich schaute auf mein Glas hinunter. Das war Nektar, was ich da trank?

»Bitte sag mir, warum du hier bist. Oder zumindest, dass du mir helfen kannst, Joshua zu retten«, bat ich und änderte meinen Ton in einen flehenden, als ich mein Glas wieder an die Lippen hob. Aggression würde bei ihr nicht funktionieren, das war klar.

»*Ich wurde von Hera beauftragt, auf dich aufzupassen. Sie hat ein besonderes Interesse an dir. Die Macht des Krieges wurde zwischen dir und Ares aufgeteilt, wie er ja schon sagte. Deine wurde durch die lange Zeit im Reich der Sterblichen unterdrückt, aber sie wird erwachen, je länger du hier bist. Und Ares wird darauf zugreifen können.*«

»Zwei Fragen«, sagte ich und hielt meine Hand in die Höhe. »Erstens: Wie lange war ich im Reich der Sterblichen? Ich bin neunundzwanzig Jahre alt und kann mich nicht daran erinnern, ein Baby gewesen zu sein. War ich mein ganzes Leben lang dort?«

Zeeva blinzelte mich an.

»Und was ist die zweite Frage?«

»Wie funktioniert dieses Teilen meiner Macht? Wenn Ares meine Kraft benutzt, kann ich dann auch gleichzeitig darauf zugreifen? Oder wechseln wir uns ab? Ares scheint mir nicht kein Typ zu sein, der gut teilen kann.«

»Ich habe keine Ahnung. Ich habe nicht geglaubt, dass er dich je aufspüren oder dass du in den Olymp zurückkehren würdest.«

»Ach so. Toll.« Das war ja extrem hilfreich. »Also... Frage eins? Wie lange war ich in der sterblichen Welt?«

»Das ist unerheblich.«

Wut kochte in meinen Adern auf. »Wenn du meine Fragen nicht beantworten willst und nicht weißt, wie das alles hier funktioniert, womit genau kannst du mir dann helfen?«, fragte ich frustriert.

»Ich bin nicht hier, um dir zu helfen. Ich bin hier, um meiner Königin über deine Aktivitäten Bericht zu erstatten.«

»Du bist ein Spion?«

Etwas Gefährliches blitzte in ihren bernsteinfarbenen Augen auf.

»Nenn mich, wie immer du willst, Enyo. Ich werde dich im Auge behalten, bis diese Sache geklärt ist.«

»Ich heiße Bella, nicht Enyo«, schnauzte ich sie an und nahm wütend einen weiteren Schluck Nektar.

»Das ist die Kurzform von Bellona, dem römischen

Namen der Kriegsgöttin. Er leitet sich von dem Wort »bellum« ab, dem lateinischen Wort für Kriegsführung.«

Ich starrte die Katze ungläubig an.

»Wie kannst du wissen, wofür mein Name steht? Ich habe die Leute, die mir den Namen gaben, noch nie getroffen.«

»Ich bin schon sehr lange an deiner Seite.«

»Nein, ich habe dich vor acht Jahren gekauft. Du kannst meine Eltern nicht kennen. Oder doch?« Hoffnung hatte sich in meine Stimme geschlichen und ich könnte schwören, dass der Blick in den Augen der Katze weicher wurde.

»Das ist mehr als dein sterbliches Gehirn im Moment verarbeiten kann. Wenn du mir bewiesen hast, dass du mit der Information umgehen kannst, werde ich dir mehr erzählen«, sagte Zeeva schließlich.

Ich runzelte die Stirn und öffnete den Mund, um zu protestieren, aber der gefährliche Schimmer flackerte sofort wieder in ihren Augen auf und ihr Körper glühte türkis.

»Dräng mich nicht, Enyo, oder ich werde dir gar nichts sagen.«

Ich klappte meinen Mund zu. Ohne Hilfe konnte ich im Olymp nichts erreichen. Wenn die Katze Dinge wusste, die ich wissen sollte, konnte ich sie nicht dazu zwingen, sie mir zu verraten. Ich würde mir ihr Vertrauen erarbeiten müssen.

»Gut. Aber kannst du mich bitte Bella nennen?«, sagte ich.

»Wie du willst.«

»Wie lautet dein richtiger Name?«, fragte ich leise.

»Zeeva.«

»Aber... so habe ich dich doch genannt. Du musst doch schon vorher einen Namen gehabt haben.«

»*Hatte ich. Zeeva.*«

»Warte. Dann bist du in meinen Kopf eingedrungen und hast deinen eigenen Namen gewählt?«, fragte ich und staunte.

»*Das ist genug Konversation für einen Tag*«, sagte sie und sprang vom Tisch. »*Hades ist zurück.*«

»Geh nicht! Das ist nicht fair!«

Mit einem Blitz aus türkisen Licht war meine verräterische magische Katze verschwunden.

VIER

Zwar hatte ich keine Ahnung, woher sie es wusste, aber Zeeva hatte recht. Noch bevor ich den Rest meines Nektars ausgetrunken hatte, erschienen Hades, Ares und Persephone am gegenüberliegenden Ende des Raumes.

Ares Anwesenheit brachte meine Nerven sofort in Wallung und meine Wut reagierte instinktiv auf seine. Ich erhob mich.

»Die Olympier und ein paar Gäste sind auf dem Weg. Ihr werdet in ein paar Stunden abreisen«, sagte Hades, wobei sich seine Rauchfigur zu mir umdrehte.

»Die lieben das Drama hier, Bella. Du wirst dich daran gewöhnen«, fügte Persephone hinzu.

Und das war kein Scherz.

Nach ein paar Minuten aufgeregten Wartens tauchten nicht weniger als dreißig Leute aus dem Nichts auf und testeten meine Nerven. Ein langes Podium, gesäumt von Thronen, war zusammen mit ihnen am Ende des Raumes erschienen und acht der großen Sitze waren besetzt. Ich ließ meine Augen schnell an ihnen entlanggleiten und mein Verdacht bestätigte sich, als sich die Anwesenden tief vor ihnen verbeugten. Ich tat es ihnen schnell nach. Verzweifelt wollte ich das Geschehen um mich herum verarbeiten, aber ich wusste nicht, wo ich anfangen sollte.

Beginn mit den Göttern, entschied ich und richtete mich auf. Sie strahlten Macht aus und mein Wissen über die griechische Mythologie reichte aus, um zu erahnen, wer sie alle waren.

Poseidon saß in der Mitte und er war am leichtesten zuzuordnen. Er trug eine Toga in der Farbe des Ozeans, hatte schwarzes Haar mit grauen Strähnen und hielt einen Dreizack in der Hand. Der heiße Silberfuchs sah unglaublich gut aus. Neben ihm stand eine strenge, aber wunderschöne Frau mit blondem Haar, das wie eine Krone um ihren Kopf gewickelt war. Sie trug eine weiße Toga. Die Eule auf ihrer Schulter wies sie als Athene aus. Auf der anderen Seite von Poseidon war die atemberaubendste Frau, die ich je gesehen hatte. Ihre Haut hatte die Farbe von Mokka und ihr Haar war bonbonrosa und rollte in Wellen über ihre Schultern. Ihr durchsichtiges Kleid schimmerte blau. Sie musste Aphrodite sein. Ich stand zwar auf Männer, aber sie löste ein pochendes Gefühl in meinem Inneren aus. Neben ihr stand ein buckliger Kerl in einer Lederschürze, der ihr Ehemann Hephaistos sein musste. Zu seiner Rechten stand ein junges Mädchen mit einem riesigen Bogen und einem Rohr voller Pfeile. Sie und ein unglaublich hübscher Kerl neben ihr trugen eine glänzende Rüstung. Der Mann lächelte strahlend. Das mussten die Zwillinge Artemis und Apollon sein. Am Ende der Reihe saß ein Typ in engen Lederhosen und offenem Jeanshemd, mit langen, gewellten schwarzen Haaren und einem lässigen Grinsen. Neben ihm stand ein Mann mit rotem Bart und struppigem roten Haar, der eine schlichte schwarze Toga trug, die die flatternden silbernen Flügel an seinen Sandalen nur noch mehr hervorhob. Das waren zweifellos Dionysos und Hermes.

Man hatte mir bereits gesagt, dass Zeus fehlte, aber ich war enttäuscht, Hera nicht zu sehen. Ich wollte wissen, warum sie mir eine elende Katze hinterhergeschickt hatte, um mich jahrelang im Auge zu behalten.

»Du bist also der Grund, warum Ares so geheimnisvoll tut«, sagte eine Stimme hinter mir und ich drehte mich um.

Eine Frau mit so großen Brüsten, dass sie kaum in ihr korsettiertes rotes Kleid passten, warf mir einen argwöhnischen Blick zu, der das Lächeln auf ihren hübschen Lippen nicht widerspiegelte. »Interessant.«

»Wer bist du?«, fragte ich. Ich hatte weder die Geduld noch die Lust, höflich zu ihr zu sein, wenn sie auf diese Weise ein Gespräch begann. Ihr Lächeln wurde wärmer und sie strich sich eine Strähne ihres schwarzen Haares aus dem Gesicht.

»Ich bin seine Schwester, Eris. Und wer bist du?«

»Bella.«

»Bella«, wiederholte sie. Ein plötzlicher Drang, etwas völlig Unverschämtes zu tun, wie mich nackt auszuziehen, erfasste mich.

Eris stieß ein schallendes Lachen aus.

»Du bist mir aber eine«, grinste sie und ihre Augen funkelten. War es Schalk oder Bosheit? »Ich mag dich.«

»Ähm«, sagte ich und konzentrierte mich darauf, meine Hände davon abzuhalten, den Verschluss meiner Jeans zu öffnen. »Machst du das mit mir?«

»Was?«, schnurrte sie unschuldig. Dann gackerte sie. »Tut mir leid, das ist unfair, ich hör schon auf«, sagte sie und das Gefühl verschwand.

Ich warf ihr einen bösen Blick zu.

»Mach das bloß nicht noch einmal.«

»Aber ich bin die Göttin des Chaos und der Zwietracht. Ich kann nicht anders«, schmollte sie. »Worüber regierst du? Ich hoffe, es ist etwas Lustiges. Ich spüre, dass du eine mächtige Göttin bist und du kommst nicht gerade unschuldig rüber.«

»Ähm, Krieg, anscheinend«, sagte ich und meine Augen weiteten sich, als ich etwas hinter ihr erblickte. »Was um Himmels Willen ist das?«, hauchte ich.

Eris ignorierte die Frage, aber ihre Augen leuchteten auf.

»Krieg? Du bist die Göttin des Krieges?«

»Das hat man mir jedenfalls gesagt.« Ich verzog das Gesicht. »Ernsthaft, was *ist* das?« Ich deutete auf die Kreatur, die nun aufgehört hatte, durch den Raum zu schlurfen und mit einer Frau mit schiefem Gesicht und ledernen Flügeln sprach. Eris drehte sich um und winkte abweisend.

»Das ist ein Greif, der mit einer Harpyie spricht. Wer hat dir gesagt, dass du die Göttin des Krieges bist?«

»Ares. Was zum Teufel ist ein Greif?« Ich hatte von Harpyien gehört, aber nicht von Greifen. Er hatte einen Schnabel als Nase, riesige zerrissene Flügel und seine Beine waren die Hinterbeine eines Löwen.

»Eine Kreuzung aus einem Löwe und einem Adler. Du sagst also, dass Ares behauptet, dass du die Göttin des Krieges bist? Das ist zu gut.«

Sie strahlte, als ich meine Aufmerksamkeit von dem Greif wieder auf ihr Gesicht lenkte.

»Warum?«

»Ich bin mir sicher, dass du es bald herausfinden wirst. Komm, ich zeige dir ein paar weitere Bestien des Olymps. Das da drüben ist ein Minotaur. Er ist der Hauptmann von Hades Wache. Das da ist ein Zentaur. Das sind zurückgezogen lebende Kreaturen, die niemals freiwillig das Reich dieser hochnäsigen Artemis verlassen.«

Mir blieb der Mund offenstehen und ich starrte die Zentaurin an. Sie war wunderschön. Die untere Hälfte ihres Körpers war der einer weißen Stute und aus der Brust des Pferdes ragte der Torso einer Kriegerin. Eine glänzende silberne Rüstung und ein Gürtel mit Äxten und Kriegshämmern hingen um ihren Leib. Ihre weiße Mähne war mit einem silbernen Band aus ihrem strengen Gesicht zurückgeschoben.

Stärke, Furchtlosigkeit und Kampfesmut regten sich bei ihrem Anblick in mir.

»Sie ist bereit für den Krieg«, hauchte ich und merkte kaum, dass ich die Worte laut ausgesprochen hatte.

»Du musst es ja wissen«, sagte Eris. »Als Kriegsgöttin und so.« Sie sprach mit kaum unterdrückter Freude und ein unguter Verdacht riss mich aus meiner Faszination für die Zentaurin.

»Warum freust du dich so darüber?«

»Weil mein Bruder ein riesiges Arschloch sein kann und du mir vielleicht ein wenig Unterhaltung bieten kannst.«

»Dann sind wir uns in einem Punkt zumindest einig. Dein Bruder ist ein Arschloch. Er wollte mich umbringen.«

»Wollte? Er will dich umbringen, Süße. Im Präsens.

Ich bezweifle stark, dass er aufgehört hat, dich töten zu wollen; Ares will alle und jeden töten.«

»Na toll. Irgendwelche Tipps, um diesem Schicksal zu entgehen?«

»Nö. Aber ich freue mich darauf zu sehen, ob du überlebst.«

»Danke«, sagte ich und Sarkasmus triefte nur so aus meiner Stimme.

»Gern geschehen«, lächelte sie und der Drang, durch den Raum zu rennen und dem ernsten Zentauren auf den Hintern zu klatschen, nahm so stark Besitz von mir, dass meine Waden zu zittern begannen.

»Hör auf damit!«

»Eris, was auch immer du da tust, hör sofort auf«, hörte ich Persephones Stimme ertönen und gnädigerweise hörten meine Füße auf zu vibrieren. Das Grinsen auf Eris Gesicht verschwand.

»Natürlich, oh Königin des Kummers«, sagte Eris mit einer überzogenen Verbeugung. Einen Moment lang dachte ich, ihre riesigen Brüste würden aus ihrem Kleid fallen, aber sie richtete sich gerade noch rechtzeitig auf. »Viel Erfolg beim Überleben, Süße«, sagte sie zu mir, drehte sie sich um und schritt davon.

»Danke. Du rettest mich immer wieder«, sagte ich und wandte mich dankbar zu Persephone um.

»Nicht mehr lange. Du wirst gebraucht«, sagte sie.

Sie führte mich durch den Raum zu dem Podest mit den Thronsesseln. Hades saß auf einem von ihm und Ares starrte mich an. Wie zuvor schien mich sein Zorn mehr zu stärken als einzuschüchtern. Ihn hatte ich im Griff. In

Gedanken streckte ich ihm wieder den Mittelfinger entgegen und erwiderte seinen Blick.

Die Augen der anderen Götter bohrten sich ebenfalls in mich und ich vermied es, einen von ihnen direkt anzuschauen. Es war nicht meine Art vor Drohungen zurückzuschrecken, aber verdammt – diese Götter waren einschüchternd. Die Energie, die von ihnen ausging, wirbelte durch die Luft wie Hitze über heißem Asphalt. Es war unheimlich. Und es gefiel mir ganz und gar nicht.

Der Geruch des Ozeans umspülte mich plötzlich so stark, dass ich in der kalten Brise zu frösteln begann. Dann spürte ich, wie ich mich augenblicklich entspannte und ein Mann schimmerte direkt vor dem Podium ins Leben.

Er sah aus wie ein ganz normaler Mann in seinen Sechzigern, mit einem wettergegerbten Gesicht, grimmigen blauen Augen und einer blassgrünen Toga. Persephone und Ares verbeugten sich zu beiden Seiten von mir, also tat ich dasselbe.

»Ozeanus«, stieß Ares hervor, als er sich aufrichtete und ich spürte, wie mein Augenlid zuckte. Das war das mächtigste Wesen des Olymps? Aber er strahlte keine Macht aus wie die Götter hinter ihm. Er strahlte nichts als Ruhe und Gelassenheit aus.

»Ares«, sagte Oceanus erfreut. »Ich bin entzückt zu hören, dass du vielleicht die Möglichkeit hast, dich als wahrer Herrscher zu beweisen.« Jeder Muskel im Körper des Kriegsgottes spannte sich an und ich wünschte, ich könnte unter seinen Helm sehen. Ich war mir ziemlich sicher, dass sein Gesicht so rot wie eine Tomate sein würde. Er mochte Oceanus eindeutig nicht besonders.

»Ich habe zugestimmt, Hades mit seinem entkommenen Dämon zu helfen«, sagte er schließlich mit heiserer Stimme.

»Und damit hilfst du auch dieser jungen Dame, deren Macht du begehrst. Wie selbstlos.« Oceanus Augen funkelten, als er mich anschaute und ich vertraute ihm augenblicklich, was sehr untypisch für mich war. Ich verschränkte misstrauisch die Arme.

Oceanus lächelte. »Ich habe den Wunsch, mich als Verbündeter der Olympier zu erweisen«, sagte er laut und drehte sich im Kreis, wobei er alle Götter auf ihren Thronsesseln nacheinander ansah. »Deshalb habe ich ein Geschenk für euch. Es ist in unser aller Interesse, dass Ares wieder sein... einzigartiges Reich regiert. Aber ich bin an meine eigenen Regeln gebunden und die erlauben es mir nicht, Macht dieses Ausmaßes einfach auszugeben. Autorität muss man verdienen. Sie ist das Gefährlichste der Welt.«

Stille folgte auf seine Worte. Ares bewegte sich und seine Rüstung klirrte.

»Wenn du mit dem entkommenen Dämon und den verschwundenen Wächtern zu Hades zurückkehrst, werde ich dir einen Dreizack der Macht schmieden.«

Diesmal herrschte keine Stille. Lautes Keuchen hallte durch den Raum und alle Götter hinter ihm bewegten sich auf ihren Plätzen.

»Ich...«, begann Ares, dann stockte er. »Ein wahrer Dreizack der Macht?«

»Ja. Du wirst wieder deine volle Stärke zurückerlangen.«

»Ich nehme dein Angebot an«, sagte Ares und senkte den Kopf. Ich sah zwischen den beiden Männern hin und her und blinzelte.

»Dann musst du dich auf den Weg machen.«

Bevor ich einen weiteren Gedanken fassen konnte, blitzte ein helles Licht um mich herum auf.

~

»Wo zum Teufel sind wir jetzt? Und was ist ein Dreizack der Macht?«, sagte ich und blinzelte in das helle Sonnenlicht. Ich drehte mich zu Ares hünenhafter Gestalt um. Wir standen auf Sand und alles, was ich hinter ihm und um uns herum sehen konnte, war noch mehr Sand. Steinhaufen und widerstandsfähige Pflanzen, die sich offensichtlich weigerten, in der Hitze der Wüste zu sterben, übersäten die Landschaft.

»Wir sind in meinem Reich. Ein Dreizack der Macht ist extrem selten und verleiht seinem Träger die gleiche Kraft wie einem Olympier«, antwortete Ares steif.

Das helle Licht reflektierte von seiner Rüstung, was es schwer machte, ihn anzusehen und zum ersten Mal bekam ich eine Vorstellung davon, wie stark er gewesen sein musste. Nur hatte er seine Kraft jetzt nicht und war nicht göttlich. Er war ein Arschloch.

»Was machen wir jetzt?«

»Wir finden den Dämon.«

»Einfach so? Und was ist mit dem Proviant?«

»Wir brauchen keinen Proviant, dumme Sterbliche.«

Ich blickte ihn finster an.

»Es ist mir scheißegal, ob du nichts isst, aber ich brauche Essen.«

Er stieß einen langen, aufgeregten Atem aus.

»Natürlich esse ich. Aber ich kann deine Kraft nutzen, um uns jederzeit Lebensmittel zu besorgen«, knurrte er. Ich hielt inne und ließ die Hände von den Hüften fallen.

»Oh, gut. Denn ich warne dich. Du willst nicht sehen, wie wütend ich werde, wenn ich hungrig bin.«

»Warum das?«

Ich verdrehte die Augen.

»Bete, dass du es nie herausfinden wirst«, murmelte ich. Er starrte mich einen Moment durch die Augenschlitze seines dummen, glänzenden Helms an.

»Du bist töricht und wirst uns wahrscheinlich beide umbringen«, sagte er schließlich.

»Ich bin nicht töricht«, erwiderte ich. Das war nur teilweise wahr und den Teil, dass wir getötet werden könnten, konnte ich allerdings nicht bestreiten. »Und überhaupt, ich dachte, du wolltest, dass ich sterbe?«

»Das kommt darauf an« sagte er, drehte sich um und sah sich die Landschaft an.

»Worauf?«

»Wie nervig du bist und ob du Gefahr läufst, mich mit dir zusammen zu töten.«

Ich würde auf jeden Fall sterben. Wenn ich ihn auch nur halb so sehr irritierte wie er mich, dann würde er mir im Nullkommanichts den Hals umdrehen.

Die Luft zwischen uns glitzerte rosa und Ares erstarrte mit seiner Hand auf seinem Schwert.

»Ich muss mich um einige Angelegenheiten kümmern, bevor wir uns auf die Suche machen. Ich werde in Kürze zurückkehren«, sagte er und verschwand in dem rosafarbenen Schimmer.

FÜNF

ARES

»**F**ür wen zum Teufel hält sich dieser abgewrackte alte Haudegen?«, wütete ich und stampfte mit dem Fuß auf den Marmorboden von Aphrodites Thronsaal, auf dem ich auf und ab ging. Der rosa Schimmer war ihr Markenzeichen und ich war erleichtert gewesen, ihn zu sehen. Ich hatte erwartet, dass sie mich sehen wollen würde, bevor ich mich auf die Suche machte. Und ich hatte *gewollt*, dass sie mich sehen wollte.

»Komm schon, Oceanus ist kein abgehalfterter Typ. Und ich finde ihn ziemlich attraktiv«, säuselte Aphrodite von ihrem Thron aus.

»Stell mich nicht auf die Probe«, knurrte ich und drehte mich zu ihr um.

Sie schenkte mir ein verführerisches Lächeln und all meine verdammte Entschlossenheit entwich mir. Ihre Schönheit vernebelte meine Sinne und nahm meinen Körper gefangen.

»Aphrodite, hör auf, deine Macht gegen mich anzuwenden«, forderte ich. »Ich kann ihr nicht widerstehen, wenn ich keine eigene habe.«

Ihr Lächeln verschwand.

»Ich weiß und es wird langsam langweilig. Du bist wie ein Wolf ohne Reißzähne.«

Wut, nicht auf sie, sondern auf mich selbst, durchzuckte mich, aber keine meiner göttlichen Kräfte begleitete sie. Es war nur schiere, nutzlose Wut.

Wie konnte ich nur so verdammt unvorsichtig gewesen sein? Wie hatte ich zulassen können, dass Zeus mir meine Macht nahm?

»Ich habe eine Möglichkeit, meine Stärke wiederzuerlangen«, sagte ich mit rauer Stimme.

»Ja. Ein Dreizack der Macht. Wie aufregend.« Sie klang nicht begeistert, sondern völlig uninteressiert. »Weißt du, du könntest das Mädchen einfach umbringen.«

»Ich würde das Mädchen ja gern umbringen. Sie ist nervtötend. Aber ich müsste trotzdem Hades Auftrag ausführen und diesen verdammten Dämon finden. Warum sollte ich den neuen Herrn der Götter verärgern, wenn ich die gleiche Aufgabe dann trotzdem erfüllen muss?«

Aphrodite seufzte und hob einen Pfirsich aus der Obstschale, die immer neben ihrem Thron stand.

»Meinetwegen«, sagte sie. »Aber es hat dich sonst nie gekümmert, Autoritäten zu verärgern. Du hast es sogar genossen.«

»Die Herrscher in meinem eigenen Reich, ja. Nicht König Hades.«

Ihr Lächeln erschien wieder. Es war atemberaubend. *Sie* war atemberaubend.

»Nun, jetzt haben sie die Möglichkeit, sich an dir zu rächen«, sagte sie.

Ein Schauer lief mir über den Rücken und ich

verfluchte zum millionsten Mal den Verlust meiner Kräfte. Beklommenheit war etwas, das ich nicht kannte und ich fühlte mich gar nicht wohl mit diesem Gefühl.

Aber die Göttin der Liebe hatte Recht. Wenn die Kriegerherrscher mich einholen sollten, würden sie wahrscheinlich stärker sein als ich. Es sei denn, das Mädchen entfaltete ihre Fähigkeit schnell und ich konnte sie so benutzen, wie ich es mir erhoffte.

Mein Blick huschte über das Lächeln meiner Geliebten.

»Du hast Freude an meiner Notlage?«, knurrte ich.

»Ja, Ares, das tue ich. Es war deine eigene Dummheit, die dich hierhergebracht hat.«

Ihre Worte trafen mich wie ein Dolch in die Brust. Sie hatte recht. Aber zu wissen, dass sie meinen Schmerz genoss...

»Dann werde ich dich verlassen«, sagte ich kühl.

»Nein. Du wirst tun, wofür ich dich hergebracht habe. Du wirst dich an meinem Körper erfreuen und ich mich an deinem, bevor du dich auf deine langweilige Suche begibst.«

Sie wollte mich immer noch. Die Erkenntnis beflügelte mich und ich zog langsam meinen Helm ab. Ich sah das Glitzern in ihren Augen, dann schnippte sie mit den Fingern.

»Wenn ich es mir recht überlege, bin ich müde. Wir sehen uns, wenn du aus dem Reich des Widders zurückkehrst, falls du zurückkehrst.«

Ich spürte, wie mein Gesicht brannte und rammte meinen Helm wieder auf meinen Kopf. Jetzt konnte ich mich nicht einmal aus ihrem verfluchten Thronsaal herauszaubern. Ich hatte keine Kraft.

Mit einer weiteren Handbewegung sandte sie mich zurück in die Wüste.

SECHS

BELLA

»Kaum sind wir aufgebrochen, hast du mich schon in einer verdammten Wüste allein stehenlassen!«, schrie ich, als Ares wie aus dem Nichts auf dem Sand neben mir erschien. Er war keine zehn Minuten weg gewesen.

Der riesige Gott sah mich lange genug an, um die Wut aus seinen dunklen Augen scheinen zu lassen und dann brüllte er und zog sein Schwert aus der Scheide.

Ich ging tief in die Hocke, ballte die Fäuste und der rote Nebel senkte sich über mein Gehirn.

Doch Ares drehte sich um und drosch mit seinem Schwert in einen Haufen Felsbrocken, als hätten sie ihm etwas Böses angetan. Langsam stand ich auf. Er brüllte vor Wut, während seine Waffe wieder und wieder auf den Felsen landete und sie unter seinem Zorn knackten und zerbröckelten.

»Deine Erledigungen sind also gut gelaufen?«, murmelte ich und der rote Dunst verflüchtigte sich. Ich legte den Kopf schief und sah ihm dabei zu, wie er immer weiter auf den Stein eindrosch. Das zerberstende Gestein und das Klirren seiner Rüstung und des Stahls seines Schwertes hallten laut durch die Luft.

Es war ja ganz amüsant, zuzusehen, wie er seine Wut an diesen leblosen Objekten austobte, aber ich war auch beeindruckt. Mit oder ohne Macht, dieser Mann wusste, wie man ein Schwert schwang. Ich hatte in genügend Wände eingeschlagen, um seine Emotionen nachvollziehen zu können.

Ich fragte mich abwesend, was ihn so wütend gemacht hatte und ließ mich mit einem Seufzer mit dem Hintern auf den Boden fallen. Wenn wir einander wirklich ähnlich waren, dann war es egal, was ihn erzürnt hatte, solange er sich an den Felsen auslassen konnte. Nicht zuletzt, da ich unbewaffnet war. Das war ein Problem, das ich schnell lösen musste.

Er zwar nur wenige Minuten weggewesen, aber die Panik, die ich bis dahin unterdrückt hatte, war an diesem fremden Ort brühend heiß in mir aufgestiegen.

Ich war vom Gott des Krieges entführt und in eine Welt gebracht worden, die eigentlich nicht existieren sollte. Es sagte wahrscheinlich viel über mich aus, dass, bis ich selbst unbewaffnet und auf mich allein gestellt, ein geheimer kleiner Teil von mir tatsächlich begeistert war. Endlich fühlte sich mein Leben richtig an, auch wenn es unmöglich klang und das Leben meines Freundes in Gefahr war.

Solange das Adrenalin in mir brannte, konnte ich alles ausschalten, was mich schwach machte, jeden Selbstzweifel oder jede andere Emotion. Aber allein in einer Wüste zu stehen, ohne mich schützen zu können, brachte das Gegenteil in mir hervor. Sorgen hatten begonnen, unkontrolliert durch mich hindurch zu preschen und ein Wirbelwind von Zweifeln schlug wie eine Abrissbirne auf mich ein. Die Einsicht, dass sich mein ganzes Leben von einem Tag auf den anderen verändert hatte, dass ich von einem gewalttätigen Gott zum Tode verurteilt wurde und nun einen aus der Unterwelt entflohenen Dämon jagen sollte, traf mich jetzt mit voller Wucht. Und in einer Welt, in der jeder mit riesigen Schwertern oder gar Magie bewaffnet war, würde ich immer den Kürzeren ziehen.

An diesem Punkt hatte ich es geschafft, meine rasenden Gedanken unter Kontrolle zu bringen und mich zu beruhigen. Ich brauchte eine Waffe.

Jetzt, da ich mich auf etwas Konstruktives konzentrieren konnte, setzte ich mich in den heißen Sand, holte tief Luft und zwang mich, nachzudenken.

Joshua hatte mir einmal gesagt, dass das Erstellen von Listen eine gute Strategie sei, mit Situationen umzugehen, die außer meiner Kontrolle lagen. Damals schien es ein guter Rat zu sein, wenn ich wieder mal meinen Job verloren oder mein bescheuerter Vermieter meine Miete grundlos erhöht hatte. Aber jetzt, da ich wusste, dass Joshua magische Kräfte aus einer anderen Welt hatte, fragte ich mich, an welche Situationen er gedacht hatte, als er mir diesen Ratschlag gegeben hatte. Wahrscheinlich nicht, dass ich irgendwo in der Wüste im Olymp sitzen und versuchen würde, eine Panikattacke in Schach zu halten. Nichtsdestotrotz hatte ich mir eine Liste über die Dinge, die ich brauchte, um im Reich des Krieges zu überleben, zusammengestellt.

· · ·

Ares brüllte wieder und als sein riesiges Schwert bald keine weiteren Felsen mehr zerschmettern konnte, stach ein weiterer Degen des Verrats in meine Brust. Joshua hatte die ganze Zeit gewusst, dass ich anders war. Er hatte gewusst, dass ich nicht wirklich in die Welt der Sterblichen gehörte und dass es kein chemisches Ungleichgewicht in meinem Gehirn war, dass mir das Leben schwer machte. Er hatte versucht, mir zu helfen, zu glauben, dass ich normal sei, anstatt mir einfach zu sagen, warum ich mich immer so fehl am Platz, so gefangen gefühlt hatte. Ich unterdrückte das Gefühl mit einem Schnauben und ging im Kopf noch einmal meine Liste durch. Es hatte keinen Sinn, mich über Joshua aufzuregen, solange ich nicht wenigstens sein Leben gerettet hatte. Danach konnte ich ihn immer noch anschreien, weil er mich angelogen hatte.

Als Ares schließlich zu mir zurückstapfte, waren seine Schultern gekrümmt und sein Schwert hing schlaff von seiner rechten Hand.

»Besser?«, fragte ich.

»Nein. Lass uns gehen.«

»Einen Moment mal«, sagte ich und sprang auf. »Du hast deine Erledigungen und ich habe meine.«

»Deine Angelegenheiten sind belanglos«, sagte er.

Ich biss mir hart auf die Zunge. Ich wollte ihn nicht beschimpfen, denn ich brauchte seine Kooperation.

»Es würde das Leben für uns beide viel einfacher machen, wenn ich ein paar Klamotten zum Wechseln und ein paar meiner Sachen hätte«, sagte ich ruhig.

»Warum brauchst du mehr Klamotten?«, fragte er finster.

»Weil ich gerne ab und zu meine verdammte Unterwäsche wechsle!« So viel zum Thema nicht zu fluchen.

»Benutz Magie.« Er zuckte mit den Achseln.

»Ich weiß nicht, wie das geht.«

»Dann werde ich es tun.«

»Unter keinen Umständen werde ich dich auch nur in die Nähe meiner Unterwäsche lassen!«

»Als ob ich-«, begann er wütend, aber ich hielt meine Hände in die Höhe und sprach so laut wie möglich über ihn hinweg.

»Bring mich einfach zu meiner Wohnung, damit ich ein paar Sachen in einen Rucksack werfen kann, oder ich werde dir die Ohren volllabern, bis du es tust. So einfach ist das, Panzerknabe.«

Ich wusste, dass ich über kurz oder lang gewinnen würde und ich hatte recht. Doch ich war nicht darauf vorbereitet gewesen, mit Ares in meine Wohnung zurückkehren, als ich mich in dem schwach beleuchteten Raum umsah. Starker Schmerz erfasste mich und es war kein Heimweh. Es war die herzzerreißende Freude bei dem Gedanken, dass ich diesen Ort vielleicht nie wieder sehen musste.

Es war vielleicht noch ein wenig verfrüht, aber ich war mir ziemlich sicher, dass, was auch immer zur Hölle mit mir geschah, der Beginn von etwas war, das nicht mit meiner Rückkehr in diese Bruchbude enden würde.

»Du wohnst hier?« Ares Tonfall enthielt einen Hauch von Unglauben und etwas anderes, das ich nicht identifizieren konnte. Wahrscheinlich allgemeines Arschlochgehabe, entschied ich, während ich mir schnell einen Weg durch meine winzige Küche in mein noch winzigeres Schlafzimmer bahnte. Ich hatte Glück, dass ich überhaupt ein separates Schlafzimmer hatte, obwohl ich so zentral wohnte. Das bedeutete aber nicht, dass ich die Wohnung mochte. Die Nachbarn waren furchtbar, schrien sich ständig an, stritten sich und warfen Sachen, die von den Wänden abprallten und mich zur Weißglut brachten.

Und alles war feucht. Der beschissene Vermieter reparierte nie etwas, wenn man ihn darum bat und egal, wie sehr ich die winzige Dusche mit Schimmelentferner einsprühte, der dunkle, schleimige Schimmel kroch immer wieder innerhalb weniger Stunden über die Wände zur Decke hinauf.

»Wo sitzt du und wo isst du?«, fragte Ares, als ich die dünne Einzelmatratze von meinem Lattenrost hob, um an den Stauraum darunter zu gelangen.

Ich ignorierte ihn, fand meinen alten khakifarbenen Rucksack und zog ihn hervor. Die Antwort war, dass ich auf dem Bett sitzend aß. Die kahlen Wände machten mich klaustrophobisch, während ich Netflix schaute oder auf meinem Handy las.

Meine Liebe galt der Natur und meine Hyperaktivität machte diesen engen Raum zur Tortur für mich. Aber mehr ich konnte mir nicht leisten. Verdammt, im Moment konnte ich mir nicht einmal das hier leisten.

Das einzig Gute an dem Gebäude war der Keller. Er war über die Jahre langsam mit alten, aber funktionstüchtigen Fitnessgeräten gefüllt worden, darunter auch ein Boxsack. Eine Mitgliedschaft im Fitnessstudio konnte ich nicht bezahlen und obwohl es dort unten unter dem vierstöckigen Betongebäude keine Belüftung gab und es heißer wurde als in der Hölle selbst, habe ich mich nie darüber beschwert. Ich brauchte die sportliche Betätigung.

Ich fing an, T-Shirts, zwei Jeans und einen ganzen Stapel Socken und Unterwäsche in die Tasche zu werfen, wobei ich kaum darauf achtete, was ich auswählte. Abgesehen von meinem Guns N' Roses-T-Shirt. Ich sah zu, dass ich das einpackte.

Ich schlüpfte aus meinen Turnschuhen und schob sie in die Tasche. Stattdessen zog ich meine einzigen anständigen Schuhe an. Es waren wahnsinnig große Wanderschuhe mit versteckten Stahlkappen, die ernsthaften Schaden anrichteten konnten.

Dann zog ich die Schublade in dem kleinen Schrank neben meinem Bett auf und griff nach dem Gegenstand, für den ich hierhergekommen war. Mein Klappmesser. Es mochte nicht so groß wie das Schwert von Ares sein, aber das kleine Messer und ich hatten eine gemeinsame Geschichte und es hatte mich noch nie im Stich gelassen. Auf keinen Fall würde ich den Dämonen der Unterwelt ohne mein Messer gegenübertreten. Oder diesem riesigen, gepanzerten Giganten ohne jeglichen Sinn für Humor.

»Ich bin froh, dass du hierher zurückgekommen bist.«

Überrascht schreckte ich zusammen und die Klinge glitt mir aus den Fingern und landete auf dem ausgelatschten Teppich.

»Zeeva!« Die elende Katze war auf meinem Bett erschienen und ihr Schwanz zuckte über das Laken.

»Du bist dir bewusst, dass du diesen Ort wahrscheinlich nicht wiedersehen wirst?«

»Ja, und das ist auch gut so«, sagte ich, hob mein Messer auf und versuchte meinen Puls zu beruhigen.

»Ich meine London, nicht diese schreckliche

Wohnung«, sagte sie und ihre Stimme war voller Abscheu.

Ich schwankte. Ich würde dieses Drecksloch nicht vermissen, aber London? Die Stadt war etwas Besonderes.

»Gibt es im Olymp Musicals?«, fragte ich hoffnungsvoll.

»Der Olymp hat Theaterstücke jenseits deiner wildesten Träume, aber ich bezweifle, dass du sie jemals sehen wirst«, antwortete sie.

»Warum nicht?«

»Vor allem, weil ich überrascht wäre, wenn du Ares und sein Reich überleben würdest«, sagte sie unverblümt. Ich blickte sie finster an. *»Aber selbst, wenn du das tätest, kannst du nicht im Olymp bleiben.«*

Ein mulmiges Gefühl wühlte meinen Magen auf. Der einzige Grund, warum ich nicht vollkommen den Verstand verlor, war, dass ich mich im Olymp zu Hause fühlte, obwohl ich kaum eine Stunde dort verbracht hatte.

»Warum kann ich nicht dortbleiben?«

»Du bist zu einem Teil der Welt der Sterblichen geworden. Um im Olymp zu leben, wenn du nicht dort aufgewachsen bist, wirst du Kräfte brauchen.«

»Ich habe Macht! Deshalb will Ares mich doch!«

»Aber du kannst sie nicht selbst nutzen.« Ihr Tonfall war der eines jeden Lehrers, den ich je gekannt hatte, wenn ich nicht tat, was von mir verlangt wurde. In diesem Moment wurde mir klar, was sie tat. Sie wollte mich anstacheln.

»Du willst, dass ich lerne, meine Kraft zu benutzen?«, fragte ich.

Ihre bernsteinfarbenen Augen huschten zur Tür, hinter der Ares stand.

»*Er wird dich nicht lehren. Du kannst dich nur auf dich selbst verlassen.*«

»Kannst du es mir nicht beibringen?« Sie fletschte ihre spitzen Zähne.

»*Unsere Kräfte könnten nicht unterschiedlicher sein. Ich kann dir nichts beibringen.*«

Ich glaubte nicht, dass das stimmte, zumal ich gar nichts wusste. Wenn man bei null anfing, war alles mehr als nichts.

»Nun, wie es der Zufall will, stand -magische Kriegskraft erlernen- als nächstes auf meiner Liste, gleich nach -mich bewaffnen-«, sagte ich hochmütig. Ihr Blick wanderte zu meinem Messer, das ich sicher zusammengeklappt in meine Jeanstasche schob.

Als sie nichts weiter sagte, schnappte ich mir mein Deo und ein paar andere Dinge aus dem Regal in meinem Waschraum, dann schloss ich den Reißverschluss meines Rucksacks und strich im Geiste Dinge von der Packliste, die ich in der Wüste gemacht hatte.

»Weißt du, ich möchte vielleicht gar nicht im Olymp bleiben«, log ich, warf mir die Tasche über die Schulter und sah die Katze an. Sie blinzelte langsam.

»*Du wirst bleiben wollen*«, sagte sie. »*Als wahre Göttin könntest du eine Welt erforschen, die wirklich grenzenlos ist. Reiche, die im Himmel schweben, in Vulkanen residieren, in goldenen Kuppeln im Ozean versunken sind. Schiffe, die durch den Himmel schweben. Magie, die unendliche Erfahrungen, Geschmäcker, Gefühle und Sehnsüchte ermöglicht. Menschen, Götter und Kreaturen, die die Grenzen deiner Vorstellungskraft sprengen werden. Geschichten, die dich verzweifelt nach mehr verlangen lassen werden. Und Abenteuer, die niemals enden werden, solange du es nicht willst.*«

Der Rucksack rutschte von meiner Schulter, als meine Muskeln erschlafften. Zeeva beschrieb gerade meinen größten Traum. Eine Welt, in der ich mich nicht langweilen konnte. Wo meine grenzenlose Energie und meine lebhafte Fantasie ständig aufgesaugt werden konnten. Meine Augen wurden glasig und ich stellte mir dieses Leben vor, während meine triste, schimmelige, winzige Wohnung zugunsten einer Vision von Freiheit und Leben verschwand.

»Und ich kann nur bleiben, wenn ich Magie habe?«, flüsterte ich.

»*Ja.*« Die Vision löste sich abrupt auf und meine pilzfarbenen Wände fielen wieder um mich herum zusammen.

Der Gedanke, tatsächlich Magie zu besitzen oder zu benutzen, war etwas, mit dem sich mein Gehirn bisher nicht auseinandersetzen wollte. Die Tatsache, dass ich in den letzten verrückten Stunden unzählige Male von meiner Kriegskraft gehört hatte, ließ sie nicht realer oder wahrer erscheinen.

Es war ja nicht so, dass ich nicht daran glaubte. Warum zum Teufel hätte Ares sonst in meinem Leben auftauchen sollen?

Aber ich hatte nicht das Gefühl, dass ich irgendwelche magischen Energien besaß. Und so arrogant es auch sein mochte, ich hatte genug Vertrauen in meine Fähigkeiten als erfolgreiche Kämpferin, dass ich mich damit jetzt nicht auseinandersetzen musste. Ich konnte auch ohne Magie überleben, da war ich mir sicher. Also konzentrierte ich mich auf Joshua und wappnete mich.

Doch wenn ich die Kräfte letztendlich brauchte, um im Olymp zu bleiben... Das würde alles verändern. Das war eine Motivation, die ich gebrauchen konnte, um mein

Gehirn dazu zu zwingen, es zu akzeptieren. Ich würde dieser hochnäsigen Katze zeigen, dass ich lernen konnte mit meinen Kräften umzugehen.

Wenn Ares sie benutzen konnte, dann konnte ich das auch.

Ich musste nur einen Weg finden, ihn dazu zu bringen, mir zu zeigen, wie das ging.

SIEBEN

BELLA

Meine Küche sah mit dem riesigen Gott darin noch kleiner aus als zuvor und Ares grunzte und schüttelte sich, als ich den Raum betrat. Die rote Feder seines Helms war an die schmuddelige Decke gepresst und ich konnte mir ein Grinsen nicht verkneifen. Er sah lächerlich aus.

»Warum wohnst du hier?«

»Das ist das Einzige, was ich mir leisten konnte. Und es hat einen Sandsack, den ich kostenlos nutzen kann.«

»Leisten? Du zahlst Geld, um in diesem... Loch zu wohnen?«

»Du verstehst wohl nichts von dieser Welt. Ja, Panzerjunge, ich zahle Geld, um hier zu wohnen. Lebt man im Olymp etwa mietfrei?« Die letzte Frage klang jedoch eher hoffnungsvoll als sarkastisch.

Ares verlagerte sein Gewicht und schaute verächtlich auf meine lädierten grauen Schränke.

»In meinem Reich lebt man nach den Regeln seines Herrn oder Königs.«

»Und wie wird man zu einem Herrn oder König?«

Ares zuckte mit den Schultern. Das Metall seines Helms kratzte an der Decke und seine Schulterplatten klirrten gegen die Küchenzeile. »Die höchste Gewalt haben die Gottheiten; sie werden als solche geboren. Sie delegieren die Macht an Könige.«

»Habt ihr auch Königinnen?«, fragte ich. Er nickte.

»Viele. Hippolyta von den Amazonen ist meine Favoritin.« Seine Augen leuchteten auf, als er ihren Namen aussprach und ich erinnerte mich daran, dass Persephone gesagt hatte, dass sie seine Tochter sei. Der Gedanke war mir unangenehm und obwohl dies das freundlichste und nützlichste Gespräch war, das wir bisher geführt hatten, wechselte ich das Thema.

»Bist du bereit zu gehen? Ich muss meinen Freund finden.«

Ares Augen verfinsterten sich.

»Immer redest du von deinem Freund«, brummte er.

»Ja. Das machen Freunde halt so. Sie sorgen sich umeinander. Gibt's im Olymp Tequila?«, fragte ich und erspähte die Flasche auf dem Tresen hinter ihm, neben dem kaputten Wasserkocher.

»Was ist Tequila?«

»Unsere Version von Nektar«, murmelte ich, schnappte mir die Flasche und warf sie in meine Tasche. Als der Tequila sicher verstaut war, stemmte ich meine Hände in die Hüften und ließ meinen Blick ein letztes Mal durch die kleine Wohnung schweifen. Es gab rein gar nichts, was ich hier vermissen würde. Was an sich schon traurig war. Doch es stärkte auch meine Entschlossenheit. Der Weg, den ich jetzt gehen würde, mochte gefährlich und vielleicht sogar tödlich sein, aber er war mir lieber als dieses Leben hier. »Auf geht's.«

»Warum fangen wir mit unserer Suche hier inmitten der Wüste an?«, fragte ich, als das Licht des Blitzes aus meinen Augen verschwand und ich die sandige Umgebung wieder wahrnahm.

»Hör auf zu reden.«

»Hey, wenn du willst, dass ich dir helfe, wirst du mir schon sagen müssen, was los ist«, sagte ich und stampfte ihm durch den Sand hinterher. »Ich bin ja nicht dein verdammtes Hündchen, dass dir gehorsam hinterherläuft.«

»Wenn du überleben und deinen Freund finden willst, dann wirst du genau das tun.« Er hielt inne und drehte sich zu mir um. Etwas Bösartiges funkelte in seinen Augen. »Du wirst ein braves Hündchen sein.«

Echte Wut packte mich. »Du tickst doch nicht richtig! Sag, dass das ein Scherz war.« Meine Stimme war gefährlich leise.

»Das hättest du wohl gern.«

»So lass ich mich verdammt nochmal von niemandem behandeln«, knurrte ich. Der rote Nebel explodierte in meinem Sichtfeld, Energie schoss mir durch die Adern und erfüllte meine Muskeln mit Kraft.

»Wir fangen damit an, dass du weniger fluchen wirst«, sagte er.

»Ich werde damit anfangen, dir deinen verdammten Kopf abzureißen, du übergroßer Idiot!«

Schreiend warf ich mich auf ihn und jaulte, als ich in der Luft gegen eine unsichtbare Wand stieß. Ich prallte daran zurück und landete hart auf meinem Hintern. Staubiger Sand flog um mich herum auf, als ich auf die

Füße krabbelte *Bleib nie länger am Boden als nötig*. Ares verschränkte selbstzufrieden die Arme.

Doch bevor ich mich wieder auf ihn stürzen konnte, wurde mir etwas klar. Es waren nicht nur meine Schulter und meine Hüfte, die diese Wand der Macht körperlich gespürt hatten. Etwas in meinem Bauch hatte sich geregt.

Mit einem Brüllen warf ich mich wieder auf ihn, aber im letzten Moment zielte ich darauf, ihm die Beine wegzuschlagen. Wie erwartet traf ich wieder auf die unsichtbare Barriere, aber dieses Mal konzentrierte ich mich. Ja, da war es! Es fühlte sich an wie ein scharfes Ziehen an einer Schnur tief in meinem Bauch. War er das, mit dem Zugriff auf meine Kraft?

Ich kreischte, als ich mit einem Ruck von einer unsichtbaren Hand in die Höhe gehoben wurde. Ich hatte mich auf das fremde Gefühl konzentriert und war abgelenkt gewesen, was Ares die Oberhand in diesem Kampf gab. Er hatte mich mit einer unsichtbaren Faust am Kragen meines Hemds gepackt und vom Boden gehoben, wie bei einem Nackengriff mit einem Welpen.

Zappelnd und um mich schlagend erwartete ich, dass mein Shirt reißen würde, aber er setzte mich überraschend sanft wieder ab. Ich drehte mich um, um ihn anzustarren und er starrte zurück. Er war mindestens einen halben Meter größer als ich.

»Hör auf unsere Zeit zu verschwenden«, sagte er.

»Hör auf, dich wie ein Arschloch zu benehmen«, erwiderte ich.

Funken flogen in seinen dunklen Augen. Ich war nah genug dran, um zu erkennen, dass sie wie brennende Glut aussahen. Sie waren... hypnotisch. Ich riss meinen Blick weg.

»Warum machst du es uns so schwer?«

»Oh, ich weiß nicht. Vielleicht, weil du dich mit der Absicht, mich zu töten, vorgestellt hast? Oder vielleicht, weil es dir scheißegal ist, Joshua zu retten und du mich hier nur durch die Pampa schleifst, um deinen eigenen Arsch zu retten? Oder vielleicht auch nur, weil du ein humorloser Trottel bist.«

»Der schnellste Weg, deinen Freund in Sicherheit bringen, ist, mich nicht mehr zu verärgern«, sagte er und es lag eine neue, sehr reale Anspannung in seiner Stimme.

»Sag mir, wie ich meine Kraft einsetzen kann«, forderte ich und suchte den Blickkontakt wieder.

»Nein«, antwortete er schlicht, drehte sich um und nahm seinen Weg wieder auf.

»Dann werde ich weiterhin eine Nervensäge sein«, erwiderte ich und musste joggen, um ihn einzuholen.

»Das wirst du so oder so«, spuckte er.

Dem konnte ich nicht wirklich widersprechen, also lief ich schweigend neben ihm her. Das Adrenalin von unserem kurzen, erfolglosen Kampf jagte immer noch durch mich hindurch, aber der rote Nebel hatte sich aufgelöst.

Der schnellste Weg, Joshua zu helfen, war in Bewegung zu bleiben und Ares nicht sinnlos anzugreifen.

»Sag mir wenigstens, wohin wir gehen«, sagte ich.

»Wir gehen in eine der belebtesten Städte in meinem Reich, um herauszufinden, wer etwas über diesen verfluchten Dämon weiß«, seufzte er nach einer langen Pause.

»Oh«, sagte ich. Das klang nach einer guten Idee, aber das wollte ich ihm nicht sagen. »Warum reisen wir nicht per Lichtblitz dort hin?«

»Weil der König von Erimos das in seiner Stadt nicht erlaubt. Man darf sich nur von dort heraus zaubern.«

Meine Neugierde über Erimos und seinen König war mit Händen zu greifen, aber ich spürte, dass Ares keine weiteren Fragen zu dem Thema dulden würde und so verkniff ich sie mir.

»Aber wenn du der Gott dieses Reiches bist, kannst du dann nicht einfach die Regeln brechen?«

Ares nahm einen langen Atemzug und ließ ihn dann langsam wieder aus. Ich hatte den Eindruck, dass er sich fühlte, als würde er mit einem Kind sprechen.

»Deine Macht ist nur ein Schatten von dem, was meine war. Sie wird stärker werden, je länger du hier bist, aber im Moment kannst du nicht mehr, als uns von einem Ort an den anderen zu zaubern.«

Ich öffnete entrüstet den Mund, um meine neuentdeckte Magie zu verteidigen, aber Ares fuhr fort.

»Sollten sie meinen Mangel an Kraft entdecken, würden viele Bewohner meines Reichs das ausnutzen wollen. Den Gott des Krieges zu stürzen wäre eine legendäre Leistung. Deshalb werden wir meine Identität geheim halten.«

Ein kleiner Anflug von Aufregung überkam mich und ich war mir nicht sicher, warum. »Du willst verkleidet durch dein eigenes Reich reisen?«

»Ich sehe keinen anderen Weg.« Er klang überhaupt nicht glücklich darüber, aber aus irgendeinem Grund war ich von der Idee begeistert. Es war, als wären wir in einem Spionagefilm. Vielleicht war es meine Liebe zum Theater und die Gelegenheit eine echte Schauspielerin zu sein, die so aufregend war. Oder vielleicht war ich einfach nur verkorkster, als mir bewusst war.

»Werden sie dich nicht erkennen? Du hast nicht

gerade ein Allerweltsgesicht.« Ich beäugte seine massige Gestalt.

Ares sagte nichts, stapfte nur so energisch durch die karge Wüste, dass seine Rüstung klirrte.

»Wirst du Magie einsetzen, um dein Aussehen zu verändern?«, versuchte ich es erneut.

»Deine Kraft ist nicht stark genug, dass ich sie über einen längeren Zeitraum so einsetzen könnte. Es würde dich auslaugen und du würdest bewusstlos werden.«

Mir gefiel sein erfreuter Ton ganz und gar nicht.

»Wie willst du dich dann tarnen? Sicherlich weiß jeder hier, wie du aussiehst?«

Ares blieb langsam stehen und stemmte seine riesigen Fäuste in die Hüften.

»Du hast keine Ahnung, wie sehr mir das widerstrebt«, sagte er leise.

»Was?« Eine Mischung aus Angst und Aufregung schoss eine Wärme in mein Gesicht, die nichts mit der Wüstenhitze zu tun hatte. Was hatte er vor?

»Es gibt nur drei Wesen, die mein Gesicht jemals gesehen haben.« Ich konnte die Worte kaum hören, die gedämpft von hinter seinem Helm hervorklangen.

»Warum?«

»Der Helm des Krieges ist ein Teil von mir. Du würdest das nicht verstehen.«

Ich dachte an mein Messer und wie nackt ich mich ohne es fühlte, aber ich verwarf den Gedanken schnell wieder und konzentrierte mich auf Ares.

»Du nimmst ihn also nie ab?«

»Nicht vor anderen Leuten, nein.«

»Bist du so richtig hässlich?« Ich konnte mir die Frage nicht verkneifen.

Er sah mich wütend an und ich sah die Glut in seinen Augen.

»Du hast Nerven, mich zu verspotten.« Eiseskälte schwang mit diesen Worten mit und ich fühlte wieder das Ziehen hinter meinem Bauchnabel. *Ich hatte ihn wütend genug gemacht, dass er Magie anwenden wollte.*

»Es ist doch nur ein Helm.« Ich zuckte mit den Achseln.

»Du bist ein dummes, egoistisches Kind«, knurrte er und die Glut wuchs und gab seinen Augen einen bernsteinfarbenen Glanz. Ich holte tief Luft, der Anblick war absolut faszinierend. Je länger ich das Feuer in seinen Augen betrachtete, desto mehr war ich mir sicher, dass ich das Klingen von Schwertern und Schlagen von Trommeln hören konnte. Und desto mehr kribbelte das Gefühl von Adrenalin und dem unschlagbaren Gefühl des Sieges in mir. Er muss meine Ehrfurcht jedoch mit Angst verwechselt haben, denn seine Schultern verkrampften sich und er trat einen Schritt zurück. Er nickte zufrieden und brach den Bann.

Ich beschloss, dass es besser war, ihn in dem Glauben zu lassen, dass ich Angst vor ihm hatte, statt ihn wissen zu lassen, dass er die schönsten Augen hatte, die ich je gesehen hatte. Also hielt ich mein Maul fest geschlossen, das Kribbeln pulsierte dennoch weiter über meine Haut. Diese Regungen brauchte ich jetzt wirklich überhaupt nicht. Aber ich sehnte mich schon jetzt danach, das Feuer in seinen Augen wiederzusehen.

Er hat dich gerade ein dummes Kind genannt! Das ist gar nicht cool! Reiß dich zusammen, Bella, schimpfte ich in Gedanken mit mir selbst.

»Wenn ich unwissend bin, ist das ja wohl deine

Schuld. Du erklärst mir ja nichts.« Ich verschränkte die Arme vor der Brust und das Kribbeln ebbte endlich ab.

Ares verlagerte sein Gewicht von einem Fuß auf den anderen und seine Rüstung knarrte.

»Ich werde dir alles erzählen, was du über Erimos wissen musst«, bot er schließlich an.

»Erimos interessiert mich nicht«, sagte ich, obwohl das nicht ganz wahr war. »Ich möchte wissen, warum du so sehr an diesem Helm hängst. Schläfst du mit ihm auf dem Kopf?«

Ares knurrte verärgert und stampfte auf.

»Du bist alles, was ich an Menschen hasse!«

»Ich fasse das als Kompliment auf, im Namen aller Menschen«, sagte ich. Tatsächlich glaubte ich nicht, dass ich die Menschheit gut repräsentierte. Die meisten Menschen schienen mich auch zu hassen. Aber das brauchte er nicht zu wissen.

»Der Helm war ein Geschenk von meinem Vater«, schnauzte er.

»Zeus? Derselbe Zeus, der dir deine Kraft gestohlen hat?«

»Ja.«

»Hasst du ihn jetzt nicht?«

»Nein. Er ist mächtig und stark und der wahre König der Götter.«

»Dann... Warum hat er dir dann deine Macht genommen?« Ich spürte das Ziehen in der Magengegend und dann schwoll Ares an. Seine Rüstung glänzte und wuchs mit ihm. Meine Augen legten sich hoffnungsvoll auf die seinen. *Ich wollte das Feuer sehen.*

»Mein Vater wird seine Gründe gehabt haben. Und ich werde eine Ewigkeit Zeit haben, herauszufinden, was diese waren. In der Zwischenzeit werden wir diesen verfluchten Dämon aufspüren, deinen verfluchten Freund finden und sie an Hades ausliefern!«

»Und dem ganzen Reich dein wahres Gesicht zeigen«, fügte ich frech hinzu.

Eine Explosion von Macht brach aus dem Gott hervor. Bevor ich blinzeln konnte, taumelte ich rückwärts. Hitze und das Geräusch von Trommeln überschlugen sich in meinem Kopf. Ich verlor den Halt, prallte dann aber mit dem Hintern an etwas Weichem ab, das mich wieder auf die Füße stellte. Mit ausgestreckten Armen versuchte ich wieder festen Stand zu finden und blickte zu Ares auf. Glut brannte in seinen schokoladenfarbenen Augen und das blöde Kribbeln setzte sofort wieder ein. Ich konnte die Trommelschläge immer noch hören.

»Du bist unmöglich«, knurrte er. »Machst du das absichtlich?«

»Nein«, log ich. Ich wusste, wie dumm mein Verhalten war. Irgendwann würde er mich wahrscheinlich umbringen, wenn ich ihn weiterhin dazu brachte, die Kontrolle zu verlieren.

Ich drehte mich um, um nachzusehen, was meinen Sturz abgefangen hatte, aber da war nichts. Hatte ich irgendwie meine Magie eingesetzt? Oder hatte Ares mich aufgefangen? Ich konnte mir nicht vorstellen, dass er sich viel daraus machte, meinen Hintern vor einem Aufprall zu schützen.

»Meinen Helm abzunehmen wird das Schwerste sein, was ich seit Jahrhunderten getan habe. Wenn du das nicht respektierst, halt einfach den Mund«, sagte er leise.

Zu meinem völligen Erstaunen lösten seine Worte tatsächlich ein schlechtes Gewissen in mir aus. Wenn das wirklich so eine große Sache für ihn war, sollte ich mich vielleicht zurückhalten.

Er wollte dich umbringen! Meine empörte innere Stimme hatte recht, aber ich konnte mich nicht dazu durchringen, weiter auf dem Thema herumzureiten. Jahrhunderte waren eine lange Zeit. Außerdem war da der neugierige Teil von mir, der sehen wollte, wie er unter der Rüstung aussah.

Mein sexhungriges Gehirn servierte mir blitzschnell ein Bild von ihm, wie er unter all dem Metall aussehen konnte. Riesig, breitschultrig und *völlig* nackt. Ein Brennen breitete sich auf meinen Wangen aus und ich blinzelte das Bild schnell weg. Seltsamerweise hatte der nackte Ares in meiner Vorstellung noch immer seinen Helm auf.

Es schien, dass es einfacher war, mir seinen bloßen Körper vorzustellen, als mir das Gesicht des Gottes auszudenken. Ein Seelenklempner würde seinen Spaß an mir haben.

Als ich tatsächlich den Mund hielt, atmete Ares wütend aus und drehte mir den Rücken zu. Er trat ein paar lange Schritte von mir weg und brachte einen anständigen Abstand zwischen uns. Beinahe hätte ich einen Witz darüber gemacht, dass er eine Drama-Queen sei, aber ich hielt meinen Kiefer fest verschlossen.

Aber meine Güte, der Mann war aber auch überdramatisch. Was verbarg er nur?

Das Bild von Shrek tauchte in meinem Kopf auf und ein Lachanfall brach aus mir heraus. Ares warf mir über seine Schulter einen wütenden Blick zu und griff dann an die Unterseite seines Helms.

Vorfreude durchzuckte mich. Warum interessierte es mich so sehr, wie er aussah?

Er hob seine Hände und zog den Helm vom Kopf. Welliges braunes Haar fiel ihm über den Rücken und meine Augenbrauen schossen überrascht in die Höhe. Weiße Strähnen durchzogen seine golden glänzenden Haare, die weit über seine massiven Schultern hinausreichten.

Mit geweiteten Augen beobachtete ich, wie er den Helm in den Sand fallen ließ und begann, sein Haar mit einem Lederriemen zu einem Zopf zurückzubinden.

Ich hätte ihn nie und nimmer für einen Kerl mit langen Haaren gehalten. Ich hätte sogar Geld darauf verwettet, dass er einen Igelschnitt tragen würde.

Als er sich schließlich zu mir umdrehte, verlangte es mir jedes Quäntchen Willenskraft ab, meine Kinnlade nicht herunterfallen zu lassen.

Ares war heiß. Er war so heiß, dass es ein klarer Beweis dafür war, dass er nicht menschlich war. Kein Mensch konnte so gut aussehen.

In seinen schokoladenbraunen Augen tobte das Feuer. Sein Gesicht war streng und sexy zugleich. Seine harten, kantigen Wangenknochen und die Kieferlinie wurden durch volle, weiche Lippen ausgeglichen und sein kurzer, dunkler Bart ließ sein gewelltes Haar irgendwie noch männlicher aussehen. Er war perfekt, einfach perfekt.

»Nun, ich denke, wir werden dein Gesicht nicht hinter einer Papiertüte verstecken müssen«, hauchte ich.

Er runzelte die Stirn und seine dunklen Augenbrauen zogen sich zusammen.

»Warum sollte jemand eine Tüte aus Papier brauchen?«

Als ich zum ersten Mal sah, wie sich sein Mund bewegte, als er sprach, verspürte ich das unerbittliche Verlangen, seine weichen Lippen auf meinen zu spüren. Ich verzog das Gesicht. *Er war ein Gott. Natürlich sah er heiß aus. Das hieß aber nicht, dass er nicht trotzdem ein Arschloch war! Konzentrier dich, Bella!*

»Das ist eine Redewendung aus meiner Welt«, sagte ich und schüttelte den Kopf. »Was willst du damit machen?«, fragte ich und deutete auf seinen Helm im Sand.

»Ich werde ihn verstecken, zusammen mit dem hier.« Er schlug mit der Faust auf seinen massiven Brustpanzer und meine Wangen brannten.

Na toll. Der geilste Mann, den ich je getroffen hatte, war dabei, sich vor mir auszuziehen.

Ich versuchte mich abzulenken, setzte mich und kritzelte Zeichen in den Sand. Ares legte klappernd seine Rüstung ab. *Joshua.* Es ging darum, Joshua zu retten, sagte ich mir immer wieder und zeichnete eine große Spirale. Wir mussten uns endlich auf den Weg machen und ich musste aufhören, unsere Zeit mit Kinderkram zu vergeuden. Sobald er bereit war, ging es los und ich würde mich benehmen und mich konzentrieren.

»Können wir dann?«, grunzte Ares und riss mich aus meinen Gedanken.

Ich sprang auf und stolperte prompt über meine Tasche. Der Gott trug eine einfache schwarze Leinenhose und kein Hemd.

»Warum trägst du kein Hemd?« Ich zwang mich, ihm ins Gesicht zu sehen, aber seine unverschämt definierten Brustmuskeln brannten sich trotzdem in mein peripheres Blickfeld.

»Die Bürger von Erimos tragen keine Hemden«, antwortete er.

»Sag bloß nicht, dass das auch für Frauen gilt«, sagte

ich erschrocken. Ich würde nicht mit entblößten Brüsten in eine fremde Stadt gehen. Auf gar keinen Fall.

Ares sah mich an, als sei ich ein Kleinkind.

»Es ist offensichtlich, dass du Tourist bist. Du darfst deine Kleider anbehalten.«

Über seiner Stirn verlief ein goldenes Band, das aus dem gleichen Material gefertigt war wie sein glänzender Helm. Ich deutete darauf.

»Ist das das Versteck deiner Rüstung?«

Er nickte.

»Cool«, sagte ich beeindruckt. »Aber du siehst schon ein wenig... königlich aus.«

Er verdrehte die Augen, drehte mir den Rücken zu und schritt durch den Sand. Es war völlig unmöglich, ihm nicht auf die massiven Schultern zu schauen. Seine straffen Muskeln bewegte sich beim Gehen verführerisch und Grübchen formten sich auf seinem Rücken. Und dann war da noch die niedrige Gürtellinie, die seinen Hintern mehr als nur erahnen ließ...

Mental gab ich mir eine harte Ohrfeige. *Hör auf zu glotzen. Es ist an der Zeit, Joshua zu suchen.*

ACHT

BELLA

Wir waren gerade erst eine Minute unterwegs und Ares hatte mich nicht eines Wortes gewürdigt, als ein blaugrüner Schimmer meine Aufmerksamkeit erregte. Wie, als wäre ich wieder vor eine dieser unsichtbaren Mauern geknallt, blieb ich stehen. Zeeva tauchte vor mir auf dem Sand auf. Sie reckte sich träge und setzte sich dann hin, den Schwanz um ihren Körper und die Vorderpfoten gewickelt.

»Warum ist diese Katze hier?«, knurrte Ares, blieb stehen und drehte sich um, um uns beide anzustarren.

»Keine Ahnung.« Ich verbot es mir, auf seine nackte Brust zu schauen; seine muskulöse, gebräunte, massige nackte Brust. »Was ist los, Zeeva?«

»*Ich nehme an, ihr seid auf dem Weg nach Erimos?*«, fragte sie mich in meinen Gedanken. Ich nickte. Sie gähnte.

»*Leider wird meine Verbindung zu dir nicht mehr funktionieren, sobald du in der Stadt bist. Ich werde bei dir bleiben müssen.*«

»Oh.« Ich war mir unsicher, ob ich sie dabeihaben

wollte oder nicht. Sie war bis jetzt nicht gerade freundlich oder hilfreich gewesen. Aber sie wusste mehr als ich und ich nahm an, dass ihre Anwesenheit nicht schaden konnte. Ich sah zu Ares auf. »Sie kommt mit uns nach Erimos.«

Ares knurrte. »Du bist nicht willkommen, Spionin«, zischte er Zeeva zu.

Ich hörte nicht was sie antwortete, aber er sah sauer aus. Er stampfte mit einem Lederstiefel auf, drehte sich dann um und setzte seinen Marsch fort, wobei selbst sein wundervoller Rücken es schaffte, Wut auszustrahlen.

»Da hast du es, jetzt ist er schon wieder sauer«, sagte ich zu der Katze. Sie machte sich nicht die Mühe, mir zu antworten, sondern schlenderte einfach hinter ihm her.

»Du wolltest mir von Erimos erzählen«, forderte ich, als ich die beiden einholte. Mir war heiß, aber ich hatte kein Wasser mitgebracht, nur Tequila, was in der Wüste nicht besonders hilfreich war.

»Es wird von einem besonders brutalen Herrscher regiert. Überall in meinem Reich gibt es Kampfarenen und er hat die größten. Er hat auch die meisten Spielhallen. Erimos hat Geld. Viele kommen hierher, um Alkohol und Frauen zu genießen.« Ares stieß die Worte wütend hervor und ich spürte, wie er innerlich noch immer kochte.

»Na herrlich«, sagte ich. »Was ist eine Kampfarena?«

»Ein Gladiatorenring in deiner Welt. Hier nennen sie sie auch Kampfgruben«, erklang Zeevas Stimme in meinem Kopf, während Ares den Kopf schüttelte.

»Du bist so ahnungslos«, murmelte er.

»Du glaubst doch nicht, dass Joshua dorthin gebracht wurde, oder?« All meine vollkommen unangebrachten sexuellen Gedanken an Ares verschwanden, als Bilder von Joshua, der in Ketten gelegt und gezwungen wurde, gegen Gladiatoren zu kämpfen, meinen Geist erfüllten.

Ares zuckte nur mit den Schultern. »Wenn ein Dämon in meinem Reich gesichtet wurde, wird jemand in Erimos davon gehört haben«, sagte er. »Deshalb gehen wir dorthin.«

Ich versuchte mir mein Unbehagen nicht ansehen zu lassen, aber ich hatte einen Kloß im Hals.

»Dein Freund ist ein Wächter, kein Kämpfer. Es ist unwahrscheinlich, dass er in die Kampfgruben gebracht wurde«, sagte Zeeva nach einer Weile. Ich schaute sie dankbar an, aber sie drehte sich nicht zu mir um.

»Wie kann ich dir in Gedanken antworten?« fragte ich sie.

»Konzentriere dich einfach darauf, die Worte nur auf mich zu projizieren. Aber mir wäre es lieber, wenn du das nicht tun würdest. Du bist so schon nervig genug.«

»Wie charmant«, murmelte ich. Selbst im Olymp mochte mich niemand, nicht einmal meine eigene verdammte Katze.

Ich konnte ihren Standpunkt irgendwie verstehen, dachte ich mürrisch. Wir gingen weiter durch den Sand und die Natur um uns herum wurde immer karger. Da war nichts außer einem gelegentlichen Busch oder Steinhaufen. Ich war einfach nicht gut darin, ruhig zu bleiben oder mich zu entspannen. Ich machte die Leute nervös, nervte.

Und oft war es noch viel schlimmer. Oft nervte ich nicht nur, sondern explodierte mit einer Art von Ärger, die ich nur so anzuziehen schien. Aber es waren nicht die aggressionsgeladenen Situationen selbst, die das Problem waren. Das Problem war meine Reaktion. Ich war das Problem.

Wenn die Stimmung auch nur einen Funken Aggressionspotential aufwies, musste ich es eskalieren. Und wenn ich herausgefordert wurde, musste ich den Kampf aufnehmen. Es war als wäre ich nur von Impulsivität und aggressiver Energie geleitet. Das machte Leuten Angst. Verdammt, manchmal machte es mir selbst Angst.

»Wir sind da. Ich weiß, dass dir das schwer fallen wird, aber versuch, deinen Mund zu halten und mich reden zu lassen«, sagte Ares abrupt und wandte sich ab.

Ich blickte stirnrunzelnd um uns herum auf den endlosen Sand. »Ähm, ist die Stadt unsichtbar?«

Ares sah mich an, als wäre ich verrückt. »Unsichtbar? Geht's noch?« Er schüttelte erneut den Kopf und erschreckte mich fast zu Tode mit einem Brüllen, so dass mir um ein Haar das Trommelfell geplatzt wäre.

»Was um Himmels willen-«, setzte ich an, aber mein Schrei wurde vom Lärm des tosenden Windes übertönt. Wirbelstürme erhoben sich aus dem Sand und peitschten mir mein Haar ins Gesicht und Sekunden später konnte ich nichts mehr sehen als den gelben Sand, der um uns herumwirbelte. Es schien jedoch, dass wir von dem Wüten beschützt waren, denn klare Luft umgab uns drei. Trotzdem durchströmte mich Panik und der Instinkt davon zu rennen, überrollte mich. Doch so schnell der Sandsturm begonnen hatte, so schnell hörte er auch wieder auf.

Der Sand fiel jedoch nicht zurück auf die Erde, sondern schwebte hinauf in den Himmel und verschwand in den Wolken. An seiner Stelle erschien eine riesige Lichtung, die mit einer prächtigen Stadtmauer gesäumt war.

Mein unmittelbarer Eindruck war, dass es aussah, wie Agrabah aus dem Disney-Film Aladdin. Doch als ich die juwelenträchtigen Mauern, die die leuchtende Metropole vor uns umgaben, näher betrachtete, begann ich die dunkleren Details zu bemerken.

Zwischen dem hellen Stein und den Juwelen waren Totenköpfe eingelassen und die gewölbten Türme der Gebäude, die hoch über die Mauern ragten, waren mit Schnitzereien von Waffen verziert. Schwerter, Dreschflegel, Äxte und Hämmer waren in riesigen Mustern in die beeindruckende Architektur eingelassen.

Von unserer erhöhten Position aus konnte ich sehen, dass sich die großen spitzen Türme hauptsächlich auf die Mitte der quadratischen Stadt konzentrierten und die Gebäude immer kleiner wurde, je näher sie der Stadtmauer kamen. Aber sie waren alle aus dem gleichen Stein gebaut und glitzerten in der Sonne.

Weite Höfe, gefüllt mit Stoffzelten, nahmen den Raum zwischen den Gebäuden ein und ich konnte aus der Ferne Gestalten ausmachen, die sich dort tummelten. Um die Stadt herum, jenseits der Mauern, befanden sich sechs oder sieben tiefe Gruben, die kreisförmig von gestuften Bänken umsäumt waren. Das mussten die *Kampfgruben* sein, erkannte ich mit einem Anflug morbider Neugierde. Zwischen den Gruben standen Hunderte von bunten Zelten in Gruppen zusammen und ich betrachtete sie stirnrunzelnd.

»Warum sind die Gruben außerhalb der Stadt?«, fragte ich und deutete auf die Zelte.

»Man muss bezahlen, um Erimos zu betreten. Die Menschen, die in diesen Zelten leben, können es sich nicht leisten, die Stadt zu besuchen.« Ares stapfte die Sanddüne hinunter und ich folgte ihm.

»Ich nehme an, du hast Geld?«, fragte ich, als mir plötzlich bewusstwurde, wie mittellos ich war.

Ares grunzte nur.

»*Sie benutzen hier Drachmen.*« Ich schaute auf Zeeva hinunter und die Katze schien fast über den Sand zu schweben, so mühelos und anmutig bewegte sie sich.

»Gut zu wissen«, sagte ich, auch wenn ich keine Ahnung hatte, was das bedeutete. Aber jedes bisschen Info war mir willkommen. Irgendwas würde sich sicherlich als nützlich erweisen.

Als wir den Fuß der Düne erreichten, ragten die Tore von Erimos groß und imposant vor uns auf. Aus der Nähe konnte ich die vielen Knochen erkennen, die in die Steinmauern eingelassen waren, nicht nur die Schädel, die man von weiter weg sehen konnte. Diamanten glitzerten zwischen Oberschenkelknochen, Saphire funkelten an Rippen und Amethyste glänzten um Schlüsselbeine herum. Es war verdammt gruselig, aber ich brannte darauf, eine Stadt wie diese zu erkunden.

Doch als Ares die verschlungenen Eisentore und die beiden gepanzerten Wachen erreichte, die Münzen von der kleinen Schlange von Leuten einsammelten, wandte er sich nach links ab und ging stattdessen an der Außenseite der Mauer entlang.

»Warum gehen wir nicht hinein?«, fragte ich und lief schneller, um mit ihm Schritt zu halten. Die Geräusche verebbten, als wir uns vom Tor weg und weiter an der Mauer entlang bewegten.

»Wir können die Informationen, die wir brauchen, vielleicht auch bekommen, ohne die Stadt zu betreten.«

»Aber ich will die Stadt sehen!«

»Es ist mir egal, was du willst.«

»Das ist offensichtlich«, schnauzte ich.

»*Er meidet den König von Erimos*«, bot Zeeva an.

»Warum?«

»*Frag ihn.*«

»Warum gehst du dem König aus dem Weg?«, fragte ich Ares, der sich abrupt umdrehte und die Katze anknurrte.

»Musst du Biest dich ständig einmischen?«, zischte er. Sie schnippte mit dem Schwanz. »Er ist mehr als ein König. Und es ist besser, wenn er nicht weiß, dass ich hier bin.«

»Aber du bist doch getarnt.«

»Ich will kein unnötiges Risiko eingehen!«, rief er, blieb stehen und stürzte sich auf mich. »Dies sind mein Reich, meine Welt, meine Regeln und du musst aufhören, jede Entscheidung zu hinterfragen!«

Ich funkelte ihn an, blieb aber stumm und erinnerte mich an meinen Vorsatz, mich zu benehmen. Bis zu einem gewissen Grad hatte er recht. Zumindest damit, dass es seine Welt war. Er wusste hier definitiv am besten Bescheid und der schnellste Weg zu Joshua zu gelangen, war Ares Weisungen zu folgen.

Aber ich würde mich auf keinen Fall an seine Regeln halten.

Es dauerte weitere fünf Minuten, bis wir eine der Zeltsiedlungen erreichten. Ich konnte die versunkene Kampfarena, von der ich wusste, dass sie gleich hinter dem

Lagerplatz lag, nicht sehen, aber meine Neugierde überwältigte mich fast.

»Die Menschen, die hier leben, sind Grubenkämpfer. Viele gehören den Sklavenhändlern, die in der Stadt bleiben«, sagte Ares leise, als wir uns näherten.

»Warum fliehen sie nicht?«

»Die meisten sind gefesselt und können nicht weglaufen. Aber einige kämpfen auch um Ruhm«, antwortete er. »Sie sind hart im Nehmen, diese Völker. Halt jetzt den Mund und lass mich reden.«

Die Zelte leuchtenden in allen Farben des Regenbogens und waren in Rot-, Blau-, Lila- und Gelbtönen gehalten. Die Bewohner sahen genauso bunt aus. Ich bemühte mich aufrichtig, desinteressiert auszusehen, als Ares langsamer wurde und wir lässig in das Lager schlenderten. Direkt vor uns tobte ein großes Feuer, über dem ein eiserner Topf schwang, um den etwa sechs Personen auf Holzhockern saßen. Soweit ich erkennen konnte, waren sie alle ähnlich gekleidet, oben ohne und mit ausgebeulten Haremshosen in lila oder rot. Aber da hörten die Ähnlichkeiten auch schon auf.

Zwei von ihnen waren Minotauren, mutmaßte ich. Sie waren so groß wie Ares, von dunklem Fell bedeckt, hatten Hufen und Schnauzen statt Gesichtern und riesige Hörner, die aus der Stirn ragten. Sie waren ehrfurchtgebietend.

Als die Gruppe uns bemerke, drehte sich eine Kreatur mit einer Menge Stacheln, die aus seinem kahlen Kopf ragten, zu uns um, und ich sah, dass er nur ein bernsteinfarbenes Auge in der Mitte seines deformierten Gesichts hatte. Er stand auf und ich erkannte, dass er *weiblich* war. Ein zerrissenes Tuch war um ihre Brust gebunden und sie richtete ihr Auge auf Ares.

»Nennt euer Anliegen«, sagte sie und der Rest der Gruppe starrte uns an. Die anderen drei Männer sahen menschlich aus. Ich setzte mein freundlichstes Lächeln auf und Adrenalin strömte in meine Adern.

»Mein... Freund ist verschwunden. Ich suche nach Informationen«, sagte Ares. Der Zyklop nickte und Ares fuhr fort. »Habt ihr etwas über einen Dämon aus der Unterwelt gehört, der durch Erimos ziehen soll?«

Das Gesicht des Zyklopen war eine unbewegliche Maske und einer der Minotauren trat gegen den Eisentopf, was ihn zum Schwingen brachte. Der Geruch kochenden Fleisches breitete sich jetzt noch intensiver aus.

»Wir haben nichts dergleichen gehört.«

»Es gibt keine neuen Dämonen im Ring?«

»Wir können euch nicht helfen.« Ihre Stimme war hart und Ares spannte sich an. Ich spürte ein Ziehen in meinem Bauch, als die Wut aus ihm herausrollte.

Er war ein Gott. Er war nicht daran gewöhnt, dass Menschen nicht mit ihm kooperierten. Ich fragte mich, ob das jemals zuvor vorgekommen war. Nur wenige der Götter waren stärker als Ares und er war es gewohnt zu bekommen, was er wollte.

»Das riecht aber gut«, sagte ich, bevor er ausrasten und uns verraten konnte. »Was ist das?«

Einer der Männer warf mir einen spitzen Blick zu, dann antwortete er: »Alexsis hat letzte Woche ihr Bein in der Grube verloren. Sie ist heute Morgen gestorben.«

»Oh. Mein Beileid«, sagte ich verwirrt. Warum erzählte er mir, dass seine Freundin gestorben war? Der Mann zuckte mit den Achseln.

»Sie war unsere Köchin. Das ist alles, was wir noch haben, jetzt da sie nicht mehr da ist.«

»Das ist ja scheiße«, sagte ich mitfühlend.

»Kannst du kochen?«, fragte der Minotaur, der mir am nächsten stand. Seine Stimme war tief wie das Knurren eines Wolfs.

Ich lache herzlich. »Nein. Außer du zählst Käsebrote als kochen.« Ich spürte, wie eine weitere Welle der Macht von Ares ausging und vermutete, dass sie nun auf mich gerichtet war. Es war an der Zeit, meine Klappe zu halten. »Danke für die Hilfe und viel Glück beim Kochen lernen«, sagte ich fröhlich und begann mich umzudrehen.

Alle fünf von ihnen standen gleichzeitig auf.

Ich hielt inne und all meine Muskeln spannten sich an. Instinktiv war ich bereit für den Kampf und Kraft strömte mir in die Adern.

»Wir brauchen einen Koch«, knurrte der Minotaur. »Und das wird uns eine Woche lang ernähren.« Er deutete auf Ares Stirnband.

»Ich habe dir gesagt, dass du zu königlich aussiehst!«, zischte ich aus dem Mundwinkel.

Er sah mich wütend an und meine Worte verstummten. Glut brannte in seinen Pupillen. Wie als direkte Antwort darauf, senkte sich der Nebel über meine eigenen. Meine Sicht schärfte sich, während sich mein Sichtfeld rot färbte und das vertraute Gefühl, zu groß für meinen eigenen Körper zu sein, überkam mich. Meine Haut kribbelte vor aufgestauter Energie, als ich meine Augen von Ares löste und mich wieder der Gruppe zuwandte.

»Ich bin keine verdammte Köchin.«

»Das werden wir ja sehen«, sagte einer und mit einem Schimmern verwandelte er sich vor meinen Augen. Das Geschöpf, das jetzt vor mir stand, hatte den Körper eines Panthers, war dunkel, wendig und kraftvoll und er hielt den glühend roten Schwanz eines Skorpions hoch über seinem Rücken erhoben. Bevor ich Zeit hatte, das Geschehen zu verarbeiten, knurrte das Biest und stürzte sich auf uns.

Blitzschnell warf Ares sich zwischen mich und die Kreatur. Er schwang seinen massiven Arm, wich zur Seite aus und ging in die Knie. Sein Unterarm knallte in die Kreatur, als sie an ihm vorbei zu mir stürmte und ich spürte ein Ziehen in meinem Bauch. Die Kreatur flog durch die Luft wie eine Frisbee-Scheibe. Mit offenem Mund sah ich zu, wie die Bestie in ein Zelt krachte, das zehn Meter entfernt stand und hörte wie Schreie aus dem Inneren drangen.

»Was zur...«, begann die Zyklopenfrau, aber Ares unterbrach sie mit einem Brüllen und stürzte auf das Lagerfeuer zu. Jeder vernünftige Gedanke, zu fliehen oder kein Aufsehen zu erregen, verließ mich. Mit einem Kampfschrei stürzte ich hinter ihm her.

NEUN

BELLA

Wie nicht anders zu erwarten genoss ein Teil von mir den roten Nebel. Wenn man gerade mal 1,50m groß und blond und dazu auch noch mit einer großen Klappe gesegnet ist, unterschätzen einen die Leute ständig. Und nur Weniges ist so befriedigend, wie ihnen in die Augen zu sehen, wenn sie erkennen, dass sie einen Fehler gemacht haben.

Ich nahm mir das nächstgelegene Ziel vor, den Minotauren, der mich als Köchin wollte. Ich holte mein Schnappmesser aus der Tasche, hielt es geübt am Griff und sah, wie mein Gegner sich in Stellung begab. Er knurrte, als ich mich in seine Richtung bewegte. Gerade noch sah ich aus dem Augenwinkel, wie sich seine Schulter bewegte und er den Arm zurückzog. Ich verdoppelte meine Geschwindigkeit, als die Kraft in meine Beine flutete und warf mich auf ihn. Ich schaffte es, unter seinen Ellbogen zu kommen, bevor er überhaupt merkte, wie nah ich ihm war. Dann holte ich mit meinem Messer aus und stieß einen Hieb in seinen Brustkorb. Er schnaubte, und ich drehte mich auf den Fußballen und stieß die Klinge wieder und wieder in sein Fleisch. Mit einem Stoß über dem Steißbein, in den ich so viel Kraft wie möglich steckte, zwang ich ihn zu Boden und ein Schmerzensschrei entrang sich seiner Schnauze.

Doch mein Hochgefühl war nur von kurzer Dauer. Ein Ziehen in meinem Magen zerstreute meine Konzentration und ich wirbelte herum, um zu sehen, wie der Kriegsgott den Zyklopen am Hals packte und praktisch vor Kraft glühte. Meine periphere Sicht trübte sich auf einer Seite und das war Warnung genug für mich, um dem Schlag, den der andere Minotaur nach mir warf, gerade noch auszuweichen.

»Was zum Teufel hast du mit ihm gemacht?«, fragte mich eine weibliche Stimme. Schuldgefühle sickerten durch meinen Zorn und drohten meinen Angriff zu entgleisen. Doch sie verebbten schnell wieder, meine Aggression war zu stark.

»Dasselbe, was ich jetzt mit dir machen werde«, zischte ich und zog mein Messer zurück. Aber ich kam nicht dazu, denn der Zyklop kam durch die Luft geschossen und krachte in die Minotauren-Dame. Beide schrien auf und fielen in den Sand. Ares hatte die Kreatur quer über die Lichtung geschleudert.

»Wenn ich du wäre, würde ich Abzug blasen, bevor Ares euch beide verrät«, sagte die ruhige Stimme von Zeeva in meinem Kopf.

»Auf gar keinen Fall! Wir fangen doch gerade erst an«, antwortete ich ihr, warf Ares einen finsteren Blick zu und sah mich dann nach den anderen beiden Menschen um. Sie waren nirgends zu sehen. Aber ich nahm eine Bewegung zu meiner Rechten wahr und erspähte den

Panther mit dem Skorpionschwanz, der sich auf uns zu pirschte. Ich hörte Ares knurren und spürte ein weiteres Ziehen in meinem Bauch. Das fremde Gefühl brachte mich wieder durcheinander. »Hör auf damit!«, rief ich und drehte mich zu dem Gott um. In seinen Augen tanzte rotes Feuer und sie schimmerten vor Kraft.

»Ich habe es vermisst«, hauchte er. Hatte meine Macht des Krieges ihn high werden lassen?

»Du bist mir im Weg!«

»Ich brauche deine Hilfe nicht.«

Eine Woge der Wut durchzuckte mich und mir kam eine Idee in den Sinn.

»Doch, brauchst du. Ohne mich bist du schwach.«

Wie erwartet spürte ich das Ziehen in meinem Bauch als Antwort auf Ares Wut auf meine Worte. Dieses Mal jedoch richtete ich meinen Fokus nach innen und zerrte zurück.

Er stieß einen erschrockenen Atemzug aus, dann spürte ich, wie *etwas* durch meine Hände schoss, direkt in mein Klappmesser hinein. Die Waffe glühte heiß unter meinen Fingern und der laute Klang von Kriegstrommeln dröhnte in meinen Ohren. Alles um mich herum verlangsamte sich und meine Konzentration war um ein Vielfaches erhöht. Das Geschehen um mich herum bewegte sich in Zeitlupe. Es war unglaublich. Ich fühlte mich unbesiegbar.

Oder zumindest wäre ich es gewesen, wenn ich auch Augen in meinem Hinterkopf gehabt hätte.

Gleißender Schmerz stach in mein linkes Schulterblatt. Mein magischer Moment völliger Unbesiegbarkeit nahm ein abruptes Ende. Ich konnte mir den Schrei nicht verkneifen, als der weißglühende Schmerz meine Wirbelsäule versengte und mich in die Knie zwang. Sand wirbelte um mich herum auf, als ich zu Boden stürzte und alles vor mir verschwamm. Ich hörte noch immer die Trommeln, ein Brüllen von Ares, das Knurren einer Katze und dann schlug mein Kopf auf dem Sand auf.

ARES

»Ich habe dir doch gesagt, dass sie uns umbringen wird!« Das Mädchen hing mir wie ein Sack Kartoffeln über der Schulter, als ich durch das Eingangstor von Erimos stapfte. Niemand beachtete uns. Solange man den Eintritt bezahlte, konnte man so viele Leichen tragen, wie man wollte und niemand stellte Fragen.

»Wenn du nicht so sehr auf ihre Macht zugegriffen hättest, wäre sie nicht in Versuchung gekommen, sie selbst zu benutzen«, antwortete Heras verfluchte Katze. *»Es war dumm von dir, gegen diese Männer zu kämpfen. Es schickt sich nicht für einen Gott sich mit solchem Gesindel einzulassen.«*

»Der Gott des Krieges läuft vor keinem Kampf davon«, spuckte ich.

»Und jetzt kann der Gott des Krieges auf keinerlei Macht zugreifen, weil seine einzige Quelle von einem Mantikor vergiftet wurde«, fauchte sie zurück.

Ich verzog das Gesicht. Als ob ich nicht schon ein mulmiges Gefühl hätte, machte die Katze mir jetzt auch noch Vorwürfe. Bei den Göttern, ich wünschte, ich hätte meinen Helm auf. Es fühlte sich absolut falsch an, mein Gesicht zu entblößen. Doch abgesehen von anerkennenden Blicken von ein paar der einheimischen Huren, wurde ich weitgehend ignoriert.

Ich wusste, wo die einzige Apotheke in Erimos lag und bog links in den belebtesten der vielen Basare der Stadt ein. Das Geschrei der Händler und der Geruch von Gewürzen vereinnahmten mich, als ich über den Platz schritt und Bellas Wange im Takt meiner Schritte sanft gegen die Haut meines Rückens prallte. Ein unbehagliches Gefühl durchzuckte mich erneut, als ich mich daran erinnerte, wie ihr Gesichtsdruck von Ehrfurcht zu schockiertem Schmerz gewechselt war, als sich der Mantikor-Stachel in ihren Rücken gebohrt hatte.

Ich hatte gerade noch Zeit gehabt, auf ihre Kraft zuzugreifen und mit dem abscheulichen Ding fertig zu werden, bevor sie bewusstlos geworden war. Und damit war mein Zugang zu ihrer Kraft abgeschnitten worden.

Das war der Grund für das ungute Gefühl, das ich hatte, da war ich mir sicher. Ich war völlig machtlos, während sie in diesem Zustand war. Es hatte nichts damit zu tun, dass in ihren Augen echte Flammen gebrannt hatten, als sie mich im Lager angesehen hatte, mit angespannten Muskeln und ihrer Waffe im Anschlag.

Sie war unhöflich und impulsiv und benahm sich überhaupt nicht, wie es sich für eine Dame gehörte. Sie verkörperte alles, was ich an einer Frau nicht mochte. Sie war das Gegenteil von Aphrodite. Es spielte also keine Rolle, dass ich die Trommeln des Krieges gehört hatte, als ich in ihre Augen geblickt hatte. Was zählte, war, sie lange genug am Leben zu halten, um ihre Kraft zu nutzen, um den entkommenen Dämon zu jagen und meine *eigene* Kraft zurückzuerlangen.

· · ·

»Sie ist schon blau«, sagte der Besitzer der Apotheke, als ich das Mädchen über meine Schulter auf den Steintisch vor ihm hievte. Sein Laden war gesäumt von Flaschen in hunderten von Farben. Einige waren so hell, dass ich blinzeln musste. Schalen mit Pulvern und Ölen standen zwischen den Flaschen und es roch intensiv nach Eisen.

»Ich bin mir sicher, du hast schon Schlimmeres gesehen«, sagte ich.

»Hmmm«, antwortete er und neigte den Kopf, um in ihr Gesicht zu sehen. Er war ein kleiner Mensch, mit schütterem Haar und einer Brille. »Der Stich eines Mantikors?«, fragte er und schaute auf die sich immer weiter schwärzende Wunde an ihrem Rücken.

»Ja.«

Er hüstelte. »Und was ist sie?«

Ich hielt inne und überlegte, wie ich meine Antwort am besten formulieren sollte.

»Halbgöttin«, antwortete ich schließlich. Der dünne Mann schaute verächtlich über den Rand seiner Brille zu mir hoch.

»Das sehe ich, sonst wäre sie bereits tot. Wie stark ist sie? Wird sie Ambrosia verkraften?«

»Ich, ähm...« Wut durchströmte mich, als ich mich abmühte seine Frage zu beantworten. Ich bin eines der zwölf verehrtesten Wesen der gesamten Welt und ein kleiner Mensch sah mich an, als wäre ich ein Idiot.

»Sie ist mächtig«, sagte ich schließlich. Ich hatte keine Ahnung, ob sie Ambrosia vertragen würde. Es machte diejenigen, die nicht genug Kraft hatten, verrückt und diejenigen, die gerade so an der Schwelle standen, es vertragen zu können, stark süchtig. Aber es heilte tödliche Wunden, also war es das Risiko wert, wenn es nötig war.

»Gut. Ich werde zuerst etwas anderes ausprobieren, aber wenn das nicht funktioniert, dann muss es Ambrosia sein. Du hast Geld, nehme ich an?« Sein Blick huschte zu meinem goldenen Stirnband.

»Natürlich«, schnauzte ich. »Worauf wartest du noch?«

Er verbeugte sich sarkastisch.

»Voithos!«, bellte er und eine Elfe erschien aus einer winzigen Türöffnung im hinteren Teil des Raumes. Sie war vielleicht einen halben Meter groß und bewegte sich so schnell wie eine Katze.

»Ja, Giatros«, quietschte sie.

»Hol mir das Epikóllisi und beeil dich.«

»Sofort«, sagte sie und huschte zu den Regalen. Ich beobachtete abwesend, wie sie mit ihren schimmernden Flügeln an den Regalen hochschwebte und nach dem suchte, was sie finden sollte. Giatros hatte eine große Steinschale geholt und eine orangefarbene Blume hinein-geworfen.

Wenn das Mädchen jetzt sterben würde, könnte ich den Dämon ohne ihre Kraft finden? Die Tage, nachdem Zeus gegangen war, waren die dunkelsten meines extrem langen Lebens gewesen. Was war der Gott des Krieges ohne seine Kraft? Mein Vater hatte den Kern von mir gestohlen, meine Essenz, das, was mich zu dem machte, der ich war. Das, wofür die Welt mich fürchtete und liebte. Das, was meinen Untertanen Respekt vor mir verlieh und sie dazu trieb, Großes zu erreichen.

Wäre da nicht diese Stimme gewesen, die mich daran erinnerte, dass meine Kraft in einer anderen Form, in einer anderen Welt existierte... Ich schaute auf Bella hinab, während Giatros eine orangefarbene Paste auf ihre Wunde schmierte. Das Zeug ließ ihre Haut noch blauer aussehen. Das Gift des Mantikors breitete sich schnell in ihr aus.

Wenn sie überlebte, würde sie je erfahren, wie sie in die Welt der Sterblichen gekommen war? Wusste diese verdammte Katze es?

Ich schaute mich nach Heras Spionin um und entdeckte sie auf dem Boden neben dem Steintisch. Ihr Blick war auf die geflügelte Elfe fixiert, die durch den Raum huschte und Flaschen sammelte.

»Willst du das Vögelchen fangen?«, fragte ich sie kalt.

Sie drehte sich langsam zu mir um und blinzelte.

»*Ich habe ein Interesse daran, dass dieses Mädchen überlebt. Wenn sie jetzt stirbt, wird Hera wissen, dass es deine Schuld war.*«

»Meine Schuld? Sie hat sich den Stich selbst zuzuschreiben!«

»*Nur weil du sie angestachelt und abgelenkt hast.*«

»Was kümmert es dich oder dein Frauchen?«

»*Du weißt warum, Kriegergott. Und du solltest besser beten, dass sie es nie herausfindet, wenn sie überlebt.*«

ELF

BELLA

Helles Licht drang durch meine geschlossenen Augenlider und mein erster Gedanke war, dass ein kleines Pelztier in meinem Mund gestorben sein musste. Verdammt. Ich muss zu viel Tequila getrunken haben. Ich blinzelte und es fiel mir schwer, die Augen zu öffnen. Ein schmächtiger Mann mit dicker Brille trat verschwommen in den Fokus.

»Was...« Bevor ich die Frage mit krächzender Stimme beenden konnte, schoss ein Schwall von Erinnerungen durch meinen Verstand. Joshua, tot auf dem Boden. Ares, der Gott des Krieges, der mir sagte, dass ich eine Göttin sei. Hades, Persephone, der Olymp... Entflohene Dämonen, riesige Katzen mit Skorpionschwänzen... »Was ist passiert?« Ich versuchte mich aufzurichten, aber das Schwindelgefühl war so stark, dass ich aufgab und mich wieder in die Horizontale sinken ließ.

»Trink das«, sagte der Typ mit der Brille, legte mir eine Hand auf den Rücken und half mir, mich aufzusetzen. Ich tat, wie mir geheißen wurde und erkannte den Geschmack von Nektar, den Persephone mir schon ausgeschenkt hatte. Wärme und Kraft flossen mit dem Getränk in meinen Körper und erlaubten mir, mich umzusehen. Ich befand mich in einem Raum, der rundherum mit Regalen gesäumt war und wie eine Apotheke aus einem Fantasy-Film aussah. Überall standen Glasflaschen und steinerne Schalen, gefüllt mit bunten Flüssigkeiten und Pülverchen. Ich zuckte überrascht zusammen, als eine winzige Frau mit rosafarbenen Flügeln vor mir auftauchte und aufgeregt auf und ab flatterte.

»Ähm..«, sagte ich.

»Du hast dich von dem Mantikor stechen lassen.« Ares stand ein paar Meter von mir entfernt und hatte seine riesigen Arme über seiner nackten Brust verschränkt.

»Was zum Teufel ist ein Mantikor?« Das geflügelte Mädchen zuckte zusammen und ich warf ihr einen entschuldigenden Blick zu. Sie schenkte mir ein zaghaftes Lächeln und flatterte davon.

»Die Katze mit dem Skorpionschwanz«, sagte er. Ich nahm einen weiteren Schluck und versuchte mich daran zu erinnern, was geschehen war. Wir waren mit den Kämpfern auf dem Lagerplatz gewesen und sie hatten mich als Köchin anheuern wollen.

Ich spielte die Szene in meiner Erinnerung noch einmal ab, bis ich zu der Stelle kam, an der ich versucht hatte, das Ziehen in meinem Magen zu unterdrücken. Etwas war passiert. Ich hatte gespürt, wie sich etwas durch mich hindurchbewegte und in mein Messer floss. Aber dann... Schmerz. Das war wohl der Moment gewesen als der Skorpionschwanz mich erwischte. Ich unterdrückte meine Aufregung darüber, dass ich vielleicht tatsächlich ein bisschen Magie angewandt hatte und sah den dünnen Mann an.

»Wo sind wir?«

»In meiner Apotheke. Ich konnte dich mit Epikóllisi-Paste heilen, anstatt Ambrosia zu benutzen zu müssen.«

»Was ist Ambrosia?« Die Augenbrauen des Mannes schossen in die Höhe und Ares hustete und kam auf mich zu.

»Jetzt, wo das Gift beseitigt ist, sollten wir uns auf den Weg machen«, sagte er schnell.

Ich war schon wieder ins Fettnäpfchen getreten.

»Danke, dass du mich geheilt hast«, sagte ich zu dem Mann.

Er zuckte mit den Achseln.

»Ich tue, wofür ich bezahlt werde«, antwortete er, aber seine Augen waren warm und ich glaubte nicht an seine Gleichgültigkeit.

»Vielleicht sollten wir noch ein paar Dinge einkaufen, wo wir schon einmal hier sind«, sagte ich und wandte mich an Ares. »Mehr von dieser Salbe scheint eine gute Idee zu sein. Wir sind kaum zur Tür heraus und schon habe ich mich verletzt.«

»*Nicht nur verletzt. Du bist fast gestorben*«, sagte Zeeva in meinen Gedanken. Ich griff nach der Kante des Steintisches, auf dem ich saß und blickte nach unten. Zeeva blinzelte zu mir hoch und ihr Schwanz peitschte über den Boden.

»War es so schlimm?«, fragte ich sie.

»*Du warst blau, Bella. Schlimmer geht's nicht.*«

»Dann sollten wir definitiv mehr von dieser Paste kaufen«, sagte ich, stellte mein leeres Glas ab und sprang vom Tisch. Ich fühlte mich erstaunlich fit, dafür dass ich anscheinend gerade fast gestorben war. »Warum fühle ich mich nicht schlechter, wenn ich so schwer verletzt wurde?«

»*Dein Körper hat das Gift sehr schnell ausgestoßen und die eigentliche Wunde war nicht sehr tief.*«

»Oh, gut.« Ich gab meinem Körper ein mentales High-Five dafür, dass er auf mich aufgepasst hatte. Dann packte mich Panik, als ich merkte, dass mein Messer nicht mehr in meiner Tasche war. Ich fing an, hektisch meine Jeans abzutasten und Ares streckte mir seine Handfläche entgegen. Darauf lag mein geschlossenes Klappmesser, dass in seiner Pranke winzig aussah. Dankbar schnappte ich danach.

»Danke«, sagte ich und war unfähig, ihm in die Augen zu sehen, jetzt, da ich ihm wirklich dankbar war. Seine schweren Schultern hoben sich zu einem Achselzucken und ich merkte, dass das Vermeiden seiner Augen bedeutete, dass ich direkt auf seine Nippel starrte. Hitze stieg in meine Wangen.

»Ich weiß, wie es sich anfühlt, eine Waffe zu verlieren«, murmelte er.

»Klaro«, sagte ich unbeholfen und wandte mich dem Ladenbesitzer zu. »Wie wäre es also mit noch mehr von dem Zeug, das mir den Arsch gerettet hat?«

Zehn Minuten später brachen wir auf und Ares murrte über mickrige Sterbliche, seinen leichteren Drachmen-Beutel und einem Rucksack voller Paste und Nektar.

»Hör mal, wir wissen nicht, wie nah wir an einer dieser Apotheken sein werden, wenn wir wieder in Schwierigkeiten geraten«, sagte ich und erstarrte, als ich in das helle Licht trat und die Geräusche und Gerüche von Erimos mich umschlossen.

Wir befanden uns in einem Basar mit stoffbespannten Ständen und jeder war mit mehr Köstlichkeiten gefüllt, als ich mir jemals wünschen könnte. Essen, Waffen und Kleidung waren überall ausgestellt und mein Magen knurrte, als uns der Geruch von kochendem Fleisch in die Nase stieg. »Können wir uns etwas zu essen holen?«

»Okay«, murmelte er und stapfte auf die nächstbeste Verkäuferin zu. Ein großer Grill war vor ihrem Stand aufgebaut und ein riesiges Stück Fleisch drehte sich langsam an einer Eisenstange über den glühenden Kohlen. Während Ares die Frau nach zwei Portionen fragte, schlenderte ich zum nächsten Stand hinüber. Dort wurden Rüstungen verkauft, aber nicht solche, wie Ares glänzendes, klirrendes Goldzeug. Das hier war alles weiches, geschmeidiges Leder und es sah knallhart aus. Als ich mit den Fingern über ein ledernes Korsett strich, fragte ich mich, ob der Mantikor größere Schwierigkeiten gehabt hätte, meine Haut zu durchdringen, wenn ich so etwas getragen hätte. Mein T-Shirt war zerrissen und blutverschmiert gewesen und ich hatte es in dem winzigen Waschraum in der Apotheke wechseln müssen.

»Nein«, sagte Ares hinter mir. Ich drehte mich um und er hielt mir ein Stück Fleisch auf einem Holzspieß hin. Ich nahm es ihm ab und steckte es mir sofort in den Mund. Ich war verdammt hungrig.

»Nein, was?«, fragte ich, nachdem ich ein paar Bissen heruntergeschluckt hatte.

»Wir sind nicht zum Shoppen hier.«

»Aber wenn ich so eine Kampfmontur gehabt hätte, wäre ich vielleicht nicht verletzt worden«, protestierte ich.

»Ich trage keine Rüstung«, sagte er und deutete auf seine perfekten Brustmuskeln. »Und ich wurde nicht verletzt.«

»Nein, aber du scheinst damit zufrieden zu sein,

meine magische Kraft als Schild zu benutzen, wann immer dir verdammt noch mal danach ist«, schnauzte ich zurück.

Er starrte mich ein paar Sekunden lang an, dann warf er seine leere Hand verärgert in die Luft.

»Na schön. Kauf dir, was du willst. Dann kannst du in deinem neuen verdammten Outfit zu Tode kommen.«

»Oh, das ist das erste Mal, dass ich ein unanständiges Wort von dir höre«, sagte ich, grinste und streckte ihm die Handfläche entgegen. Er schob sich den Rest seines Fleisches in den Mund, dann zog er den Drachmen-Beutel aus seiner Tasche und ließ ihn gespielt genervt in meine ausgestreckte Hand fallen.

»*Verdammt* ist doch nicht unanständig«, murmelte er, als ich mir ein Korsett aussuchte.

»Da, wo ich herkomme, schon.«

»Du bist weit weg von zu Hause, Enyo.«

»Mein Name ist Bella«, korrigierte ich ihn. Und während ich an ihm vorbei auf die geschäftige, wütende Stadt starrte, konnte ich mich des Gefühls nicht erwehren, dass er auch mit dem Rest seiner Aussage falsch lag.

Nachdem der Standbesitzer begeistert die magisch verstärkte Qualität der Lederrüstung demonstrierte, indem er wiederholt mit einem scharfen Messer hineinstach und meine Bedenken über die mangelnde Abdeckung der Haut über dem Korsett zerstreute, in dem er mir die breiten Schulterriemen zeigte, die in das Mieder geschnürt wurden, war ich überzeugt. Es war fantastisch. Ich wollte es gleich anziehen, aber Ares brummte etwas von der Suche nach einer Karawanserei für Unterkunft und Tratsch und stampfte davon, bevor ich Zeit hatte, es aufzuschnüren.

»Ich denke, wir sollten darüber reden, was passiert ist«, sagte ich, hüpfte neben ihm her und versuchte, Schritt zu halten, während ich meine neue Lederbekleidung in meine Tasche rammte. Mein Rucksack war zu klein und ich gab schließlich auf und drapierte sie über meinem Arm, während wir uns durch die Menge schlängelten.

»Du bist wütend auf mich, weil du verletzt wurdest? Es war deine eigene Schuld.«

»Warum sollte ich sauer auf dich sein, dass ich verletzt wurde? Ich war diejenige, die unvorsichtig genug war, niedergestochen zu werden«, sagte ich. »Ich bin sauer auf dich, weil es mich aus dem Konzept bringt, wenn du meine Kraft benutzt. Und das ist es, was mich gut macht. Mein Fokus. Ich brauche ihn. Ich kann es nicht gebrauchen, dass du ihn alle zwei Minuten durcheinanderbringst.«

Ares stieß einen langen Seufzer aus. »Es heißt Kriegssicht. Nicht Fokus.«

»Was?«

»Dass alles langsamer wird und du in der Lage bist, die Bewegungen der anderen vorauszusehen und Ablenkungen auszublenden. Das nennt man Kriegssicht.«

Ich sah ihn stirnrunzelnd an. Ich hatte mich im Laufe der Jahre unzählige Male auf diese Fähigkeiten verlassen, um mich am Leben zu erhalten und es war seltsam, dass jemand sie beschreiben konnte. »Also ist es Teil der Kriegsmagie?«

»Ja.«

»Und ich habe sie all die Jahre in der normalen Welt benutzt?«

»Einen kleinen Teil davon, ja.«

»Als ich den Energiestoß gespürt habe, habe ich da viel von dieser Magie benutzt?«

»Ja.«

»Warum ist es in mein Messer geflossen?«

Ares wurde langsamer, drehte sich schließlich um und sah mich an.

»Wir werden das hier nicht besprechen«, sagte er. »Ein Kind bestiehlt dich übrigens gerade.«

»Was?!« Ich wirbelte herum und riss meinen Rucksack aus dem Griff eines dünnen, hemdlosen Jungen, der überrascht aufjaulte. »Verpiss dich und klau das Zeug von jemand anderem!« Er schaute auf das Stück Stoff hinunter, das er mir aus der Tasche ziehen konnte, bevor ich sie wegzog. Es war meine Unterhose. »Gib sie mir zurück!« Aber er war schon weggelaufen und raste durch die Menge wie ein Windhund. Bevor ich ihm hinterherlaufen konnte, packte Ares mich an der Schulter.

»Wir haben keine Zeit für so etwas.«

»Er hat meine gottverdammte Unterwäsche gestohlen!« Empört sah ich zu Ares auf und für einen Moment hätte ich schwören können, dass sein Mundwinkel zuckte. Doch seine nächsten Worte trugen keinen Hauch von Humor in sich.

»Dann bedaure ich, dich nicht früher über seine Anwesenheit informiert zu haben.«

»Du wusstest, dass er mich bestehlen wollte und hast nichts gesagt?«

»Du hast genervt.«

»Ich habe Fragen gestellt, auf die ich Antworten brauche!«

»Du hast genervt«, wiederholte er.

Ich fletschte meine Zähne.

»Weißt du, ich hatte fast vergessen, dass du ein riesiges Arschloch bist.« Dunkle Glut tanzte in seinen Augen und ich merkte, dass es etwas ganz anderes war, ihn zu beleidigen, wenn er weder Helm noch Rüstung trug. Jetzt konnte ich sehen, wie die Muskeln in seinem Kiefer zuckten, die Haut sich über seiner Stirn und seinen Augen straffte und sein ganzer Körper anschwoll und sich anspannte. Seine Wut schwang in mir mit, die Erregung und die Herausforderung, die sie mit sich brachte, waren berauschend.

»Sprich nicht so mit mir«, stieß er hervor.

»Ach ja?«

»Ja-«, setzte er an, aber ich erfuhr nicht, was er als nächstes sagen wollte, denn genau in diesem Moment wurden wir beide von unseren Füßen gehoben.

ZWÖLF

BELLA

»**D**as sind sie«, brüllte eine Stimme, während ich mit den Füßen strampelte und mich in der Luft drehte. Der Minotaur aus dem Lager der Kämpfer trat in mein Blickfeld und ich konnte nichts tun, außer nutzlos herumzubaumeln. Ein gepanzerter Wächter neben ihm hielt einen leuchtenden Stab in die Höhe.

»Lass mich sofort runter!«, tobte Ares.

»Ihr kommt mit mir«, antwortete der Wächter mit dem lila Stoffhelm. Er drehte sich um und marschierte durch den Hof. Passanten wichen ihm mit argwöhnischen Seitenblicken aus und ich wippte, wie von Geisterhand gezogen, hinter ihm her. Die Minotauren-Dame schenkte mir ein bösartiges Lächeln, als wir sie passierten.

»Warum schweben wir durch die Luft?«, stieß ich hervor, als ich gegen Ares massiven Arm prallte und einen elektrischen Schlag abbekam. Ares verzog das Gesicht und sein Haar flatterte wild über seine Schultern.

»Es ist der Stab. Alle Wächter haben einen. Sie umhüllen Gefangene mit einem Kraftfeld.«

»Und wie kommen wir da raus?«

»Unmöglich. Wir sind im Reich der gefährlichsten Kämpfer des Olymps. Gegen den Stab kommen wir nicht an.«

Ich biss die Zähne zusammen und Panik begann sich in meinem Magen zu winden. Ich kam nicht gut damit klar, gefangen zu sein. Nicht seit meinem Aufenthalt im Gefängnis.

»Ich nehme an, sie können keine Götter gefangen nehmen?«, fragte ich.

»Natürlich nicht. Aber du hast nicht die Macht einer vollwertigen Göttin.«

Ich ballte die Fäuste, als ich zu weit von Ares wegdriftete, um ihn hören zu können und erspähte unter mir eine kleine Kreatur, die ich für einen Satyr hielt. Er war eine kleine zweibeinige Ziege und sein bärtiges Gesicht war das einzige an ihm, das menschlich aussah. Niemand schien überrascht oder besorgt darüber zu sein, uns über den Basar schweben zu sehen. Das musste ein alltägliches Phänomen in Erimos sein. Als ich wieder in die Nähe von Ares trieb, fragte ich: »Wohin bringt er uns?«

»Hoffentlich nicht zum König.« Mein Arm stieß wieder gegen seinen und weitere Funken sprühten. »Ist das die Magie des Stabes?«

Ares grunzte nur. Ich suchte den Boden nach Zeeva ab, konnte sie aber nicht entdecken. Ich war mir nicht sicher, ob das positiv oder negativ war.

Energie strömte durch mich hindurch und ich wusste, dass ich sie beruhigen musste, um meine Panik unter Kontrolle zu bekommen. Ich nahm einen langen Atemzug, streckte meine Finger und tätschelte die Tasche mit meinem Messer darin. *Genieß die Landschaft*, redete ich mir gut zu. *Vielleicht kannst du von hier oben mehr darüber herausfinden, wo du eigentlich bist. Wenn du in einer Situation bist, die du nicht kontrollieren kannst, mach eine Liste.*

Während der nächsten zehn Minuten, in denen ich durch die Luft von Erimos gezogen wurde, dachte ich zwar angestrengt darüber nach, was ich auf die Liste »Dinge, die mir helfen werden, in der Stadt zu überleben« setzen konnte, aber viel fiel mir nicht ein.

Es schien eine endlose Reihe von Kreaturen zu geben, die in Erimos lebten. Überall waren schöne Frauen zu sehen, einige hatten eine Haut, die wie Wasser aussah, andere hatten eine Haut, die wie Baumrinde schien. Muskulöse menschliche Männer mischten sich unter Kreaturen, die aus den bizarrsten Tierkombinationen bestanden. Viele der Gestalten hatten Flügel und Schwänze und alle sahen aus, als könnten sie mehr als nur ein oder zwei Schläge einstecken.

Der Wachmann marschierte ohne Pause weiter, so dass ich nur flüchtige Blicke auf einzelne Passanten erhaschen konnte. Wir bewegten uns auf das Zentrum der Stadt zu und die Gebäude um uns herum wurden immer prächtiger. Wir waren nicht mehr von lauten Basaren umgeben, aber die schattigen Eingänge, an denen wir vorbeikamen, hatten definitiv Handel zu bieten.

Einige schienen Trinklokale zu sein, aus denen Männer und Frauen mit Bechern in den Händen hinein und heraus stolperten. Andere waren Bordelle, wie ich anhand der Anzahl der spärlich bekleideten Körper vermutete, die an den juwelenbesetzten Fassaden lehnten. Und es waren sicherlich nicht nur Frauen. Dieser Ort war der Traum eines jeden Perversen, dachte ich, als ich mit großen Augen auf eine ein Meter große Kreatur mit sechs Armen und sechs Brüsten starrte. Sie winkte mir im Vorbeigehen mit dem Finger zu und ich erwiderte die Geste stumm.

Der nächste Teil der Stadt, den wir durchquerten, fühlte sich wieder anders an. Die Gebäude waren höher und einige von ihnen erinnerten mich mit ihren bäuchigen Türmen über großen gewölbten Eingängen an Kirchen oder Tempel. Es war jedoch klar, dass die Wache nicht auf eines dieser Gebäude zusteuerte. Ein riesiger Turm im Zentrum der Stadt war eindeutig unser Ziel.

Endlich wurden wir langsamer und während ich mich sanft in der Luft drehte, blickte ich die Fassade hinauf. Der Turm war gewaltig. Er glitzerte und schimmerte mit farbigen Edelsteinen im hellen Licht und war mit komplizierten Schnitzereien von Waffen aller Art übersäht. Kleine gewölbte Fenster waren in einer geschwungenen Spirale aus dem Stein eingelassen und ich konnte meine brennende Neugierde auf das, was sich im Inneren befand, nicht unterdrücken.

Wir schwebten über den leuchtend blauen Gehweg, der sich in eine große Treppe verwandelte, die zu einem noch größeren Eingang führte. Säulen, die die Form des Turms nachahmten, säumten den Weg und mir stockte der Atem, als ich das Innere des prächtigen Gebäudes sah.

Wir waren in eine Oase geschwebt. In der Mitte des riesigen, runden Raumes befand sich ein Pool, der in einem satten, einladenden Türkis erstrahlte. Ringsherum standen Sonnenliegen, die mit weichem, weißem Stoff drapiert waren und dazwischen waren grüne Palmen platziert, die Privatsphäre boten. Ich hörte Vogelgesang und die mit Juwelen verzierten Wände spiegelten ein sanftes, gedämpftes Licht.

Drei oder vier nackte Frauen standen im Wasserbecken und verwahrlost aussehende Mädchen mit Tabletts mit Getränken und kleinen Schüsseln huschten zwischen den Liegen hin und her.

Der Wächter blieb abrupt stehen, fiel auf die Knie und Ares und ich stießen wieder gegeneinander.

»Ich habe den Mann, nach dem Ihr gefragt habt, mein Herr.«

Ich spürte, wie Ares sich versteifte, bevor wir wieder auseinanderdrifteten.

»Treffen wir jetzt den König?«, zischte ich.

»In der Tat«, dröhnte eine Stimme, die Palmenblätter flatterten im Wind und eine Gestalt erhob sich von der größten der Liegen.

Ich spürte, wie sich mein Mund vor Überraschung öffnete, als er, anstatt um den Pool herum zu uns zu gehen, auf die Wasseroberfläche trat.

Er war groß, schlank und absolut hinreißend. Wenn Aladin so gut gealtert wäre wie George Clooney, dann wäre dieser Mann das Ergebnis. Sein schwarzes Haar war dicht und voll und er trug ein langes violettes Gewand, das ihm locker um die Taille gebunden war und den Großteil seiner Brust entblößte. Goldene Ketten hingen ihm um den Hals und ich sah zahllose Anhänger an ihnen baumeln. Er trat von der Wasseroberfläche und jetzt konnte ich sein Gesicht richtig sehen. Mein Herz begann wie wild zu hämmern, als sich unsere Blicke trafen.

Etwas stimmte an diesem Mann nicht. Ich wusste es so sicher, wie ich meinen eigenen Namen kannte. Ich konnte es in seinen dunklen Augen sehen, als wäre es ihm auf die Stirn tätowiert.

Der Mann schnippte mit den Fingern und die Macht, die uns in der Luft gehalten hatte, verschwand. Ich schaffte es nicht, auf beiden Füßen zu landen, als wir auf den Boden fielen. Meine Füße kribbelten und ich kam nur ungeschickt vom Boden auf. Ich hoffte, dass meine Wangen nicht so sehr brannten, dass sie meine Wut verrieten, aber der Blick des Mannes war auf Ares gerichtet.

»Sieh an, sieh an«, sagte er und ein grausames Lächeln legte sich auf sein hübsches Gesicht. »Ich hätte nie gedacht, dass ich diesen Tag erleben würde.«

»Hallo. Ich bin Bella«, sagte ich mit lauter Stimme. Er sah mich für einen Moment an. Mein Herz pochte in meiner Brust und mein Puls raste. Ich würde vor diesem Mann nicht schwach aussehen. Ich würde in die Offensive gehen und meine Stärke etablieren.

»Ich weiß, wer du bist.«

»Das bezweifle ich«, antwortete ich. »Aber ich habe keinen blassen Schimmer, wer du bist. Willst du mich nicht aufklären?«

Seine Augen verengten sich und er neigte den Kopf zur Seite.

»Er ist der König von Erimos«, sagte Ares. Seine Stimme war Wut geladen und ich spürte meine Energie sofort darauf reagieren.

»Aber, aber«, sagte der König sanft. »Ich bin um einiges mehr als das, wie du weißt«, lächelte er. »Ich bin einer der drei Herren des Krieges«, sagte er und sah wieder zu mir. »Ernannt vom großen Gott Ares.« Mein Herz setzte einen Schlag aus. »Schmerz, Panik und Schrecken. Gemeinsam wandeln wir im Schatten des mächtigen Gottes und sonnen uns in seiner tödlichen Macht.« Er breitete die Hände aus und sah Ares wieder an. »Das heißt, das taten wir, als er noch Macht hatte.«

Oh, Scheiße.

Schweigend sah ich Ares an. Auch ohne seinen Helm war er offensichtlich nicht so unsichtbar, wie er sich das erhofft hatte.

DREIZEHN

»**D**u musst dich vor mir, deinem Herrscher verbeugen«, knurrte Ares.

Der König sah lächelnd in Ares wütendes Gesicht.

»Zwing mich doch«, zischte er. Ich spürte das Ziehen in meinem Magen und der König schrie auf und krümmte sich in einer schmerzhaft aussehenden Verbeugung.

»Spiel keine Spielchen mit mir, Schmerz«, sagte Ares.

Schmerz? Mein Kopf schwirrte, als ich versuchte, die Informationen zusammenzufügen. Der König hatte gesagt, dass es drei Herrscher des Krieges gab: Schmerz, Panik und Schrecken. Und Ares hatte ihn gerade Schmerz genannt? Aber er war doch so schön…

»Die Gerüchte entsprechen als nicht ganz der Wahrheit«, krächzte der König und richtete sich wieder auf. »Du hast noch etwas Kraft.«

»Ist in den letzten Wochen ein Unterweltdämon durch Erimos gezogen?«, schnauzte Ares und ignorierte die Aussage.

»Ja«, antwortete Schmerz.

»Wirklich?« Ich konnte mir meinen aufgeregten

Ausruf nicht verkneifen und der König sah mich an. Sein Blick bohrte sich in meine Augen und ich bereute es sofort, meine Begeisterung so offen gezeigt zu haben.

»Warum suchst du diesen Dämon? Seid ihr auf Befehl von Hades hier?«

»Warum wir hier sind, geht dich nichts an. Sag mir, wohin der Dämon gegangen ist«, sagte Ares.

»War er allein?«, fügte ich schnell hinzu.

»Du nimmst an, dass dieser Dämon männlich ist?« Schmerz lächelte mich an und ein unbehagliches Gefühl breitete sich in mir aus. In seinem Lächeln lag eine Boshaftigkeit, die ich nicht wiedererkannte. Ich kannte Wut, rohe Energie und den Wunsch, die Welt um mich herum körperlich zu spüren, aber ich sehnte mich weder danach Schmerz zu empfinden noch danach, ihn jemandem zuzufügen. Das Verlangen des Königs war jedoch gerade zu greifbar.

»Antworte mir!«, rief Ares und Schmerz wandte sich ihm zu.

»Du bist jetzt in meinem Reich, mein ehrwertiger Herrscher und deine kleine Demonstration deiner Macht hat bestätigt, wie schwach du tatsächlich bist«, zischte er und der Turm verdunkelte sich um uns herum. »Meine Brüder werden in Kürze hier sein und wir werden gemeinsam entscheiden, was mit unserem einst mächtigen Anführer geschehen soll. Bis dahin schlage ich vor, dass du dich hinsetzt.« Ich spürte eine Bewegung hinter mir. Zwei große Holzstühle waren aus dem Nichts aufgetaucht.

Ohne mich daran erinnern zu können, es aus meiner Tasche genommen zu haben, hatte ich plötzlich mein Messer in der Hand und mein rasender Puls ließ das Blut in meinen Ohren pochen.

»*Bella, hör mir zu.*« Zeevas Stimme in meinem Kopf erschreckte mich so sehr, dass ich fast meine Waffe fallenließ. »*Dies ist Ares Kampf. Wir sind in Ares Reich und das sind seine Untertanen und sein Stolz, um den es hier geht. Wenn du deinen Freund finden willst, musst du ihm jetzt die Führung überlassen.*«

Jeder Instinkt meines gesamten Körpers wollte sich auf diesen unheimlich heißen Aladdin stürzen. Aber ihre Worte klangen so klar in meinem Kopf, dass sie meine anderen Gedanken übertönten.

Dies war Ares Kampf.

Ich schaute zu den beiden Männern. Ares weigerte sich, sich zu setzen und sie starrten sich beide wortlos an. Zeeva hatte recht. Ich wäre stinksauer, wenn mir jemand einen wichtigen Kampf verpatzen würde.

Langsam steckte ich mein Messer zurück in meine Tasche. Ich wollte Zeeva fragen, wo sie war, aber ich konnte nicht so wie sie in Gedanken sprechen. Ich erinnerte mich an ihre Worte, dass ich meine Gedanken auf sie projizieren musste und verschränkte meine Arme vor der Brust. Mit einem Seufzer setzte ich mich auf den Stuhl, der hinter mir erschienen war. Beide Männer unterbrachen den Blickkontakt zueinander und sahen mich an. Ich schenkte ihnen ein sarkastisches Lächeln.

»Ignoriert mich einfach«, sagte ich. »Zieht euch ruhig weiter gegenseitig mit den Augen aus.«

Ares fletschte die Zähne, aber sie fixierten sich weiter gegenseitig an.

»*Wo bist du?*« Ich dachte angestrengt an die Frage, während ich mir meine hochnäsige Katze vorstellte.

»*Hinter der nächsten Palme*«, kam die Antwort einen Moment später. Ich gab mir ein mentales High-Five dafür, dass ich es geschafft hatte, den Kontakt herzustellen. Schnell ließ ich meinen Blick um das Becken huschen und sah einen kleinen Schatten hinter einem der tropischen Bäume hocken.

»Wie bist du hier reingekommen?«

»Ich bin dir gefolgt. Niemand beachtet Katzen. Hör mir zu. Die Herren des Krieges sind mächtig und jeder von ihnen ist in der Lage, die Macht, die sie verkörpern, mit nur einem Blick oder einem Wort herbeizuführen. Stachle Ares nicht an, wenn ihr in ihrer Gegenwart seid. Es ist äußerst wichtig, dass sie nicht erkennen, in welchem Zustand Ares sich tatsächlich befindet. Hast du mich verstanden?«

»Du bist ja schlimmer als jeder Lehrer«, antwortete ich und verdrehte die Augen.

»Bella, hast du mich verstanden?«, wiederholte sie. Kein Hauch von Humor war in ihrer Stimme zu hören.

»Ja, Mensch!«

»Gut.«

Die Luft vor mir begann zu flirren und unterbrach unser stummes Gespräch. Ein roter Blitz flackerte auf und zwei weitere Männer erschienen. Sie hätten unterschiedlicher nicht aussehen können.

Der eine hatte eine ähnliche Statur wie die von Schmerz, groß und schlank, doch statt wie ein arabischer Sultan gekleidet zu sein, sah er aus, als wäre er gerade in einem Robin-Hood-Theaterstück aufgetreten. Er trug blattgrüne Reithosen, ein weißes Leinenhemd, das so weit aufgeknüpft war, dass man seinen Bauchnabel sehen konnte und kniehohe Lederstiefel. Sandfarbenes welliges Haar hing ihm lässig über die Ohren und seine leuchtend grünen Augen strahlten etwas ebenso Dunkles und Beunruhigendes aus, wie ich es in den Augen von Schmerz gesehen hatte.

Der dritte Mann hatte keine Gesichtszüge. Er war eine humanoide Masse aus etwas Festem; glatt und hart und hypnotisierend. Woraus auch immer er bestand, es war mit einem Marmorierungseffekt überzogen. Die Farben Schwarz und Weiß wirbelten, bewegten sich ineinander und verschmolzen miteinander. Sein ausdrucksloses Gesicht starrte erst mich und dann Ares an.

»Mein Herr«, ertönte eine zischende Stimme. Ich erzitterte und bekam sofort eine Gänsehaut.

»Schrecken«, antwortete Ares steif, bevor er sich an den Robin Hood Typen wandte. »Panik«, bestätigte er ebenso knapp.

Das waren also die drei Herrscher des Krieges. Ich widerstand dem Drang, aufzustehen und mich vorzustellen. Ich hatte vor, genau das zu tun, was Zeeva mir aufgetragen hatte. Zum ersten Mal in meinem Leben wollte ich mich benehmen und zurückhalten.

»Was für eine köstliche Überraschung«, sagte Panik und sah mich an. »Wo hast du dich bloß versteckt?«

Ich biss mir auf die Lippe, um ja nicht zu antworten.

»Sie ist schüchtern«, flüstere Schrecken. »Vielleicht können wir sie aufmuntern.«

Angst erfüllte mich. So ahnungslos ich auch sein mochte, selbst ich erkannte die Drohung in diesen harmlosen Worten.

»Ihr seht nicht dumm genug aus, um euch mit mir anlegen zu wollen«, sagte ich, sprang auf und zückte mein Messer.

Beide lächelten.

»Wie ich sehe, ist sie durchaus empfänglich für unsere Macht«, sagte Schrecken.

Mein Herz hämmerte gegen meine Rippen. Er hieß Schrecken, das war seine Macht. Doch ich hatte nicht wirklich Angst vor ihm, seine Magie löste nur eine Reaktion in meinem Körper aus. Ich wiederholte diesen Satz ein paar Mal in Gedanken, um mich zu beruhigen.

»Ich kann mir vorstellen, dass du auch für einen Arschtritt empfänglich wärest«, sagte ich.

»*Bella!*« Zeevas Stimme hallte schrill durch meinen Kopf. Scheiße, ich sollte doch meinen Mund halten. Das war Ares Show. Ich setzte mich wieder hin und Schrecken neigte den Kopf. Das schwarze und weiße Muster wirbelte und schwappte über ihn, wie schwarzes Öl über eine Marmorstatue.

»In der Tat, köstlich«, sagte er leise.

Noch mehr Angst erfasste mich und ich biss mir diesmal so fest auf die Lippe, dass ich Blut schmeckte.

Schmerz stieß einen langen, zufriedenen Atemzug aus. Seine Augen weiteten sich und er konzentrierte sich ganz auf meinen Mund.

Zum ersten Mal in meinem Leben wollte ich nicht im Mittelpunkt des Geschehens stehen. Ich wollte unbedingt woanders sein und ich war es nicht gewohnt, mich ängstlich, überfordert oder schwach zu fühlen. Doch die Macht, die von diesen drei Männern ausging, war dunkel und bedrohlich und ließ mich erzittern.

»Ihr seid hier, um mir von dem Unterweltdämon zu erzählen, der sich hier in meinem Reich versteckt«, sagte Ares laut und alle drei sahen ihn an.

»Ich muss schon sagen, du versteckst einen wahren Prachtkörper unter deiner Rüstung«, sagte Panik. »Wer hätte gedacht, dass der Gott des Krieges so hübsch aussehen würde?«

Ares war verdammt heiß, aber doch nicht hübsch. Sie versuchten ihn zu ärgern. Aber ich spürte dieses Mal kein verräterisches Ziehen in meinem Bauch, ein Anzeichen dafür, dass Ares wütend wurde und meine Macht nutzte.

»Erzählt mir von dem Dämon«, forderte er.

»Das Problem ist, dass wir keine Befehle von jemandem annehmen, der schwächer ist als wir selbst. Niemand in diesem Reich tut das«, sagte Schrecken langsam. »Das sind die Regeln, die du selbst aufgestellt hast. Der Stärkste hat das Sagen. Das bist offensichtlich nicht du.«

Ares trat einen Schritt vor, jedoch nicht wütend, sondern bedächtig. Ich spürte, wie sich mein Puls beschleunigte.

»Ich bin der Sohn des Zeus, Gott des Krieges, einer der zwölf Olympier und das meistverehrte Wesen dieses Reiches«, sagte er und der Ton seiner Stimme ließ mich erschaudern. Wenn er nicht gerade wie ein übergroßes Kleinkind herumstampfte, war er beeindruckend charismatisch. »Trefft eure Entscheidung mit Bedacht, meine Herren, denn ich bin unsterblich und ihr existiert nur innerhalb meines Reiches und dank meiner Macht.«

Für einen Augenblick konnte ich den Zweifel in den Gesichtern von Schmerz und Panik sehen.

»Es gibt nichts in diesem Reich, was nicht in einem fairen Kampf gewonnen werden kann«, sagte Schrecken schließlich. Er war eindeutig der Anführer dieses kleinen Trios. »Wir wissen von dem Dämon, den du suchst. Wir wissen von seinem Plan und für wen er arbeitet.«

Ich öffnete meinen Mund, doch Zeeva zischte laut in meinem Schädel und ich schloss ihn wieder.

»Beweise, dass du immer noch unser wahrer Anführer bist. Bestehe eine Prüfung, die jeder von uns für dich vorgesehen hat und demonstriere deine Herrschaft über Schmerz, Panik und Schrecken.«

»Das werdet ihr bereuen«, knurrte der Gott des Krieges.

»Wir befolgen nur die Regeln, die du aufgestellt hast«, sagte Schmerz und verbeugte sich tief. Oceanus Worte kamen mir wieder in den Sinn, über Ares, der seine Macht zurückerobert, indem er ein wahrer Herrscher in seinem eigenen Reich ist.

»Wenn du die Tests bestehst, dann werden wir dir deinen Dämon übergeben. Wir werden ihn dir auf einem Silbertablett servieren«, grinste Panik.

Ares starrte ihn an und zeigte dann auf mich. »Das Mädchen weicht nicht von meiner Seite.«

Schrecken drehte sich zu mir um und ich streckte ihm den Mittelfinger entgegen.

»Von mir aus«, sagte Schrecken.

»Ausgezeichnet!«, rief Panik und klatschte in die Hände. »Da wir schon mal hier in Erimos sind, möchtest du mit deiner Prüfung beginnen, Schmerz?«

»Mit Vergnügen«, grinste er. »Ich habe da genau das Richtige für euch.«

»Etwas so Heldenhaftes sollte nicht unbeobachtet bleiben«, sagte Schrecken und strich mit seiner Hand nachdenklich über sein leeres Gesicht. »Wir werden heute Abend ein Festmahl veranstalten, zu Ehren dieser...« Er hielt inne. »Ares-Tribunale. Ja, das gefällt mir. Dann könnt ihr morgen gleich die Prüfung von Schmerz in Angriff nehmen.«

»Es wird kein Festmahl geben«, knurrte Ares.

»Oh, doch, das wird es, oh Mächtiger«, sagte Schrecken. Seine Stimme war rau und melodisch zugleich. Ich hasste sie. »Oder wir werden dir nicht erlauben, das Mädchen mitzunehmen. Und wir beide wissen, was das bedeuten würde.«

Wusste Schrecken, wer ich war? Und dass Ares nur in meiner Nähe Macht hatte? Oder dachte er nur, dass ich irgendeine Bedeutung für Ares hatte?

So oder so, wir hatten keine Zeit für Feste.

»Was ist mit dem Dämon und den Leuten, die er entführt hat? Wir haben keine Zeit für Festessen«, sagte ich und stand auf. Keiner der vier Männer schaute mich an. Ich hörte Zeeva in meinem Kopf seufzen. »Könnt ihr wenigstens beweisen, dass ihr wisst, wo dieser Dämon ist?«, versuchte ich es erneut.

Ich musste herausfinden, wie es Joshua ging. Diese Plauderei war reine Zeitverschwendung.

»Stellst du unsere Integrität in Frage?«, fragte Schmerz und sah mich an.

»Nach allem, was ich bis jetzt erfahren habe, ja. Ihr scheint ein Haufen Verrückter zu sein«, sagte ich. »Ganz viel negative Energie geht von euch ab.«

Schmerz verzog die Lippen zu einem Lächeln.

»Nur wenige würden es wagen, so freizügig mit uns zu sprechen«, sagte er. Ein stechender Schmerz begann sich von der Unterseite meines Schädels auszubreiten. Ich verbat es mir, auch nur einen Laut von mir zu geben, doch ich konnte nicht verhindern, dass mein Gesicht zuckte. Langsam wanderte der Schmerz meinen Nacken hinunter, meine Muskeln spannten und zuckten, als meine Nerven auf seine Kraft reagierten.

»Stopp. Sie hat recht. Ihr seid alle unehrlich.« Ares Stimme war laut und hart und gnädigerweise ließ der Schmerz nach. Ich holte tief Luft und richtete mich auf.

Schweißperlen hatten sich auf meiner Stirn und Brust gebildet. Wut kochte in mir hoch, was meine instinktive Reaktion auf den Schmerz war. Das Verlangen, alles um mich herum zu zerstören, brannte in meinen Adern. Ich ließ meinen Blick nicht von König Schmerz ab, als mein Sichtfeld sich rot verfärbte. Der Kerl mochte aussehen wie Aladdin, aber bei der ersten Gelegenheit würde ich ihm einen Tritt in die Eier verschaffen, schwor ich mir.

»Gut. Dann werde ich die Gäste zusammenrufen und wir sehen uns dann in zwei Stunden wieder hier.« Schrecken wedelte mit der Hand durch die Luft und eine riesige Eisenschale auf einem Ständer erschien aus dem Nichts vor ihm. In ihrer Mitte tanzten sanft flackernde orangefarbene Flammen, die plötzlich weiß aufflackerten.

Ein Bild materialisierte sich über der Schale, inmitten der weißen Flammen. Eine vermummte Kreatur streckte ihre Hand aus und berührte das Gesicht einer Frau, die auf einer dunklen Steinplatte lag. Sie sah nicht tot aus. Ihre Haut hatte eine gesunde Farbe und ihr Mund bewegte sich, als sie atmete. Aber sie reagierte nicht, als eine schwarze Klaue ihr über die Wange strich und einen Kratzer hinterließ. Mein Magen drehte sich um.

Um sie herum waren zahllose andere Platten, auf denen ebenfalls Körper ausgestreckt waren. Und direkt links von ihr war Joshua, der aussah, als würde er in einem erholsamen Schlaf liegen.

VIERZEHN

»Joshua! Bringt uns da hin! Sofort!«

»Beruhige dich, kleines Mädchen. Alles zu seiner Zeit.« Wut bäumte sich in mir auf. Doch da waren auch andere Emotionen; Angst um Joshua, Empörung darüber, was mit ihm passiert war, Schuldgefühle, dass ich seit meiner Ankunft hier nicht an ihn gedacht hatte. Und all diese Gefühle bauten sich zu einer unbändigen Wut in mir auf.

»Er kann nicht warten! Sieh ihn dir an!«

»Ich weiß nicht, wer *er* ist«, sagte Schrecken, winkte mit der Hand und das Bild in der Flammenschale verschwand, »aber ich kann dir versichern, dass der Dämon keine unmittelbaren Pläne hat.«

»Was für ein Dämon ist es? Und für wen arbeitet er?«, rief Ares dazwischen.

Zorn und Angst pochten schmerzhaft in mir. Normalerweise hätte ich mich jetzt mit einem Kinnhaken auf jemanden gestürzt. Doch die Macht dieser drei war so groß, dass ich instinktiv wusste, dass ich nicht gegen sie ankommen würde. Ich wusste, dass sie mich in Stücke reißen würden.

Aber das hielt mich nicht davon ab, mir nichts sehnlicher zu wünschen, als ihnen fest in ihre Gesichter zu schlagen.

Sie würden dafür bezahlen, uns so zu behandeln. Sobald ich Joshua gerettet hatte, würde ich einen Weg dafür finden.

»Du hast dir diese Antworten noch nicht verdient, oh Mächtiger. Wir haben eine Abmachung getroffen. Besteh die Ares-Tribunale und wir werden euch den Dämon ausliefern. Wir sehen uns in zwei Stunden.«

Grob wurden wir aus dem Turm geführt und vor lauter rotem Dunst konnte ich die Menschen oder Steine um mich herum kaum sehen.

»Fass mich nicht an!«, brüllte ich einen Wächter an, der mich am Ellbogen aus dem großen Eingangstor gezerrt hatte. Er ließ von mir ab, sah mich finster an und ging davon.

»Wir müssen...«, begann Ares, aber ich konnte das Bedürfnis, etwas zu schlagen, nicht mehr unterdrücken. Mit Gebrüll schlug ich meine Faust gegen die nächstgelegene Wand. Die Haut über meinen Knöcheln platzte auf und der Schmerz spornte mich nur noch mehr an. Bevor ich einen weiteren Schlag landen konnte, blitzte ein helles Licht auf und ich erstarrte. Mein Herz donnerte mir gegen die Rippen, als ich mich umsah. Wir befanden uns wieder vor dem Steinhaufen, den Ares in Stücke geschlagen hatte.

»Mach weiter«, sagte er und hockte sich in den Sand, genau wie ich es getan hatte, als er mit seinem Schwert durchgedreht war. Ich blinzelte ihn einen Moment schweigend an, dann trat ich mit meinen stahlgekappten Stiefeln so hart wie möglich gegen die Felsbrocken. Immer und immer wieder trat ich auf sie ein. Unbändige Wut stieg in mir auf und floss aus mir heraus, als die Steine unter meinen Füßen zerbrachen und kleine Brocken durch die Luft flogen.

Schließlich fiel ich erschöpft auf meinen Hintern und rieb mir mit den Händen über das Gesicht.

»Sie wissen, wo er ist, und sie sagen es uns nicht«, sagte ich heiser. Ich fühlte mich völlig machtlos. Frustration war das schlimmste Gefühl auf der Welt. »Sie könnten das alles sofort beenden, aber ich kann nichts tun.«

»Im Olymp gibt es nichts geschenkt.«

»Aber denk an all die Menschen, die der Dämon gefangen hält!« Ich drehte mich um und sah Ares an. »Die lassen zu, dass all diese Menschen einfach so gefangen halten werden, damit sie mit dir ihre Spielchen spielen können?« Ares sagte nichts. »Das ist doch vollkommen krank! Verstehst du, wie krank das ist?«

»Als den Göttern ihre Macht zugeteilt wurde, gaben viele Teile davon, die sie nicht wollten, an andere aus«, sagte Ares leise. »Es gibt Arten von Macht, die zu groß und komplex sind, um von einem allein ausgeübt und kontrolliert zu werden. Zum Beispiel hat Athene die Macht der Kriegsstrategie, eine verfeinerte Version dessen, was ich...« Er hielt inne, dann korrigierte er sich, »wir haben. Unsere ist die roheste Form der Macht des Krieges. Zorn, Ruhm, Tapferkeit, Mut, Stärke.« Ich starrte ihn an und versuchte zu begreifen, was er mir damit sagen wollte. »Aber im Krieg geht es um viel mehr als um Tapferkeit. Krieg beinhaltet Schmerz und Panik und Schrecken. Zum Krieg gehören Tod und Gewalt und Zwietracht.«

»Also leben diese Kräfte alle in verschiedenen Wesen?«

»Ja. Meine Schwester ist die Göttin von Chaos und Zwietracht. Keres Dämonen leben in der Unterwelt und sind die Geister des gewaltsamen Todes. Sie schwärmen über Schlachtfeldern aus und weiden sich an den Seelen derer, die brutal getötet wurden.« Ein Schauer lief mir über den Rücken. »Und die Herren des Krieges sind Teil meiner Schöpfung. Sie sind aus meiner Macht geboren.«

Ich schüttelte den Kopf. »Nein. Nein, du teilst ihre Gefühle nicht. Ich bin nicht wie sie und du hast gesagt, wir teilen dieselbe Macht.«

»Du verstehst es nicht«, sagte Ares und stand schwerfällig auf.

»Nein, du hast recht. Ich verstehe es nicht.« Ich stand ebenfalls auf. »Erklär's mir.«

Er stieß einen langen Seufzer aus. »Alles, was du wissen musst, ist, dass dein Freund nicht in unmittelbarer Gefahr ist und dass die Könige nicht für ihr Verhalten verantwortlich gemacht werden können. Sie existieren nur, um sich so zu verhalten, wie sie es tun. Und sie sind notwendig.«

»Es ist notwendig, dass kranke Arschlöcher dein Reich regieren?«

Ares hob eine Augenbraue in einer uncharakteristischen Grimasse. »Der Olymp wäre nicht der Olymp ohne kranke Arschlöcher an der Spitze«, murmelte er.

Ich spürte, wie sich meine Wut auflöste und Entschlossenheit sie ersetzte. Wenn diese Drecksäcke die Wahrheit über den Dämon sagten, dann hatte Ares recht und Joshua war nicht in unmittelbarer Gefahr. Und wenigstens wusste ich jetzt, dass er noch am Leben war. Niemand auf dem Bild über der Schüssel sah aus, als leide er Schmerzen.

Und jetzt hatten wir so etwas wie einen Plan. Wenn wir diese Ares-Tribunals bestanden, würden wir ihn zurückbekommen und den Dämon ausgeliefert bekommen. So beschissen es auch war, sich mit solchen Leuten einzulassen, ich musste akzeptieren, dass wir in einer besseren Position waren als vor unserem Besuch in Erimos.

»Müssen wir jetzt wieder zurück in die Stadt laufen?«

»Ja.«

»Wirst du mir unterwegs erklären, wie ich meine Kraft einsetzen kann?«

»Nein.«

Als wir begannen, zurück nach Erimos zu stapfen, dachte ich darüber nach, was Ares gesagt hatte. Er sagte, die Herren des Krieges seien von ihm erschaffen worden. Bedeutete das, dass er sie buchstäblich erschaffen hatte? Oder hat er sie vielleicht gezeugt? Oder meinte er nur, dass seine Göttlichkeit mit Schmerz, Panik und Schrecken einherging?

Ich erwog, ihn zu fragen, aber mir schwirrten zu viele andere Dinge durch den Kopf und wer wusste schon, wann ich das nächste Mal Zeit haben würde, in Ruhe nachzudenken. Ich musste einen neuen Plan schmieden, denn jetzt waren wir nicht mehr auf Dämonenjagd. Irgendwie waren wir in etwas hineingeraten und mussten an drei Prüfungen teilnehmen und ich hatte keine Ahnung, was auf mich zukam. Sie würden Ares an seine Grenzen bringen und vielleicht sogar töten wollen. Konnte ein Gott überhaupt sterben? Und was war mit mir?

Die Liste mit Fragen in meinem Kopf wurde immer länger. Eine davon war, warum meine nutzlose Katze so scharf darauf gewesen war, dass ich Ares nicht in Schwierigkeiten brachte, als die Herren aufgetaucht waren. Warum war sie überhaupt bei uns? Ich hatte keinen blassen Schimmer, was hier gespielt wurde. Mit einem Schlag erinnerte ich mich an ihr Versteck hinter der Palme und hoffte, dass sie es sicher aus dem Turm hinausgeschafft hatte. Auch wenn ich es ihr übelnahm, dass sie mir nicht sagte, was vor sich ging, so war sie doch mein Haustier gewesen und hatte mir während meiner Zeit in London Halt gegeben. Obwohl die vielen Abende, die ich damit verbracht hatte, sie zu streicheln, jetzt einen merkwürdigen Beigeschmack hatten.

Ares muskulöser Rücken spannte sich mit jedem Schritt, seine Arme schwangen im Takt seines Marsches und sein zusammengebundenes Haar streifte die gebräunte Haut. Warum fühle ich mich zu diesem humorlosen Rohling hingezogen? Das war eine weitere Frage für meine immer länger werdende Liste.

Ehrlich gesagt fehlte bisher der Beweis, dass er tatsächlich ein Rohling war. Mein erster Eindruck von ihm, wie er in Rüstung und Schwert über dem blutenden Körper meines einzigen Freundes stand, war vielleicht keine faire Repräsentation seines Wesens gewesen. Bisher hatte er mir kein Haar gekrümmt, selbst wenn ich ihn absichtlich so verärgerte, dass er um sich schlug. Und anscheinend hat er die Idee, mich wegen meiner Macht zu töten, ziemlich schnell aufgegeben.

Humorlos war er aber. Und er nutzte meine Kraft und sagte mir nicht, wie ich sie selbst benutzen konnte. Das bedeutete, dass er definitiv ein Arschloch war. Nur nicht ein ganz so großes Arschloch wie diese neuen Arschlöcher.

Ich stieß einen Seufzer aus und Ares drehte sich zu mir um.

»Machst du jetzt schon schlapp?«

»Nein, verdammt«, entgegnete ich. »Ich kann nur nicht glauben, wie viele verdammte Arschlöcher es hier gibt.«

»Warum fluchst du so viel? Das gefällt mir gar nicht.«

»Und genau deshalb tue ich es. Leuten wie du, die denken, sie könnten mich dominieren, gefällt es nicht. Außerdem gibt es viele Situationen im Leben, in denen man ein kreatives Schimpfwort braucht.«

»Nenn mir ein Beispiel.«

»Ich habe mal einen alten Penner beobachtet, der einen Anzugträger in London eine Wichsbirne genannt hat, weil der Obst nach ihm geworfen hat. Das ist doch ein gutes Beispiel, wie ein kreatives Schimpfwort die Welt wieder ins Gleichgewicht bringen kann.«

»Wichsbirne?«, wiederholte Ares.

Es klang so lächerlich, dass sich mein Kichern innerhalb von Sekunden in schallendes Gelächter verwandelt hatte.

»Sag das noch mal«, keuchte ich und zu meiner Freude tat er es. Hysterie ergriff mich, Tränen strömten mir übers Gesicht und ich hörte Ares Stimme immer und immer wieder durch meine Gedanken hallen. Ich konnte nicht weitergehen und stemmte die Hände auf die Knie.

»Du bist aber komisch«, sagte Ares schließlich, als ich mich beruhigt hatte und wieder neben ihm hergehen konnte.

»Das hatte ich bitter nötig«, hauchte ich und meine Wangen schmerzten.

»Dass ich Wichsbirne sage?«

Ich lachte wieder auf, streckte die Hand aus und schlug ihm gegen den Arm.

»Hör auf das zu sagen! Ich kriege gleich wieder einen Lachkrampf!«

»Ich verstehe nicht, wie du in einem Moment wütend und ängstlich sein kannst und im nächsten hysterisch lachen kannst«, sagte er und schüttelte den Kopf.

»Ich denke, es hat etwas damit zu tun, dass ich so überwältigt bin. Entweder lache ich oder ich muss den ganzen Tequila trinken und weinen«, erklärte ich.

»Tequila bringt dich zum Weinen?«

»Manchmal«, gab ich zu. Allerdings hatte ich noch nie eine Träne vor einem anderen Menschen vergossen. Nicht seit der Zeit in meiner ersten Pflegefamilie. Abgesehen von Tränen des Lachens oder des Schmerzes. Ich war in viele Kämpfe verwickelt gewesen, die mir Wasser in die Augen getrieben hatten. Aber ich hatte noch nie Tränen der Traurigkeit vor jemandem vergossen.

»Warum trinkst du ihn dann?« Ich sah zu dem riesigen Gott auf und die Fassungslosigkeit in seinem atemberaubenden Gesicht war nicht gespielt.

»Um zu entkommen.«

»Wovor fliehen?«

»Langeweile, hauptsächlich.«

Die Verwirrung wich aus seinem Gesichtsausdruck.

»Deine sterbliche Welt ist extrem langweilig«, sagte er nickend.

»Ja«, sagte ich. Und jetzt hatte ich die Chance, dort zu leben, wo ich wirklich hingehörte und mich nie wieder langweilen würde. Ich musste nur herausfinden, wie ich meine Magie einsetzen konnte.

ARES

Normalerweise genoss ich Feste in meinem Reich, die zu meinen Ehren veranstaltet wurden. Vor allem, wenn die anderen Olympier dabei waren und sie die Ehrerbietung meiner Untertanen aus erster Hand erleben konnten. Aber dieses Fest würde so nicht werden. Nur dass Aphrodite anwesend sein würde, mache den ganzen Zirkus ein kleines bisschen besser.

Sie sah sogar noch atemberaubender aus als sonst, wenn das überhaupt möglich war. Heute war ihre Haut dunkel und ihr Haar blassblau, mit einem Berg Locken, die ihr weiches Gesicht umrahmten. Ich sehnte mich danach, ihr über die Wange zu streichen, mit meinen Fingern über die Haut an ihrem Hals zu fahren und zu spüren, wie sich ihr Bauch unter meiner Berührung anspannte. Doch sie saß rührungslos am anderen Ende des langen Tisches im Speisesaal von Schmerz und mied mich. Mein Stolz war noch immer gekränkt, weil sie mich so grausam abgewiesen hatte.

Ich würde ihr nicht den Gefallen tun, ihr hinterherzulaufen.

Also stand ich still bei einer großen Palme, die Arme über der gepanzerten Brust verschränkt und starrte jeden an, der sich mir näherte. Es fühlte sich gut an, meinen Helm wieder aufzuhaben, wirklich gut.

»Bruder.«

Ich bewegte meinen Kopf kaum einen Zentimeter. Meine Schwester Eris schlenderte mir entgegen.

»Musst du so freizügige Kleidung tragen?«, fragte ich.

»Ja. Es erregt, erfreut und verwirrt die Menschen gleichermaßen. Außerdem sind die da nackt.« Sie deutete auf vier Meerjungfrauen, die verführerisch in einer Art Tanz in dem klaren Wasser des Pools schwammen. Viele Gäste schauten ihnen anerkennend zu, darunter auch Schmerz.

»Wie ich sehe, hast du das Mädchen noch nicht getötet«, sagte Eris.

»Natürlich habe ich das nicht«, grunzte ich.

»Und ist das, weil Hades es verboten hat, oder weil sie so hübsch ist?« Sie lächelte mich an und nahm einen Schluck von ihrem Getränk.

»Halt den Mund, Schwester.«

»Das gehört nicht zu meinen Stärken«, sagte sie spöttisch. »Und wenn ich das täte, wäre ich nicht in der Lage, dir zu sagen, weswegen ich hergekommen bin.«

Ich stieß einen Seufzer aus. »Also gut. Was wolltest du mir sagen?«

»Ich weiß, was Zeus mit deiner gestohlenen Macht vorhat«, flüsterte sie mit leuchtenden Augen.

Jeder Muskel in meinem Körper spannte sich wie ein Flitzebogen. Ihre Worte wirbelten mir im Kopf umher, bis mir schwindelig wurde. Zeus benutzte meine Kraft?

»Was?«

»Dachtest du, er hätte sie dir nur zum Spaß gestohlen?«

»Er hat sie gestohlen, um mich davon abzuhalten, ihn zu besiegen«, knurrte ich.

Eris neigte schmollend den Kopf.

»Oh, kleiner Bruder, du kannst Papa nicht besiegen, auch nicht mit deiner Kraft. Er ist viel, viel mächtiger als wir alle. Dummer Junge.«

Wut tobte in meinem Bauch und ich konnte mich gerade noch davon abhalten, nach Bellas Kraft zu greifen. Es machte keinen Sinn, sie auf dieses Gespräch aufmerksam zu machen. Automatisch schaute ich zum Pool hinüber, wo sie ein angeregtes Gespräch mit einem strengaussehenden weißen Zentauren führte. Der Zentaur bewegte sich kaum, während das Mädchen aufgeregt mit den Händen um sich warf.

»Wozu benutzt Zeus meine Kraft?«, stieß ich hervor und sah Eris wieder an. Es war sehr gut möglich, dass sie log. Meine Schwester war nicht für ihre Ehrlichkeit bekannt.

»Komm schon, ich werde es dir doch nicht einfach sagen! Wo wäre da der Spaß dabei?«

»Das ist kein Spiel, Eris!«

»Ist es wohl. Frag nur Schmerz. Weißt du, ich wollte meine Drachme daraufsetzen, dass sie im zweiten Tribunal stirbt, aber jetzt bin ich mir nicht mehr so sicher. Sie hat was...«

Ihr Ton war neutral, aber Neugier blitzte in ihren Augen auf. Sie wollte unbedingt mehr über Bella erfahren.

»Sie ist ein Mensch. Sie wird wahrscheinlich im ersten Tribunal sterben«, schnauzte ich.

»Sie mag jetzt größtenteils menschlich sein, aber sie

ist weder dumm noch schwach, Ares.« Eris Tonfall hatte sich verändert und hatte keinen spielerischen Unterton mehr. »Hinter der sterblichen Fassade steckt Macht. Wenn sie lernt, sie zu kontrollieren, könnte sie sehr stark sein.«

Ich sagte nichts und Eris starrte mich weiter an.

»Sie hat es mir erzählt, Ares«, sagte sie schließlich. »Sie hat mir gesagt, dass sie die Göttin des Krieges ist. Deshalb hast du sie doch hierhergebracht, oder nicht?«

Ich sagte immer noch nichts und sah über den Pool hinweg.

»Aber es gibt keine Göttin des Krieges. Es hat nie eine gegeben. Also frage ich mich: Wie hast du sie gefunden?«

»Lass mich in Ruhe, Eris«, sagte ich, verschränkte die Arme und sah sie an. »Ich habe noch etwas zu erledigen.« Bevor sie etwas erwidern konnte, drehte ich mich von ihr weg und tat so, als wüsste ich genau, wohin ich gehen wollte. Die Wahrheit war jedoch, dass ich einfach nur wegwollte. Meine Schwester war eine der gerissensten und gefährlichsten Frauen des Olymps. Und ich wusste, was sie als nächstes sagen würde. Sie würde mir mehr Informationen über Zeus und meine Macht anbieten, im Gegenzug für Informationen über Bella. Informationen, die zu wertvoll für mich waren, um auf sie zu verzichten. Auch wenn der Gedanke, dass jemand anderes meine Macht benutze, mir ein Loch in mein Inneres brannte. Es war nicht so, wie mein Zugriff auf Bellas Kraft, denn wir teilten dieselbe Magie. Sie war ein Teil von uns beiden. Aber die Macht eines anderen Gottes zu benutzen war etwas ganz anderes.

Es war eine grobe Verletzung der Regeln des Olymps. Zeus war unser unsterblicher Anführer, auch wenn er mit seinen letzten Aktionen Unrecht getan hatte. Auf keinen

Fall würde er sich so weit herablassen, die Regeln so zu verletzten. Eris musste gelogen haben.

»Ich wollte dir nur sagen, dass deine Herren vielleicht ihre Rache planen«, schnurrte eine Stimme hinter mir. Ich spürte, wie mein Puls in die Höhe schnellte und ich wirbelte herum.

»Aphrodite«, sagte ich und nickte knapp, um über mein rasendes Herz hinwegzutäuschen.

»Machst du dir Sorgen wegen der Tribunale?« Ihre vollen Lippen zogen mich magisch an, als sie sprach und Verlangen stieg in mir auf. Sie hob ein langstieliges Glas an ihren Mund, die Bewegung war langsam und unfassbar sexy.

»Hör auf damit«, sagte ich. Sie verdrehte die Augen und das heftige Bedürfnis, sie zu berühren, ließ nach. »Natürlich mache ich mir keine Sorgen wegen der Tribunale. Ich habe die Könige erschaffen. Alles, was sie sich ausdenken, wird letztendlich zu meinen Gunsten sein.«

»Ist es dir in den Sinn gekommen, dass das bedeutet, dass sie auch deine Schwächen kennen?« Sie hob eine perfekte Augenbraue, sah mich durchdringend an und ich zögerte, bevor ich ihr antwortete.

»Nein. Sie sind genauso von Tapferkeit getrieben wie jeder andere in meinem Reich. Ihre Tribunale werden ein Tribut ihrer Kraft sein.«

»Und Schmerz ist als Erstes dran? Das wird sicher lustig werden.« Ihre schönen Augen funkelten.

»Würde dich mein Schmerz erregen?«, fragte ich sie leise.

»Nicht direkt, nein. Aber ich sehne mich danach, das Biest in dir wiederzusehen. Und vielleicht bringt eine Dosis Schmerz es aus dir hervor.«

Ich biss die Zähne zusammen. Ich sehnte mich

danach, die Bestie in mir wieder zu spüren. Aber da war nichts als hohle Wut.

»Ich werde meine Kraft bald wiederhaben.«

»Und du erwartest, dass ich solange auf dich warte?«

»Ich erwarte gar nichts von dir.« Das war eine Lüge. Natürlich hatte ich Erwartungen an die Frau, die meine Gedanken Tag und Nacht beherrschte. Und sie hatte sie noch nie erfüllt, abgesehen von der Lust.

»Dann ist ja gut.« Ihre normalerweise warme Stimme war eiskalt. Ihre Schönheit verhärtete sich. Die Göttin der Liebe war mehr als zuckersüßes Geflüster und sinnliche Liebkosungen. Liebe war eine der grausamsten Mächte der Welt und Aphrodite verkörperte sie in all ihrer Tiefe.

Doch in der Öffentlichkeit zeigte sie diese Seite ihrer Macht nur ungern und so ersetzte ein strahlendes Lächeln ihren gerade noch tadelnden Blick, als sich uns jemand näherte.

»König Schmerz«, sagte sie. Er nahm ihre Hand, verbeugte sich tief und küsste sie.

»Oh, göttlichste der Göttinnen, du bist ein Augenschmaus«, sagte er sanft. Sie schenkte ihm ein anerkennendes Nicken.

»Sind deine Brüder heute Abend hier?«

»In der Tat.« Er drehte sich um und deutete auf Schrecken, der auf einem großen Stuhl saß. Auf seinem Schoß saß ein Mädchen, das ihm frische Luft zu fächerte und vor ihm tanzte eine Erimosianin.

»Verrate mir, woraus ist er gemacht?«, forderte Aphrodite neugierig.

»Marmor.« Ihr Blick verhärtete sich und ich wurde sofort eifersüchtig. Ich kannte diesen Blick nur zu gut.

»Er muss so hart sein… Ich frage mich…«, flüsterte sie und das Lächeln von Schmerz wurde langsam breiter.

»Eine Audienz bei der Göttin der Liebe wäre eine Ehre für die Könige des Krieges«, sagte er. »Wir stehen dir alle drei zur Verfügung, Tag und Nacht.«

»Na, das klingt doch nach einer guten Idee«, sagte sie und ihre Stimme war süß wie Honig.

Das Bedürfnis, um mich zu schlagen, ergriff mich. Es war mir fast unmöglich, mich zu beherrschen. Und es war unerträglich in die Augen von Schmerz zu blicken, in denen das Verlangen flackerte und Bosheit tanzte. Ich wandte mich ab. Zum zweiten Mal an diesem Abend schritt ich mit gespielter Zielstrebigkeit über den gefliesten Boden, weil ich es nicht länger aushielt.

Die Göttin spielte mit mir. Eine Vision einer nackten Aphrodite auf ihrem Bett, umgeben von den drei Königen, die sie erregt und hungrig ansahen, erfüllte meinen Kopf und ein Knurren entfuhr mir. Ich drehte mich abrupt um und steuerte auf die großen Türen des Turms zu. Es war mir egal, ob es eine Genugtuung für Schmerz war, mich von meinem eigenen Festmahl zu vertreiben. Ich hatte genug für eine Nacht.

SECHZEHN

BELLA

»Oh je. Die Göttin der Liebe hat meinen Bruder verärgert. Nicht schon wieder.« Eris schluckte mehr von ihrem Getränk hinunter und sah zu, wie Ares aus dem Turm stürmte.

»Sind sie befreundet?«, fragte ich so beiläufig, wie ich nur konnte.

»Wieso? Hast du etwa Interesse an ihm?«

Ich gab ein Schnauben von mir. »Auf keinen Fall. Ich meine, er sieht ja gut aus. Richtig gut sogar. Aber das tun alle hier.« Zu viel köstlicher Sprudelwein war auf zu viel leckeres, reichhaltiges Essen gefolgt und ich fühlte mich gefährlich gesprächig.

Joshua. Die Könige des Krieges. Eine manipulative Göttin mit riesigen Brüsten. Denk daran, was auf dem Spiel steht. Reiß dich zusammen, Bella.

»Ja, da hast du recht. Die Menschen im Olymp sind entweder wunderschön oder halb wilde Tiere. Obwohl ich vermute, dass manche Männer ein bisschen von beidem sind.« Sie wackelte mit den Augenbrauen und ich musste lachen.

Ich wusste, dass ich vorsichtig sein sollte, aber ein großer Teil von mir mochte die Göttin des Chaos. Ich würde ihr keine Geheimnisse verraten, aber ein bisschen Spaß konnte ich mit ihr haben.

»Hast du einen Partner?«, fragte ich.

»Viele.«

»Oh.«

»Das ist einer der Vorteile, wenn man unsterblich ist.«

»Macht es das nicht schwieriger, Liebe zu finden?«

»Liebe? Bei den Göttern, du bist naiv, meine Süße«, rief sie aus. »Liebe ist ein Konzept für flüchtigere Geschöpfe. Und überhaupt, Liebe ist langweilig.«

»Wie kannst du in einer Welt wie dieser etwas langweilig finden?«, fragte ich. Sie sah mich mitleidig an.

»Süße, ich lebe von Zwietracht. Schau dich hier um. Wenn Hades und Poseidon das Sagen haben und Oceanus, der lang verschollene Titan, gute Miene zum bösen Spiel machen möchte, gibt es für mich nicht viel zu tun. Zeus war großartig, aber jetzt ist er weg. Du und diese neuen Ares-Tribunale sind das Aufregendste, das seit einer langen Zeit hier passiert ist.«

»Ich kann es kaum erwarten, den Rest des Olymps zu sehen«, sagte ich und leerte mein Glas. Als ich wieder aufblickte, lag wieder ein seltsamer, mitleidiger Blick in ihrem Gesicht.

»Ich beginne zu hoffen, dass du die Chance bekommen wirst«, sagte sie schließlich. »Erzähl mir von der Welt, in der du aufgewachsen bist.«

»Tut mir leid, ich folge lieber dem Panzerknaben«, sagte ich. »Er mag ein Arschloch sein, aber wir sind aneinandergebunden, bis das hier vorbei ist.«

»Er wird nur in seinem Zimmer schmollen. Bleib, trink noch etwas.«

Ich musterte sie. Ihr Lächeln war zu breit und ihre Augen zu schmal. Ich war nicht betrunken oder dumm genug, um ihr zu vertrauen, egal wie sehr ich ihre Gesellschaft genoss.

»Danke, aber nein. Bis später.«

Bevor wir zum Fest aufgebrochen waren, hatte ich meine Tasche und meine neue Lederrüstung in einem luxuriösen Zimmer in einem kleinen, aber prächtigen Turm deponiert, der anscheinend Karawanserei genannt wurde. Im Grunde genommen war es ein erimosianisches Hotel. Als ich aus dem Turm trat, um mich auf den Weg dorthin zurück zu machen, sah ich, dass das helle Sonnenlicht vollständig verschwunden war. Obwohl ich keinen wirklichen Mond über mir sehen konnte, glitzerte der Himmel in einem kalten blauen Licht, das von den eingelassenen Edelsteinen in den Gebäuden um mich herum funkelte. Die Straßen waren jetzt belebter als zuvor und viele junge Männer und Frauen lehnten mit Schildern an Häuserwänden und boten exotische Köstlichkeiten, großartige Renditen oder wilde Fahrten an. Aus den Gebäuden, die ich für Lokale gehalten hatte, strömten Menschen und Kreaturen hinein und hinaus. Einige von ihnen sahen begeistert aus, andere verzweifelt. Ich bemühte mich so unnahbar, wie nur möglich zu wirken. Jeder, an dem ich vorbeikam, war bewaffnet und alle trugen entweder Kleidung, die der Wüste angemessen war, oder fast gar nichts.

»Ich gebe dir vierundzwanzig Stunden, wenn du es bis dahin nicht hast, müssen wir einen anderen Weg finden, wie du bezahlen kannst«, knurrte eine Stimme aus der Dunkelheit zwischen zwei Gebäuden zu meiner Rechten. Ein lautes klatschendes Geräusch ertönte und ein gurgelnder Schrei folgte. Ich zwang mich, weiterzugehen. Ich war nicht hier, um mich in die Angelegenheiten anderer einzumischen.

Doch das Wissen um einen bevorstehenden Kampf lockte mich magisch an und meine Füße wurden langsamer. Jemand schrie schrill und laut und das Lachen eines Mannes hallte durch die Gasse.

Ich blieb stehen.

»Halt dich da raus. Das geht dich nichts an, kleines Mädchen«, erklang eine tiefe Stimme ganz nah an meinem Ohr. Ich sprang zur Seite, weg von ihrer Quelle, als etwas aus dem Schatten hervortrat.

»Ich habe dich da gar nicht bemerkt«, hauchte ich und starrte die Kreatur an. Sie war nur ein wenig größer als ich, hatte riesige, zerrissene, mit Stacheln besetzte lederne Flügel. Der Körper war ebenfalls lederartig und nur die Genitalien waren mit einem kleinen Stück Stoff bedeckt. Das Geschöpf hatte Beine, die an die eines Vogels erinnerten. Doch mein Blick wurde von dem menschlich aussehenden Gesicht angezogen. Es sah aus, als wäre die Hälfte davon geschmolzen und die Gesichtszüge der rechten Seite lagen einen guten Zentimeter tiefer als die der linken Seite. Büschel dünnen Haares ragten aus dem Schädel und ich hatte keine Ahnung, ob die Kreatur weiblich oder männlich war.

»Ich blende gut in den Hintergrund.« Ich hob die Augenbrauen. Wie konnte eine Kreatur wie diese ungesehen bleiben? Ich hörte ein Poltern in der Gasse hinter uns und einen weiteren Schrei, dieses Mal gedämpft.

»Was ist da los?«, fragte ich. Energie wirbelte hinter meinem Bauchnabel und baute sich schnell auf.

»Das geht dich einen Scheißdreck an.«

Das stimmte, war mir aber nicht Grund genug, mich herauszuhalten.

»Du stehst also Schmiere und jemand anderes verpasst die Schläge?«

»Der Boss verprügelt nur Leute, die nicht zahlen«, grunzte die Kreatur, ganz der Mafioso.

Es ging mich wirklich nichts an. Vielleicht sollte ich einfach weitergehen.

»Du kannst mich mal, du verdammter Tyrann! Bring mich doch um. Es ist mir lieber, als dass du ihr alles wegnimmst«, hörte ich eine Stimme in der Gasse brüllen.

Die Person opferte sich, um jemand anderen zu retten. War es eine Geliebte, eine Ehefrau oder ein Kind? So oder so, mein Interesse war geweckt. Ich konnte spüren, dass diese Person Mut und Ehre hatte. Ein weiteres dumpfes Geräusch ertönte aus der Gasse, zusammen mit einem weiteren Schrei.

Roter Nebel senkte sich langsam über mein Sichtfeld. Ich neigte meinen Kopf zu der Kreatur vor mir.

»Aus dem Weg.«

Das Biest schnaubte nur und das schiefe Maul verzog sich zu einem Lächeln. Ich zuckte mit den Schultern, sprang vor, ging in die Hocke und schlug hart mit der Faust zu. Ich traf ihn genau am Muskel an der Außenseite des Oberschenkels und er stieß einen kleinen Schrei aus, als sein Bein unter ihm wegbrach. Noch bevor seine Knie den Boden berührten, war ich wieder auf den Beinen, schlug hart zu und erwischte ihn unter dem Kiefer, der nun auf Hüfthöhe war. Ein ekelhaftes Knirschen ertönte, dann verdrehten sich die Augen zum Hinterkopf und die Kreatur kippte bewusstlos nach hinten.

Ich drehte mich um und schritt in die Gasse. Als ich weiter in die Dunkelheit vordrang, konnte ich einen großen Mann mit nacktem, braungebranntem Oberkörper sehen. Er hatte sich das dunkle Haar aus dem harten Gesicht zurückgestrichen und drückte einen Jungen gegen die raue Wand.

»Hi«, sagte ich und der Kopf des älteren Mannes drehte sich zu mir um.

»Grothia?«, rief er laut.

»Wenn du deinen geflügelten Freund meinst, der braucht einen Arzt«, sagte ich. Die Augen des Jungen weiteten sich, während die des Kerls sich verengten.

»Das hier geht dich nichts an. Verpiss dich.«

»Das kann ich nicht«, sagte ich und zuckte mit den Achseln. »Du hast recht, dass es mich nichts angeht, aber ich werde das Gefühl nicht los, dass die Bestrafung dieses jungen Mannes seine Verbrechen übersteigt.«

»Für wen hältst du dich? Einen selbsternannten Ordnungshüter?« Ein grausames Lächeln breitete sich auf seinem Gesicht aus. »Es ist schon eine Weile her, dass wir so etwas in Erimos hatten.«

»Lass ihn los«, sagte ich. Mir war schmerzlich bewusst, dass ich vor nicht einmal vierundzwanzig Stunden Joshua in derselben Position gegen eine Wand gedrückt hatte. Meine Schuldgefühle verwandelten sich in Wut und mehr Kraft pulsierte in mir.

Langsam ließ der Kerl von dem Jungen ab, welcher sich sofort an seine eigene Kehle fasste. Auf einer Seite seines Gesichts verlief eine lange rote Linie und ich suchte sofort nach der Klinge, die diese Wunde verursacht haben musste. Ein Glitzern in der linken Hand des Kerls beantworte diese Frage, als er sich mir zuwandte.

»Du bist nicht von hier, Kleine«, sagte er. »Also werde

ich dir eine Chance geben, dich wegzudrehen und jetzt zu verschwinden.«

Ich schielte an ihm vorbei, um zu sehen, ob der Junge zum anderen Ende der Gasse entkommen konnte, während ich den Trottel ablenkte. Doch es war zu dunkel, um das einschätzen zu können. Der Junge blieb, wo er war, mit seiner Hand an der Kehle. Dann würde ich diesen Größenwahnsinnigen eben eine ins Maul hauen müssen, so wie ich es mit seinem geflügelten Freund getan hatte.

»Nein, danke«, sagte ich und zog mein Schnappmesser aus der Tasche.

»Das ist aber ein kleines Messer«, sagte er und hielt sein eigenes in die Höhe. Er wirbelte es durch die Luft, um mir seine Größe zu zeigen. Es war ein gebogener Krummsäbel.

»Ein kleines Messer für ein kleines Mädchen«, antwortete ich und warf es nach ihm.

Er bewegte sich nicht schnell genug und es sank in die Oberseite seiner Schulter, als er schrie. Der Junge sprang auf, aber bevor ich erleichtert darüber sein konnte, dass er entkommen würde, stürzte er sich auf den Mafioso.

»Warte!«, begann ich, dann erstarrte ich, als mir klar wurde, was er da tat. Er riss mein Messer aus der Schulter des Mannes, wich den wilden Stichen des Krummsäbels aus und lief davon. Der Junge bewegte sich schnell und ich brauchte eine Sekunde, um meinen Schock zu überwinden.

»Verdammt!« Ich rannte ihm hinterher, entkam einem weiteren Hieb des blutenden Mob-Bosses und nahm die Spur des Jungen auf. Auf keinen Fall wollte ich mein Messer verlieren. »Komm zurück, du undankbarer kleiner Dieb!« brüllte ich. Jetzt erkannte ich mit Bedauern, dass wir uns doch nicht in einer Sackgasse befanden.

Er machte eine scharfe Kurve nach links und ich jagte ihm hinterher. Hier waren viel mehr Menschen auf den Straßen und bunte Laternen warfen ein sanftes Licht auf die glitzernden Wände. Der Geruch von Fleisch wehte uns von den Basarständen entgegen.

Ich folgte dem Jungen durch weitere verwinkelte Straßen, bis wir in einen der weiten Höfe voller stoffbespannter Stände platzten. Panik durchströmte mich, als ich die schiere Anzahl an Menschen und Versteckmöglichkeiten wahrnahm. Wenn ich ihn nicht bald einholte, würde ich ihn - und mein Messer - für immer verlieren.

»Ich habe dein verdammtes Leben gerettet, du Arsch!«, brüllte ich und zwang mehr Energie in meine Beine, um mein Tempo zu erhöhen. Wie war er nur so verdammt schnell? Es gab nicht viele Menschen, die schneller waren als ich. Der Gedanke, meine Waffe zu verlieren, das Einzige, an dem ich mich mein ganzes Leben lang festgehalten und welche mich unzählige Male gerettet hatte, ließ die Wut in mir überkochen.

Mein Blick haftete auf dem Jungen, der jetzt langsamer wurde. Die Stände schnitten ihm den Weg ab und er musste abbiegen und hatte drei Richtungen, in die er sich bewegen konnte. Ich beobachtete, wie er sein Körpergewicht von einer Seite auf die andere verlagerte und versuchte verzweifelt zu erraten, in welche Richtung er sich drehen würde. Instinktiv bog ich nach rechts ab und betete, dass er dasselbe tun würde. Ich konnte ihm den Weg abschneiden.

Wie ich gehofft hatte, stürzte er in meine Richtung, drehte den Kopf und versuchte mich hinter sich zu erspähen. In seinen Augen konnte ich sehen, dass er überrascht war, wie schnell ich war. Ich schnappte nach seinem Hals und er stolperte rückwärts, als ich ihn erwischte. Mir allzu vertraute Schuldgefühle durchfuhren mich, als ich die roten Abdrücke, die die Finger und das Messer des Mafia-Bosses an seiner Kehle hinterlassen hatten, sah.

»Gib mir mein Messer zurück! Sofort!«, brüllte ich und zog ihn näher an mich heran. Er war größer als ich, aber mein Griff war eisern und seine Füße berührten kaum mehr den Boden. Er versuchte auf mich einzuschlagen, aber ich ließ nicht von ihm an. »Wir können die ganze Nacht so weitermachen, Junge. Gib mir mein Eigentum zurück.«

Sein Gesicht verfärbte sich lila und endlich griff er in die Tasche seiner Haremshose und zog mein Klappmesser hervor. Ich streckte meine Hand aus und er ließ es in meine Handfläche fallen. Ich ließ sofort von ihm ab.

»Ich habe versucht, dir zu helfen und du hast mich bestohlen. Geht's noch?«

»Ich brauche deine Hilfe nicht«, krächzte er und wich von mir zurück. Seine Augen waren blutunterlaufen.

»So sah das nicht aus.«

»Er hat recht. Du bist nicht von hier«, spuckte er, dann drehte er sich um, rannte davon und verschwand in der Menge. Ich legte den Kopf schief und folgte ihm. Dieser Ort war voller harter Typen.

Niemand hier brauchte einen Retter.

Und ich hatte mir keine Freunde gemacht.

»Ich bin froh, dass du dein Messer wiederbekommen hast, ohne jemanden zu töten.« Zeevas Stimme erklang in meinem Kopf und ich suchte den Boden nach ihr ab. Ich entdeckte sie hinter einem Stand, an dem Fleischspieße zu kaufen waren.

»Warum sollte ich jemanden töten?«, antwortete ich ihr und schob mein Messer in meine Tasche. »Und warum war der Scheißkerl nicht mal dankbar dafür, dass ich ihn gerettet habe?«

»Hier sind selbst die mit einem guten Herzen anders gestrickt, als du es gewöhnt bist. Wir sind hier im Reich des Krieges. Schon vergessen?«

Ich schnaubte. »Ich bin jedenfalls froh, dass du hier bist. Ich habe keine Ahnung, wo wir hier sind.«

SIEBZEHN

BELLA

Auf dem Weg zurück zur Karawanserei stellte ich Zeeva Fragen über Fragen, doch sie hielt sich bedeckt und gab nur wenig hilfreiche und vage Antworten.

»Ich habe es dir doch schon gesagt, je länger du im Olymp bist, desto mehr von deiner Kraft wird dir zugänglich sein. Ich vermute, dass der Aufenthalt hier das Geschehen beschleunigen wird, weil dieser Ort so voll von gewaltiger Macht ist.« Ihre Abneigung war deutlich in ihrer Stimme zu hören und ich fragte mich, wie Heras Reich im Vergleich zu diesem aussah. Doch ich verwarf die Frage zugunsten nützlicherer Fragen.

»Wenn ich mehr Macht bekomme, bin ich dann immer noch ein Mensch?«

»Im Moment würde man dich als schwachen Halbgott bezeichnen. Größtenteils menschlich, jedoch mit etwas göttlicher Kraft. Je stärker du wirst, desto mehr wirst du zum Halbgott. Ich weiß nicht, ob es möglich ist, genug deiner Menschlichkeit zu verlieren, um vollblutige Göttin zu werden.«

»Wenn ich aber die Göttin des Krieges gewesen bin, mit derselben Macht wie einer der zwölf Olympier, wie zum Teufel bin ich dann ein Mensch geworden?«

Zeeva antwortete lange nicht, sondern pirschte schweigend durch die belebten Straßen. *Die Geschichte deiner Herkunft darf ich dir nicht erzählen. Und selbst wenn ich es wollte, kenne ich die ganze Geschichte nicht.*

»Die Geschichte meiner Herkunft?«, wiederholte ich und starrte sie an. »Das klingt wie aus einem Superhelden-Comic.« Obwohl ich an diesem Tag schon einmal beschuldigt worden war, ein Vigilant zu sein, konnte ich mir nicht vorstellen, einen Umhang zu tragen und Verbrechen zu bekämpfen.

Vielleicht würde die Rolle des Superschurken mir mehr Spaß machen.

Du bist kein Superheld, Bella. Aber du könntest etwas sein, das mehr ist, als du in der sterblichen Welt jemals hättest sein können.

»Ich weiß«, sagte ich leise. Tief in meinem Innersten wusste ich, dass sie recht hatte. Ich war dazu bestimmt, hier in dieser Welt zu sein. Ich gehörte in eine Welt, in der sogar die guten Menschen Arschlöcher waren.

Als wir endlich den Turm erreichten, war ich immer noch voller aufgestauter Energie. Eine Frau mit Haut, die aussah wie Baumrinde, stand in einer großen Halle. Die Wände waren war mit luxuriösen burgunderroten und goldenen Stoffen behangen und in der Mitte befand sich eine riesige Treppe. Die Frau lächelte, als ich ihr sagte, wer ich war und gab mir eine kleine Kugel, die rubinrot leuchtete. Ich folgte ihr die beeindruckende Treppe hinauf und war mir sicher, dass wir ganz oben angekommen sein mussten, als sie endlich stehen blieb und auf eine Tür zeigte. Ein kleines rundes Loch in der Mitte glühte rot und ich schaute erst die Kugel in meiner Hand und dann die Baum-Frau an. Sie nickte und blattgrünes Haar fiel ihr über die Schultern. Zögernd schob ich die Kugel in das Loch und mit einem Klicken schwang die steinerne Tür auf. Die rote Kugel sprang sofort zurück in meine Hand.

»Danke«, sagte ich. »Weißt du, in welchem Raum mein Freund schläft?«

Sie nickte stumm zu der Tür neben meiner, dann drehte sie sich um und stieg die Treppe wieder hinunter.

Ich wusste, dass Ares mich nicht sehen wollen würde. Aber ich hatte Fragen, sowohl über meine Kraft, als auch über das, was uns am nächsten Tag bevorstand. Anstatt also in mein Zimmer zu gehen, ging ich zu seiner Tür und klopfte laut.

»Nein!«

»Ich muss mit dir reden«, sagte ich. Es herrschte Stille, gefolgt von einem dumpfen Schlag und dann öffnete sich die Tür abrupt.

» Schmerz wird morgen bekanntgeben, wie die Tribunale ablaufen werden. Es gibt nichts, was ich dir jetzt sagen kann.«

»Ich dachte, das war ein Scherz, dass du im Helm schläfst«, sagte ich stirnrunzelnd. Nur mit Mühe unterdrückte ich den Drang, zu dem schimmernden, goldbedeckten Kopf hochzureichen und an der roten Feder zu schnippen.

»Ich habe ihn nur wieder aufgesetzt, um mit dir zu reden«, grunzte er abwehrend.

»Warum? Wir haben den ganzen Tag zusammen verbracht, ohne dass du ihn aufhattest.«

Er musterte mich durch seine Augenschlitze.

»Du bist voller Energie. Warum? Was geht hier vor?«

»Woher willst du wissen, wie viel Energie ich habe?«

»Ich fühle es. Und du hüpfst ja fast auf der Stelle. Und du bist ganz rot.«

»Ach so. Ich habe versucht, ein Kind davor zu bewahren, zusammengeschlagen zu werden und dann hat es mein Messer gestohlen.«

»Wer hat dein Messer gestohlen?«

»Der Junge.«

Nach einer kurzen Pause zuckte Ares mit den Achseln.

»Du warst also unvorsichtig und hast dich wieder bestehlen lassen.«

»Er hat es aus der Schulter des Mafiosos geklaut!«, protestierte ich. Ares stieß einen langen Seufzer aus, dann trat er zur Seite und hielt mir die Tür auf.

Ich grinste und trat in sein riesiges Zimmer. Ich war noch nie in Marokko gewesen, aber ich hatte mir im Internet Fotos von Fünf-Sterne-Hotels angesehen und dieser Raum war genau das, wovon ich geträumt hatte. Weiches, gedämpftes Licht fiel durch die bemalten Glasscheiben in den Steinwänden, die mit tiefen, satten gelben und roten Stoffen drapiert waren. Eine Kommode, ein großer Schrank und ein riesiges Bett waren aus so dunklem Holz gefertigt, dass sie fast schwarz erschienen und die Kissen auf der Matratze glänzten, als wären sie aus echtem Gold gefertigt.

»Hübsches Zimmer«, pfiff ich. Hinter mir ertönte ein klirrendes Geräusch und ich drehte mich um und sah, wie Ares seinen Helm vom Kopf hob. Alle aufgestaute

Energie der Welt konnte nicht verhindern, dass mein Körper kurzzeitig erstarrte, während mein Puls in die Höhe schoss.

Er war einfach so sexy. Sein Gesicht kam zum Vorschein und es war so schön, dass nur sein Status als Gott es erklären konnte. Das Haar, das über die metallene Brustplatte seiner Rüstung fiel, machte mich ganz kribbelig. Er war der Inbegriff purer Männlichkeit und einfach verdammt heiß.

»Was ist ein Mafioso?«, fragte er und riss mich damit aus meinen Gedanken.

»Ein Gangster, du weißt schon.«

»Was?«

»Du weißt schon, diese Typen, die Leuten Geld leihen, obwohl sie wissen, dass sie es nicht zurückzahlen können. Dann erpressen sie sie und verprügeln sie.«

»Ein Spielhallenbesitzer vielleicht?«

»Das würde passen, ja.«

»Davon gibt es viele in Erimos. Welchen hast du umgebracht?«

»Mach mal halblang, Panzerjunge. Ich habe niemanden umgebracht.«

Er sah fast enttäuscht aus, als er mich stirnrunzelnd ansah.

»Warum bist du dann hier?«

»Weil ich Fragen an dich habe. Ich möchte meine Kraft benutzen.«

»Nein. Geh weg.«

»Du kannst nicht einfach meine Kraft benutzen, wann immer du es willst und mir nichts davon abgeben!« Ich ließ mich mit dem Hintern auf sein Bett fallen, um deutlich zu machen, dass ich nirgendwo hingehen würde. Ares kniff sich in den Nasenrücken und ich nutzte die

Gelegenheit, mir seine Lippen genauer anzusehen. Es waren schöne Lippen.

»Ich hätte dich nicht hereinlassen sollen. Ich dachte, du bräuchtest meine Hilfe mit den Wachen, weil du jemanden getötet hattest.«

»Ich töte doch keine Menschen. Um ehrlich zu sein, bin ich nicht davon begeistert, dass du so etwas anscheinend tust.«

»Ich bin über dreitausend Jahre alt und der Gott des Krieges. Wie kommst du darauf, dass ich nicht für irgendeinen Tod verantwortlich sein würde?« Es lag eine Schärfe in seiner Stimme, die mich offensichtlich einschüchtern sollte, aber wie es bei seinem Zorn der Fall zu sein schien, heizte sie mich nur noch mehr an.

»Kann ich verstehen. Wenn du es so ausdrückst, ist es nicht wirklich deine Schuld«. Ich zuckte mit den Schultern.

»Machst du dich über mich lustig?« Er starrte mich an und seine Muskeln zuckten unter seiner goldenen Rüstung.

»Ich kann verstehen, dass du gewisse unangenehme Dinge tun musst. Das ist dein Job. Aber ich würde das Töten von Menschen nicht ganz so leichtnehmen.«

»Was ist, wenn die Person, die ich töte, ein Tyrann ist? Ein Mörder? Eine Bedrohung?«

Da waren wir wieder bei Selbstjustiz, dachte ich und grübelte über seine Worte nach. Hatte es überhaupt jemand verdient, getötet zu werden?

»Wir alle haben eine zweite Chance verdient«, sagte ich schließlich.

»Du irrst dich«, schnaubte er. »Viele hier haben nichts anderes als den Tod verdient.«

»Hier im Olymp oder hier in deinem Reich?«

»Sowohl als auch. Lass mich jetzt allein.«

»Aber du musst mir sagen, wie ich meine Kraft einsetzen kann. Wir können morgen nicht gewinnen, wenn ich nicht angreifen kann. Wenn du mich wieder so ablenkst wie heute Morgen in diesem stinkenden Lager, ziehen wir den Kürzeren.«

»Du musst nur aus dem Weg gehen und ich werde gewinnen.«

»Hör zu, Panzerjunge«, sagte ich und stand auf. »Wirke ich wie ein Mädchen, das jemandem aus dem Weg geht?«

Ares sagte nichts und sah mich nur ruhig an. Die Götter mögen mir helfen, er war noch heißer, wenn er wütend war. Ich unterdrückte mein Verlangen, das Feuer in seinen Augen immer und immer wiederzusehen.

»Ich werde dein Schweigen als ein Nein auffassen. Schmerz wird uns im besten Fall etwas Unangenehmes, im schlimmsten Fall etwas Tödliches bescheren und von mir zu verlangen, dass ich nichts tue, ist unfair. So wird das ganz bestimmt nicht laufen.«

»Warum machst du es uns so schwer?«, rief Ares aus.

»Du verlangst von mir, gegen jeden Instinkt in meinem verdammten Körper zu handeln!« Bei dem Wort Körper, rutschte sein Blick von meinem Gesicht zu meiner Oberweite. Ich rammte meine Faust in seinen Brustpanzer. »Du brauchst mich und ich brauche dich. Also, wir arbeiten zusammen oder wir scheitern beide.«

»Nein.« Er sah stur auf mich herab. »Ich werde mich so oft wiederholen, wie es sein muss, du lästiger kleiner Mensch. Ich bin über dreitausend Jahre alt. Ich habe Schmerz, Panik und Schrecken *erschaffen*. Mit dem Zugang zu meiner Macht sind sie mir in keiner Weise gewachsen. Wenn du deinen Freund zurückhaben willst, dann wirst du tun, was ich dir sage«, zischte er und ich konnte das brennende Orange sehen, das tief in seinen Augen aufflammte. Ein entfernter Trommelschlag erklang in meinen Ohren.

»Zugang zu *deiner* Macht?«, wiederholte ich ungläubig. »Du meinst wohl *meine* Macht!«

»Unsere Macht.«

»Meine Macht! Es ist meine verdammte Macht!«, schrie ich. Die Trommeln schlugen lauter und Feuer explodierte in Ares Augen. Für einen Augenblick verschwand die Welt um mich herum, das Klingeln von Stahl ertönte laut und ein Adrenalinstoß durchflutete mich, als mich ein unbändiges Verlangen zu kämpfen ergriff. Ares packte mich mit beiden Händen bei den Schultern und zog mich an sich. Hitze flammte in meinem Inneren auf und ich erkannte etwas Feuriges, Wildes und Unzähmbares in seinem Ausdruck.

Doch mit der gleichen Kraft, mit der er mich an sich zog, stieß er mich von sich weg. Er holte tief Luft.

»Du wirst jetzt gehen.«

»Nicht bevor du mir sagst, wie ich meine Kraft einsetzen kann.« Ich verschluckte die Worte halb, denn der Klang der Trommeln und die Hitze vernebelten meinen Verstand. Und dann war da noch das seltene Pochen zwischen meinen Beinen, das in den Rest meines Körpers strahlte, mächtige Energie anheizte und mich völlig durcheinanderbrachte.

Er bewegte sich zur Tür, schwang sie hart auf und vermied es, mir in die Augen zu sehen. Spürte er es auch?

»Raus.«

Ich tat, was er sagte, nicht weil er es mir befohlen hatte, sondern weil ich meinen Gefühlen zu ihm nicht länger vertrauen konnte. Als er mich zu sich gezogen hatte... hatte ich gewollt, dass er mich küsst. Warum zum Teufel hatte ich gewollt, dass er mich küsst?

»Wir sind noch nicht fertig miteinander.« Ich schaffte es, die Worte hervorzustoßen, bevor ich hinausstürmte, in der Hoffnung, dass er dachte, ich würde über den Streit um meine Macht reden und nicht über die Tatsache, dass ich anscheinend auf einen dreitausend Jahre alten Gott der Barbarei stand.

ACHTZEHN

BELLA

Ich hatte gar nicht bemerkt, wie müde ich war, bis ich mich auf mein eigenes, ebenso plüschiges Bett warf. Meine Augenlider sanken herab, als ich auf die stoffbezogene Decke über mir sah und mein aufgewühltes Gehirn und erregter Körper sich beruhigten.

Ich hatte noch nie Probleme mit dem Einschlafen gehabt. Außer, wenn ich in Einzelhaft war. Aber das war kein emotionales Problem, sondern ein physisches. Ich hatte so wenig zu tun, so wenige Chancen mich abzureagieren und so wenige Möglichkeiten, Energie an diesem schrecklichen Ort abzubauen, dass ich keinen Schlaf brauchte.

Heute war ich so müde, dass ich einfach schlafen musste. Vielleicht war der Grund dafür, dass Ares mich durch die Nutzung meiner Kraft ausgelaugt hatte. Ich dachte über die besondere Konzentration nach, die er Kriegssicht nannte und gähnte. Ich zwang mich, mich aufzusetzen, zog mir mein Hemd über den Kopf und schnürte dann meine Stiefel auf. In Stiefeln zu schlafen war nicht cool.

Ein Anflug von Neugierde, über das was Ares wohl im Bett trug, machte sich in mir breit und ich verdrehte die Augen.

Joshua. Denk an Joshua. Du wirst ihn vor diesem verdammten Dämon retten, ihm in den Arsch treten, weil er dich angelogen hat und dann sehen, ob er dein Freund sein will, redete ich mir gut zu.

Meine Jeans folgte meinen Stiefeln auf den Boden und ich kippte zurück auf die Matratze und stieß einen wohligen Seufzer aus. Woher kam nur all das sexy Zeug in meinem Kopf? Ich dachte nur selten über Sex nach. Es war halt etwas, was ich mit Typen machte, die nichts bedeuteten, weil sie sich alle davonmachten, sobald sie herausfanden, wie ich wirklich darauf war.

Das hieß aber nicht, dass ich es nicht genoss. Jedoch hatte ich nie verstanden, warum Leute so verrückt danach waren. Meine zugegebenermaßen recht begrenzten Erfahrungen hatten mich immer unbefriedigt zurückgelassen, als sehnte ich mich nach etwas, das ich nicht bekommen konnte. Ich nahm an, dass ich es entweder nicht richtig machte oder dass ich den passenden Partner für mich noch nicht gefunden hatte. Jemand, der so fürsorglich und geduldig war wie Joshua, könnte genau die Art von Liebhaber sein, die ich brauchte, um mich dorthin zu bringen, wo ich bisher mit niemand anderem gelangen konnte.

Jemand, der heiß, wild und unbezähmbar war, könnte dich viel schneller an diesen Punkt bringen, sagte meine innere Stimme. Ich schob den Gedanken beiseite. Vielleicht waren diese neuen Dränge hormonell bedingt oder vielleicht war es eine Strategie, mich nicht mit dem wahren Schrecken dieser Situation auseinanderzusetzen; eine Art Verdrängungsmechanismus. Es kommt ja nicht jeden Tag vor, dass einem gesagt wird, dass man eine Göttin sei und in eine Fantasiewelt entführt wird.

Ja, das musste es sein. Ares hatte meine Welt auf den Kopf gestellt und mir einen Weg aus meinem furchtbaren Dasein in der sterblichen Welt aufgezeigt. Und jetzt verwechselte mein überfordertes Gehirn meine Aufregung über alles, was ich noch über Magie und den Olymp zu entdecken hatte, mit Gefühlen für ihn. Joshua würde wohl sagen, dass es eine Projektion ist. Ich projizierte mein brennendes Verlangen nach einem neuen Leben in einer Welt, in die ich gehörte auf Ares, in einer anderen Form von brennendem Verlangen.

Ich zog das dünne Seidentuch über mich und nickte. Das war es wohl. Und jetzt, wo ich das wusste, konnte ich es komplett ignorieren und mich darauf konzentrieren, die Tribunale zu bestehen und Joshua zu retten.

Aber es waren nicht Joshuas Augen, die verheißungsvoll in meinen Gedanken brannten, als ich in das Reich des Schlafes überglitt.

Das Aufwachen in dem sanft beleuchteten, marokkanisch anmutenden Raum überraschte mich am nächsten Tag so sehr, dass ich mich kerzengerade aufsetzte und nach meinem Messer griff, bevor ich den Schlaf aus den Augen blinzelte. Die Ereignisse der letzten - ich wusste nicht einmal, wie vielen - Stunden purzelten mir durch den Kopf, während ich mich in dem wunderschönen Raum umsah.

Ich war einst die Göttin des Krieges gewesen. Ich war dazu bestimmt, hier zu sein. Ich hatte endlich einen

Grund für all den Mist in meinem Leben gefunden. Und es gab eine Macht in mir, die meine Fähigkeiten noch verbessern konnte.

Schuldgefühle verdrängten die Erregung, die mich durchströmte, als ich mich an das schreckliche Bild der geschwärzten Hand auf dem Gesicht des Mädchens erinnerte, mit Joshua auf dem Steintisch dahinter. Hier ging es nicht um mich. Sobald Ares seine eigene Macht zurückhatte, würde ich noch genug Zeit haben zu lernen, wie ich meine einsetzen konnte. Dann hatte ich immer noch Zeit, mich zu amüsieren, aber zuerst musste ich meinen Freund retten.

Schuldbewusste Entschlossenheit legte sich über mich, als ich meine Beine aus dem Bett schwang. Wenn Ares sich weigern würde, mich meine eigene Kraft benutzen zu lassen, würde ich einen Weg finden müssen, mit ihm zusammenzuarbeiten, welcher mich nicht umbringen würde, wie es im Lager der Kämpfer fast geschehen wäre. Ich zog meine Jeans an und öffnete meine Tasche, um nach einem frischen T-Shirt zu suchen.

»Es wäre doch schade, die schicke Ledermontur, von der du gestern noch so begeistert warst, nicht zu tragen«, sagte eine Frauenstimme träge. Dieses Mal zuckte ich nicht überrascht zusammen. Ich begann mich daran zu gewöhnen, dass Zeeva uneingeladen in meinen Gedanken zu mir sprach. Außerdem hatte sie recht, was die Kampfmontur anging. Die hatte ich glatt vergessen.

»Morgen, Zeeva.«

»Sie ist hier im Schrank.« Ich sah mich nach ihr um und fand sie vor einem der beiden großen Schränke aus dunklem Holz sitzen.

»Danke«, sagte ich. »Soll ich etwas darunter tragen?«

»*Das ist dir überlassen.*«

Ich öffnete den Kleiderschrank und dachte darüber nach. Darin befanden sich zahllose Kleider. Viele sehr hübsche, bunte, fließende Kleider, die mit funkelnden Juwelen besetzt waren. Ich hielt inne und neigte den Kopf. Ich konnte mich buchstäblich nicht mehr daran erinnern, wann ich das letzte Mal ein Kleid getragen hatte. Mit einem Kopfschütteln schob ich sie zur Seite und nahm mein braunes Lederkorsett heraus.

Ich brauchte gut zehn Minuten, um herauszufinden, wie die vielen Metallverschlüsse und dicken Lederschnüre eingestellt werden konnten, aber schließlich hatte ich das Ding an. Ich stellte mich vor den Spiegel, der die Innenseite der Schranktür säumte, bewegte mich hin und her und beobachtete, wie sich ein breites Grinsen auf meinem Gesicht ausbreitete.

Zum ersten Mal in meinem Leben sah ich so aus, wie ich mich fühlte.

Meine hautenge schwarze Jeans war bequem wie Leggings und mit den breiten Trägern, die dem Korsett hinzugefügt worden waren, fühlte ich mich sicher, dass auch meine Schultern, Rippen und wichtige Organe geschützt waren. Ich hatte mich entschieden, nichts unter der Rüstung anzuziehen. Zwar bedeckte das Leder genug von meiner Brust, dass ich kein Dekolleté zur Schau stellte, wie Eris es getan hatte, aber ich fühlte mich trotzdem... nun ja, unglaublich sexy. Das Material, das die Innenseite auskleidete, war weich und rieb oder bewegte sich überhaupt nicht, als ich mich vorbeugte und streckte.

»Ich sehe doch knallhart aus, oder?«, fragte ich Zeeva.

Die Katze peitschte den Schwanz über den Boden.

»*Ja*«, sagte sie. Meine Augenbrauen schossen in die

Höhe. Ich hatte erwartet, dass sie sich über mich lustig machen würde.

»Wirklich? Denkst du das wirklich?«

»*Ja. Du siehst langsam so aus, wie du aussehen solltest.*«

»Ich wusste es!«

Was würde Ares davon halten? Die Frage hallte durch meinen Kopf, bevor ich etwas dagegen tun konnte und ich ersetzte sie schnell mit; was würde Joshua davon halten? Wahrscheinlich, dass es meine gewalttätige Psyche fördern würde, dachte ich mit einem Stirnrunzeln. Ich zuckte mit den Achseln und schloss den Schrank. Meine gewalttätige Psyche würde vielleicht genau das sein, was sein Leben rettete, wenn ich die Tribunale überlebte.

Ein lautes Klopfen an meiner Tür verriet mir, dass ich herausfinden würde, was Ares von meiner Aufmachung hielt, ob ich es wollte oder nicht.

»Wir müssen gehen«, brummte seine schroffe Stimme durch die schwere Holztür. Ich schnappte mir mein Messer vom Nachttisch, schob es in meine Tasche und öffnete die Tür. Der Gott des Krieges stand mit Helm und Rüstung riesig und hünenhaft vor mir.

»Dir auch einen guten Morgen«, sagte ich und wandte mich wieder dem Zimmer zu. Er blieb vor der Tür stehen, während ich mir meine Stiefel schnappte und sie anzog. »Lassen wir unser ganzes Zeug hier?«, fragte ich ihn.

Er nickte und die rote Feder auf seinem Helm schlackerte.

»Wie ich sehe, bist du heute so gesprächig wie immer«, murmelte ich und band meine Schnürsenkel.

»Erhoffst du dir eine Entschuldigung?«, fragte er.

»Nein. Aber wenn du deine Meinung darüber geändert hast, dass es gefährlich ist, mich meine eigene Kraft nicht benutzen zu lassen, dann-«

Er unterbrach mich. »Beeil dich, sonst kommen wir zu spät.«

»Zu spät für was?«

»Die Ankündigung des ersten Tribunals.«

Panik erfasste mich. Nicht wegen unseres bevorstehenden Schicksals, sondern wegen etwas noch viel Beunruhigenderem.

»Ich habe noch nicht gegessen!«

Ares stieß einen langen Atemzug aus. Wir waren gerade mal fünf Minuten zusammen und schon hatte er die Geduld mit mir verloren.

»Wir werden uns unterwegs etwas besorgen.«

Auf dem Weg durch die steinernen Straßen in Richtung des Turms von Schmerz besorgte er von einem Stand weitere leckere Fleischspieße. Ich riss sie ihm geradezu aus der Hand. Jetzt, da er in voller Rüstung war, die im Tageslicht schimmerte und golden glänzte, starrten ihn viele Leute in den Straßen an. Der Händler hatte ihm nicht einmal das Essen in Rechnung gestellt.

»Ich habe eine Frage«, sagte ich mit einem Mund voller leckerem, fettigem Fleisch. Er sagte nichts, also fuhr ich fort. »Ist der Grund, warum ich immer schlafen und essen kann, egal wie aufgeregt oder in Gefahr ich bin, Teil meiner Kraft?«

»Ja«, grunzte er. »Du musst immer kampfbereit sein.«

»Dachte ich es mir doch! Es macht Sinn. Ich dachte schon, ich wäre herzlos.«

»Das warst du wahrscheinlich auch, bis du ein Mensch wurdest.« Ich sah ihn aus den Augenwinkeln an.

»Und wie bin ich Mensch geworden?« Ich stellte die Frage so beiläufig wie möglich, aber seine Augen huschten zu meinen und es lag überhaupt nichts Beiläufiges in seinem Ausdruck.

»Ich weiß es nicht.« Ich runzelte die Stirn und schob mir mehr Fleisch in den Mund.

»Was ist das?« Ich hielt meinen letzten Spieß hoch.

»Ich weiß es nicht.«

»Viel weißt du ja nicht, Jon Snow«, sagte ich, schüttelte den Kopf und aß weiter.

»Ich heiße nicht Jon Snow. Du bist nervig und verwirrend«, sagte Ares knapp.

Ich seufzte. »Wenigstens habe ich einen Sinn für Humor, Panzerknabe.«

»Ich habe jede Menge Humor.«

»Wirklich? Erzähl mir einen Witz.«

»Ich kenne keine Witze.«

»Das schockiert mich jetzt«, erwiderte ich sarkastisch. »Was findest du dann lustig?«

»Vieles.«

»Was zum Beispiel?«

»Wenn Leute hinfallen.« Ich sah zu ihm auf und leckte mir die Finger.

»Ich will dich dafür auslachen, aber um ehrlich zu sein, gibt es dort, wo ich herkomme, ganze Fernsehsendungen, in denen Leute darüber lachen, dass irgendwelche Leute auf die Fresse fallen.«

»Fernsehsendungen?«

»Ja. Sachen, die auf Bildschirmen gezeigt werden, die man von überall aus sehen kann.«

»Du meinst eine Flammenschale?«

»Was?«

»Eine Flammenschale. Wie die, die die Herren benutzt haben, um uns den Dämon zu zeigen.«

Diese Flammenschüsseln waren also das olympische Äquivalent zu einem Fernseher? Ich dachte einen Moment darüber nach und warf dem schmuddeligen Jungen, der mich zu lange angestarrt hatte, einen Blick zu. Auf keinen Fall wollte ich noch einmal ausgeraubt werden. Die Straßen von Erimos hatten mich schon eine Unterhose und fast mein Messer gekostet.

»Gibt es etwas, das du gern schaust?«, fragte ich Ares.

»Götter können mit ihnen Bilder übertragen und sie können zur Kommunikation untereinander genutzt werden. Aber es gibt nicht viele von ihnen, nur die Reichen und Mächtigen haben sie.«

»Hm. Was denkst du, was Schmerz sich für das Tribunal ausgedacht hat?«

»Bei den Göttern, hörst du je auf, Fragen zu stellen?«, stöhnte er.

»Zu meiner Verteidigung, ich bin erst seit einem Tag hier. Es gibt eine Menge zu lernen.«

»Such dir jemand anderen, den du fragen kannst. Diese unverschämte Katze zum Beispiel.« Zeeva war, wie immer, nirgends zu sehen.

»Aber woher soll sie wissen, was dein Kriegsherr denkt? Glaubst du, dass, was auch immer es ist, schmerzhaft sein wird?«

»Wenn man bedenkt, dass er Schmerz verkörpert, ja«, antwortete er langsam, als wäre ich blöd.

Es war eine dumme Frage, nahm ich an. Natürlich würde es schmerzhaft werden. Ich hatte keine Angst vor Schmerzen, aber ich sehnte mich auch nicht nach ihnen oder geilte mich an ihnen auf. Ich würde ziemlich weit gehen, um Schmerz zu vermeiden. Erwartungsvolle Nervosität kribbelte in mir und ich wechselte das Thema.

»Magst du deine Schwester?«

Ares gab ein lautes, genervtes Knurren von sich und warf die Hände in die Luft.

»Sei endlich still! Ich versuche mich mental auf den Kampf vorzubereiten und du hältst dein Maul einfach nicht!«

»Ich rede zu viel, wenn ich nervös bin.«

»Du musst das nervigste Wesen sein, das mir je begegnet ist! Ich hätte dich einfach in diesem verdammten Menschengebäude töten sollen, bevor diese verfluchte Katze auftauchte!«

Die Erinnerung, die mit seinen Worten einging, der Schock, Joshua zu finden und dann einen Riesen in Rüstung neben der Blutlache stehen zu sehen, brachte mich augenblicklich in Rage. Ich spürte, wie sich meine Gesichtshaut straffte und meine Hände sich zu Fäusten ballten.

»Du könntest mich nicht töten, selbst wenn du es wolltest«, knurrte ich.

Ares sagte nichts, aber er begann schneller zu gehen. Meine viel kürzeren Beine konnten nicht mit ihm mithalten, ohne zu joggen und er wusste es. Noch mehr Wut schoss durch mich hindurch. »Ohne meine Kraft bist du nur ein großer, muskulöser Rohling und sonst nichts. Ich wette, ich bin schneller als du.«

»Bete, dass du nie herausfindest, wer von uns beiden der bessere Kämpfer ist«, zischte er und wirbelte plötzlich auf mich zu. Ich ließ die Schultern hängen und starrte ihn an, aber seine Augen blitzten unter seinem Helm auf und er drehte sich zurück und marschierte weiter die Straße entlang. Ich reckte ihm den Mittelfinger entgegen und stürmte ihm hinterher.

NEUNZEHN

BELLA

Der Turm von Schmerz sah genauso aus wie am Tag zuvor. Er und seine unheimlichen Brüder standen in der Oase mit einer riesigen Flammenschale zwischen ihnen. Diener in allen Formen und Größen säumten den Eingang und alle waren in lila Roben gekleidet.

Ares hielt nicht inne, als er auf die Herren zuging. Ich ärgerte mich darüber, dass ich hinter ihm herlaufen musste, bemühte mich, lässig auszusehen und wurde langsamer, damit es nicht so aussah, als würde ich hinter ihm her hetzen. Ich sah um mich, als wüsste ich, was los war und versuchte, das unangenehme Gefühl in mir zu ignorieren. Ich wusste, dass, wenn ich mich umdrehte, Schreckens gesichtsloses Gesicht auf mich gerichtet sein würde. Ich konnte es spüren.

»Lasst uns mit dieser Unverschämtheit weitermachen«, schnauzte Ares und ich war gezwungen, ihn und die Könige anzusehen.

Schmerz lächelte von Ohr zu Ohr und Panik zwinkerte mir zu. Meine Lippe kräuselte sich und etwas Dunkles blitzte in seinen Augen auf.

»Ich wünsche dir einen guten Tag, mächtiger Ares«, sagte Schmerz und machte eine langsame Verbeugung vor ihm. »Bist du bereit, dich dem Schlimmsten deines Reiches zu stellen?«

»Nur zu!«

»Wie du willst.«

Blendend weißes Licht blitzte auf und wir waren nicht mehr im Turm. Ich konnte Geräusche wahrnehmen, ehe ich etwas sehen konnte, und dann wurde die Helligkeit des Blitzes durch grelles Sonnenlicht ersetzt. Als die Welt um mich herum wieder in den Fokus kam, klappte mir die Kinnlade herunter.

Hunderte von Menschen jubelten und schrien aus Reihen von Steinsitzen, die eine riesige sandige Bühne umgaben. Wir befanden uns vor einer Gladiatorengrube.

»Du willst mich hier kämpfen lassen?«, schnaubte Ares. »Das ist keine Herausforderung für mich.« Er klang großspurig und selbstsicher. Ich drehte mich um. Wir befanden uns auf einem Balkon über den Zuschauerständen, der mit weichem Stoff und bequem aussehenden Stühlen ausgekleidet war und das gesamte Geschehen überblickte. Die Menge war größtenteils menschlich, aber ich konnte auch viele Kreaturen ausmachen, die Flügel, Fell oder tierische Gliedmaßen hatten. Ich glaubte sogar eine Person mit brennenden Haaren sehen zu können.

»Das wird ein ganz besonderer Kampf«, lächelte Schmerz. »Daher auch die großen Zuschauerzahlen.« Er deutete zu einem weiteren Balkon zu unserer Rechten und ich drehte mich um. Darin saßen eine Figur aus

Rauch und eine wunderschöne weißhaarige Frau, Hades und Persephone. Sie schenkte mir ein aufmunterndes Lächeln und winkte mir zu. Ich hob stumm meine Hand, aber meine Finger bewegten sich nicht.

Ich hatte mein ganzes Leben lang in Ringen gekämpft. Ich hatte um Geld, Ruhm und pure Blutlust gekämpft. Aber das hier...

Dies war kein dunkler und schmuddeliger Keller mit ekligen Boxseilen, die die Grenzen markierten. Dies war kein stinkender, billig gemachter Aluminiumkäfig, umgeben von grölenden Betrunkenen, die mir jedes Mal an den verschwitzten Arsch griffen, wenn ich einen Kampf siegreich verließ.

Das hier war das einzig Wahre.

Ich starrte hinunter zur sandigen Bühne in der Mitte des Rings. Obwohl ich weit weg war, konnte ich dunkle Schlieren sehen, die Blut sein mussten. Eisengitter versperrten fünf oder sechs Tore, die die Bühne umgaben und ich fragte mich, was sich hinter ihnen, unter den gestuften Bankreihen, befand. Tiere? Krieger? Ungeheuer?

»Guten Tag, Olymp!«, rief Schmerz. Seine magisch verstärkte Stimme erfüllte den riesigen Raum. Die Menge verstummte augenblicklich. »Willkommen zu einem wahrlich seltenen Spektakel. Unser Kriegsgott Ares ist heute hier, um uns allen seine Stärke zu beweisen.« Er hielt inne und lächelte Ares an. »Und er wird mit einem menschlichen Begleiter kämpfen!« Gemurmel raschelte durch das versammelte Volk. Ich verlagerte mein Gewicht, eine Hand griff instinktiv nach meinem Messer. »Es wird drei Runden geben, zwei heute und ein Finale morgen vorausgesetzt sie überleben so lange.«

Ares gab ein leises Zischen von sich, als Lachen und lauteres Geschnatter durch die Kampfgrube schallte.

»Als ein Gott deiner Größenordnung müssen wir dich in irgendeiner Form benachteiligen«, sagte Schmerz und Ares versteifte sich. Wollte Schmerz die Tatsache nicht anerkennen, dass ein Gott ohne magische Kräfte bereits im Nachteil war? Wusste die Menge, dass Ares keine Kräfte hatte? »Du kannst entweder deine Rüstung in den Ring tragen, oder dein Schwert mitnehmen.«

»Ich werde nicht ohne beides kämpfen«, knurrte Ares. Ich spürte ein kleines Ziehen in meinem Bauch und obwohl sich seine Größe nicht veränderte, schien er anzuschwellen. Das steinerne Gesicht Schreckens drehte sich in meine Richtung und meine Haut begann augenblicklich zu kribbeln.

Er wusste es. Ich war mir sicher, dass er wusste, dass Ares meine Kraft nutzte. Anstatt nach verdammten Flammenschalen zu fragen oder über die Nutzung meiner Macht zu streiten, hätte ich mehr über die Könige erfragen sollen und darüber, was der Rest des Olymps über Ares Machtverlust wusste. Frustration erfüllte mich, als ich erkannte, wie erbärmlich meine Informationslage war.

»Dann gibst du auf«, sagte Schmerz mit einem Achselzucken und riss meine Aufmerksamkeit von Schrecken.

»Niemals.«

»Dann wähle. Rüstung oder Schwert.«

Ich wusste, was er wählen würde, noch bevor Ares sein Schwert aus der Scheide zog. Ich konnte seine Augen nicht sehen, aber ich konnte die Wut spüren, die von ihm ausging.

»Das wirst du bereuen«, sagte er mit zusammengebissenen Zähnen, bevor er seine Waffe auf den Teppichboden legte. Ich sah denselben Zweifel, den ich am Tag zuvor auf dem Gesicht von Schmerz gesehen hatte, aber dann begann Terror zu sprechen.

»Du erinnerst uns immer wieder daran«, sagte er träge. »Wir handeln genauso, wie du es uns beigebracht hast, Mächtiger.«

Ares richtete sich auf und ich spürte einen plötzlichen Ruck in meinem Magen. Ein winziger Riss erschien an der Seite von Schreckens Gesicht und er trat einen Schritt zurück, ein scharfer Luftstoß entfuhr seiner steinernen Mine.

»Ich möchte jetzt beginnen«, sagte Ares und mit einem Seitenblick auf Schrecken klatschte Schmerz in die Hände und ein weiterer Blitz erleuchte die Welt vor uns.

»Was zum Teufel hast du da gemacht?«, zischte ich, sobald der zweite Blitz erlosch und ich sah, dass wir nun in der Mitte des sandigen Rings standen. Ich ging langsam in einem kleinen Kreis und schaute auf die nun tobende Menge um uns herum.

»Er muss an seine Stellung in meinem Reich erinnert werden«, sagte Ares und seine Stimme war immer noch voller Wut.

»Heb dir das fürs Tribunal auf!« Ich deutete auf die Menge. »Wissen die alle, dass Zeus deine Kraft gestohlen hat?«

»Nein. Auf keinen Fall. Hades und Poseidon haben verboten, dass Wissen über Zeus Taten an die Öffentlichkeit gelangt.«

»Deine Könige haben es ja ziemlich schnell herausgefunden. Tratsch verbreitet sich schnell«, murmelte ich. »Was willst du jetzt ohne Schwert machen?«

»Das Gleiche wie du«, grunzte er.

»Ich habe ein Messer«, sagte ich, zog es aus meiner Tasche und klappte es auf.

»Ich habe das hier«, sagte Ares und schlug seine Fäuste zusammen, was die Rüstung über seinen Unterarmen laut erklirren ließ.

Mein Instinkt, ihn mit dem Unglaublichen Hulk zu vergleichen, erstarb auf meinen Lippen, als ich seine funkelnden Augen erblickte. Er sah schon beeindruckend aus, wenn ich ehrlich sein sollte.

Und seine Stärke und Wut imponierten mir. Mein üblicher Adrenalinstoß vor einem Kampf fühlte sich an, als wäre er um das Zehnfache stärker als sonst. Köstliche Energie strömte durch meinen Körper und machte es schwer, stillzustehen. Meine Augen huschten zwischen jedem der vergitterten Tore um uns herum hin und her und langsam färbte sich alles rot vor mir. Ich war bereit.

Ein dröhnendes Grollen setzte ein, als sich der sandbedeckte Stein unter meinen Füßen zu bewegen begann. Große, zerklüftete Felsbrocken ragten aus dem Boden und ich schaute schnell zwischen ihnen hin und her und bemerkte glänzendes Metall.

»Sind das... Schwerter? Sind da echte Schwerter in den Steinen?«, rief ich über den Lärm hinweg.

Ares bewegte sich auf das Nächstgelegene zu, als das Rumpeln aufhörte.

»Ja.«

»Mächtiger Ares! Dies wird deine einzige Chance sein, dir eine Waffe zu beschaffen! Wenn du die Waffe nicht aus dem Stein brechen kannst, wirst du den Wettkampf unbewaffnet fortsetzen!«

»Was ist mit mir?«, protestierte ich und Ares warf mir einen Blick zu.

»Ich dachte, du hättest eine Waffe«, sagte er höhnisch und zog sich auf den nächstgelegenen Felsen hinauf. Dieser war so hoch wie ich und uneben, aber Ares machte kurzen Prozess mit dem glänzenden Schwertgriff, der in der Spitze steckte. Ein tiefes schabendes Geräusch ließ meinen Kopf nach links schnappen und ich sah, wie sich eines der Eisentore, die die Türen zum Ring versperrten, zu heben begann.

»Ares, da kommt etwas!«, rief ich, als ein weiteres Schaben folgte und sich ein zweites Tor hob.

Eines nach dem anderen begannen sie sich zu öffnen und ich blickte zurück zum Kriegergott, als er seine Hand um den Griff des Schwertes schloss und schrie.

Ich konnte die Elektrizität um ihn herum sehen, so intensiv war sie. Violette und gelbe Funken der Macht sprangen und tanzten über seine metallene Rüstung und er warf seinen Kopf zurück, als er seine Hand von der Waffe riss.

»Obacht!«, ertönte die Stimme von Schmerz über uns. Die Menge brüllte vor Lachen.

In diesem Test geht es um Schmerz, erinnerte ich mich, als Ares mit brennenden Augen auf das Schwert starrte. Und dieser Gott würde vor nichts zurückschrecken, da war ich mir sicher.

Ich konnte nicht anders, als zusammenzuzucken, als er sich wieder bewegte und seine Faust zum zweiten Mal um den Griff des Schwertes schloss. Dieses Mal war sein

Schrei eher ein Stöhnen, aber genauso viel funkensprü-
hende Elektrizität hüpfte über seinen Körper.

Das Schwert bewegte sich zwar nur ein paar Zentimeter, bevor Ares es wieder losließ, aber es bewegte sich.

Misstrauisch blickte ich zurück zu den offenen Toren.
Wenn Ares das Schwert nicht herausholte, bevor das, was
wir bekämpfen sollten, herauskam, dann würde ich ihm
beweisen müssen, wie sehr er mich unterschätzt hatte.

BELLA

Als Ares zum dritten Mal am Schwert zog, trat eine Gestalt aus dem Tor zu meiner Linken. Mein Herz pochte schmerzhaft in meiner Brust und ich drehte mich um. Das Geschöpf war ein paar Meter größer als Ares und hatte ein leuchtend blaues Auge in der Mitte eines flachen Gesichts, das von einer tiefen Kapuze umhüllt war. Der Umhang fiel über den Körper herab, war aber weit genug geöffnet, sodass ich sehen konnte, dass es darunter ein weißes Wickelgewand trug, das von einem Ledergürtel zusammengehalten wurde. In einer Hand hielt es einen hohen Stab, der von der gleichen Energie funkelte, die das Schwert von Ares durchzog.

Im Takt mit einem Schrei des Kriegsgottes glühte der Stab hell auf. Ich schaute schnell zwischen den beiden hin und her. Der Stab hatte aufgehört zu leuchten, als Ares das Schwert losgelassen hatte.

Sie waren miteinander verbunden. Der Stab war die Quelle der Elektrizität, da war ich mir sicher.

»Wir müssen seinen Stab zerstören, dann kannst du das Schwert holen!«, rief ich.

»Ich werde das Schwert holen«, brüllte Ares und stürzte sich wieder darauf. Ich verzog das Gesicht, als zwei weitere Zyklopen aus zwei weiteren Toren traten, jeder mit einem leuchtenden Stab. Verdammt!

»Du bist ein Idiot! Kümmern wir uns zuerst um diese Typen, dann wird es ein Leichtes sein, das Schwert zu bekommen!«

Ares ließ das Schwert mit einem Knurren los. Seine Brust hob sich noch stärker als zuvor. »Ich werde das Schwert bekommen, Schmerz hin oder her!«

»Sturer Vollidiot«, schnauzte ich, aber nicht laut genug, dass er es hören konnte und wandte mich wieder unseren Gegenspielern zu. Ich würde alle Drachmen der Welt darauf wetten, dass ich all diese einäugigen Bastarde außer Gefecht setzen konnte, bevor er dieses blöde Schwert aus dem Felsen ziehen konnte.

Mit diesem Entschluss rannte ich auf den ersten Zyklopen zu.

Es war, als würde ich gegen eine verdammte Ziegelwand schlagen. Ich schlug meine Faust in seine Brust, als ich mich auf ihn stürzte, aber anstatt einer Reaktion von ihm, prallte ich ab und fiel zurück. Das verdammte Ding hat mich nicht einmal angeschaut. Ich taumelte rückwärts, stolperte und versuchte, meinen Sturz zu stoppen. Mein geprellter Stolz ließ noch mehr Wut und Kraft durch mich hindurchschwappen.

»Diesmal kriegst du, was du verdienst, Arschgesicht«, zischte ich durch zusammengebissene Zähne. Einen größeren Anlauf nehmend, versuchte ich es erneut, aber anstatt nach dem Zyklopen zu greifen, packte ich nach dem Stab, als ich ihn erreichte.

Dieses Mal reagierte er tatsächlich. Sein blaues Auge fixierte mich, er bewegte sich schnell, schwang den Stab aus meiner Reichweite und holte aus, um ihn mir gegen die Beine zu schlagen. Doch mein Fokus, oder meine Kriegssicht, hatte eingesetzt und ich sah den Schwung seiner Bewegung, noch bevor er sie ausgeführt hatte. Ich wusste genau, was kommen würde. Ich sprang in die Höhe, wich dem Stab aus und kam rechtzeitig wieder auf, um auf dem Metall zu landen und das Ding zu Fall zu bringen. Der Zyklop stieß ein Zischen aus, denn anstatt den Stab loszulassen, folgte ihm sein Körper. Er purzelte in den Sand und mit so viel Kraft, wie ich aufbringen konnte, drückte ich meinen Stiefel auf das glühende Ende des Stabes.

Ich hörte den Schrei, der meinem Mund entwich, aber er klang nicht nach mir. Qual durchzog meinen Körper, jedes Nervenende stand in Flammen, alle meine Sinne waren völlig überlastet und siedende Elektrizität floss mir durch die Adern. Mit einer gewaltigen Anstrengung rollte ich mich zur Seite, brach den Kontakt ab und der Schmerz ließ augenblicklich nach. Schweiß kullerte mir den Rücken und die Stirn hinunter und ich rang nach Atem. Der Zyklop kämpfte sich wieder auf und hob den Stab hoch, als Ares wieder schrie. Immer noch wackelig auf den Beinen sah ich ihn an, während er an dem Schwert festhielt. Jetzt, da ich wusste, wie verdammt furchtbar der Schmerz war, konnte ich nicht glauben, dass er immer noch da oben war. Das Schwert hatte sich kaum mehr als ein paar Zentimeter bewegt.

Ich schaute zum Zyklopen zurück, um mir eine neue Strategie zu überlegen, wie ich ihm seinen Stab abnehmen konnte und hielt inne. Er starrte bestürzt auf das Ende seines Stabes, der nicht mehr leuchtete. Er tat überhaupt nichts mehr.

Ich hatte ihn zerbrochen. Meine Stiefel hatten ihn zerstört! Ich gab mir selbst ein geistiges High-Five und dem Zyklopen ein sarkastisches Grinsen und rannte auf den nächsten zu. Er folgte mir nicht, ließ nur den nutzlosen Stab auf den sandigen Boden fallen und verschränkte die Arme. Seltsam, aber definitiv positiv.

Zu meiner Erleichterung sah es so aus, als ob nur drei der Kreaturen aus den sechs Toren getreten waren. Ich war mir nicht sicher, ob ich nicht noch einen dieser Schocks verkraften würde, geschweige denn sechs von ihnen.

»Warum kämpft ihr nicht?«, fragte ich den zweiten Zyklopen laut, als ich mich ihm näherte. Sein Blick blieb auf Ares haften, hoch oben auf dem Felsen, genau wie der letzte auch. »Euer Statuen-Getue hilft uns zwar, aber ich bin ein wenig misstrauisch«, sagte ich. Der Zyklop reagierte nicht. »Okay«, zuckte ich mit den Achseln. »Deine Aufgabe ist es, diesen Elektrizitätsstab zu bewachen und sonst nichts. Alles klar.«

Mit einem Ruck schlüpfte ich unter den Arm, der den Stab hielt und trat gegen das untere Ende der langen Stange. Er zog ihn rechtzeitig zur Seite, richtete ihn dabei aber so aus, dass er parallel zum Boden war. Nach einer Sekunde der Angst vor dem Schmerz, griff ich nach dem glühenden Ende, riss es mit aller Kraft zu Boden und drückte es hart auf den sandigen Stein. Ich hörte ein leises, krachendes Geräusch, als der Schmerz mich verschlang, doch dann wurde es von dem Klang meines eigenen Blutes übertönt, das in meinen Ohren pochte. Ich stand in Flammen. Ich konnte nicht mehr atmen. Mit einem Schrei riss ich meinen Arm weg, bewegte auch meine Beine und rollte mich instinktiv weiter von dem abscheulichen Stab weg. Zum Glück tat der Zyklop genau das, was der andere auch getan hatte. Er ließ das andere Ende des nun zerbrochenen Stabes mit einem finsteren Blick fallen und verschränkte seine muskulösen Arme.

Ich wischte mir die Welle frischen Schweißes aus dem Nacken, während meine Ohren noch immer klingelten. Als ich auf den letzten Zyklopen zu stolperte, erinnerte ich mich daran, dass die Schocks wenigstens keine bleibenden Schmerzen hinterließen. Sie ließen mich benommen, schwitzend und atemlos zurück, doch sobald der Kontakt abbrach, hörte die Qual sofort auf.

»Bist du bereit, deinen beschissenen Stab auch zerschlagen zu bekommen?«, keuchte ich, als ich die dritte Kreatur erreichte. Ich blickte zurück zu Ares und der Zyklop ignorierte mich. Das Schwert war jetzt halb draußen und ich war mir sicher, dass weniger Funken über seine Rüstung tanzten. Auf jeden Fall hatte er aufgehört zu schreien. Er muss den Schock von allen drei Stäben weggesteckt haben, bis ich anfing, sie zu zerstören.

Ich hatte jedes Mal nur den Stoß von einem gespürt und das war schon schlimm genug. Aber alle drei auf einmal? Ein kleines bisschen Bewunderung für seinen Mut stieg in mir auf. *Er ist ein Idiot*, dass er dir nicht einfach geholfen hat, sagte ich mir. Wenn er das getan hätte, würde ich jetzt nicht noch einen dieser höllisch schmerzhaften Schocks bekommen.

Aber er wollte mir nicht helfen, also musste ich es allein durchziehen.

Ich nahm meine Energie zusammen, sprang in die Höhe und trat nach der Hand des Zyklopen, die den Stab hielt. Er wendete sich, um ihn wegzuziehen, doch ich sah die Bewegung kommen und drehte mich in der Luft. Ein kleiner Stoß erfasste mich, als ich den Stab berührte und der Zyklop stöhnte auf, als dieser aus seinem Griff rutschte. Ich landete ungeschickt, rollte mich aber zu dem Stab, bevor der Zyklop ihn wieder aufheben konnte und schlug mit dem hinteren Teil meiner Ferse auf das glühende Ende.

Statt des finalen Schocks, den ich erwartet hatte, hörte ich ein triumphierendes Brüllen von Ares und kein Schmerz durchzuckte meinen Körper.

»Ich habe dir gesagt, dass ich das Schwert bekommen werde!«, brüllte der Kriegergott. Doch ich schaute ihn nicht an. Mein Blick war auf den Zyklopen fixiert und sein riesiges Auge war auf mich gerichtet. Er war nur ein paar Meter von mir entfernt und ich hatte den zerschlagenen Stab unter meinem Stiefel. Er hatte sich nicht aufgerichtet und die Arme verschränkt wie die anderen.

»Gut gemacht, kleines Mädchen«, sagte die Kreatur und entblößte grinsend spitze Zähne. »Jetzt, wo diese Stäbe aus dem Weg sind, können wir spielen.«

Ich konnte kaum schnell genug ausweichen, da krachten seine eigenen massiven Stiefel schon auf die Stelle, an der ich gesessen hatte. Ich sprang auf und noch während ich mich bewegte, sah ich die anderen Kreaturen von beiden Seiten auf mich zustürmen. Ich stürzte mich auf einen Felsbrocken und hörte einen lauten Knall hinter mir. Ich zog mein Messer aus der Tasche, klappte es auf und wirbelte herum.

Ares, goldglänzend und prächtig, schwang ein Silberschwert und landete mit Gebrüll zwischen den Zyklopen. Die Empörung darüber, dass dieser idiotische Mann nur wegen mir das verdammte Schwert hatte, aber jetzt den ganzen Ruhm erntete, überschwemmte mich und ich schrie auf, als ich in das Handgemenge stürmte.

Doch bevor ich auch nur in ihre Nähe kam, spürte ich einen gewaltigen Ruck in meinem Magen und Ares glühte golden auf. Seine Bewegungen beschleunigten sich so sehr, dass ich ihn kaum noch sehen konnte. Müdigkeit und Schwindel überkamen mich und ich taumelte zurück. Es fühlte sich an, als sei ich vor eine Wand gerannt.

Der goldene Fleck vor mir wackelte verschwommen, meine Augenlider wurden schwer und es kostete mich alles, was ich hatte, um nicht auf die Knie zu fallen.

»Verdammtes... Arschloch...«, versuchte ich zu sagen, aber die Worte waren nicht mehr als ein Flüstern.

Ich fühlte mich, als wäre ich von einem Lastwagen überrollt worden. Zu meiner Bestürzung konnte ich nicht verhindern, dass meine Knie nachgaben. Ares verschwand aus meiner Sicht und der rote Nebel verging. Ich konnte das Geschehen nur noch durch einen blassgrauen Schleier sehen.

Er hat mich ausgelaugt. Ich wusste nicht, woher ich das wusste, aber ich war mir sicher, dass genau das geschah, denn das Einzige, das meine schnell schwindenden Sinne noch spüren konnten, war das heftige Ziehen in der Magengrube.

Er hat meine ganze Kraft aufgebraucht. Alles, was ich hatte. Um die Feinde zu besiegen, die ich lahmgelegt hatte, mit der Waffe, die ich ihm ermöglicht hatte.

Ein Hauch von Rot kroch zurück in die Ränder meiner Vision und der weiße Dunst lichtete sich ein wenig.

· · ·

Ein Gong ertönte, so laut, dass ich meine Hände halb an die Ohren hob, aber merkte, dass sie zu schwer waren, um so weit zu kommen, sie also wieder fallen ließ, wobei mein ganzer Oberkörper schwankte. Das Gebrüll einer Menschenmenge drang an meine Ohren und das Ziehen in meinem Magen ließ so abrupt nach, dass ich irgendwie das Gleichgewicht verlor und nach vorne auf meine Ellenbogen kippte.

Ich holte zitternd Luft und versuchte, klar zu sehen, aber alles war zu verschwommen und meine Augenlider wollten einfach nicht das tun, was ich von ihnen verlangte. Ein Schatten bewegte sich über mich und meine Instinkte setzten ein. Ich mochte blind und halb bewegungsunfähig sein, aber ich würde mich nicht von einem einäugigen Wichser umbringen lassen. Ich ließ mich auf die Seite fallen und es fühlte sich an, als habe sich die Erdanziehungskraft vervierfacht. Mit all meiner Kraft versuchte ich nach der Gestalt zu treten, die sich über mir aufbaute. Meine stählernen Zehenkappen klingelten gegen Metall und ich hörte Ares.

»Steh auf.«

Ich versuchte es, aber ich hatte einfach nicht die Kraft dazu. Dieser letzte Tritt hatte mich fertig gemacht. Frustration und Wut überrollten mich so hart, dass mir die Tränen kamen. Ich lag auf dem staubigen Boden vor einem Publikum in der Welt, zu der ich so sehr gehören wollte und war schwach wie ein verdammtes Kätzchen.

»Ich hasse dich«, flüsterte ich. »Du hast mir das verdammt nochmal angetan.«

Dann wurde ich zum zweiten Mal in zwei Tagen ohnmächtig.

EINUNDZWANZIG

»Du bist wirklich ein verdammter Idiot, Ares. Lerne, dich zu beherrschen.« Die Stimme kam mir vertraut vor, als sie sich durch mein Bewusstsein drängte.

»Du hast es gerade nötig! Ich wusste nicht, dass sie noch so schwach ist«, hörte ich Ares antworten.

»Ich bin nicht schwach«, sagte ich, aber nur ein Murmeln entkam meinen Lippen. Ich stieß mich auf die Ellbogen und sah mich um. Ich lag schon wieder auf einem Steintisch, aber dieses Mal war der Raum düster und kahl. Die umliegenden Wände hatten alle die gleiche Farbe wie der Stein, aus dem die Gladiatorengrube gemacht war.

Eris trat in mein Blickfeld und hielt mir einen Steinbecher hin.

»Mein Bruder ist ein Narr«, murmelte Eris.

»Warum hilfst du mir?«, krächzte ich und schluckte die Flüssigkeit gierig hinunter. Es war Nektar und ich wusste, wie viel besser sich mein erschöpfter Körper danach fühlen würde. Ich fühlte mich fürchterlich und jeder Muskel schmerzte höllisch.

»So gerne ich ihm auch dabei zuschaue, wie er wie ein Kind herumfuchtelt, ich will ihn eigentlich gar nicht tot sehen. Und ohne dich hat er keine Chance.«

»Du weißt also, dass er meine Kraft benutzt?« Ich blickte Ares von der Seite aus an. Wut stieg wieder in mir auf, doch mein erschöpfter Körper konnte nicht kämpfen und wüten wie sonst und eine Welle des Schmerzes schepperte mir durch meinen Kopf. Ich umklammerte den steinernen Becher so fest, dass meine Finger schmerzten.

Ich richtete meinen Blick wieder auf Eris.

»Ja«, sagte sie. »Jeder da draußen weiß es. Es war ziemlich offensichtlich, als du zusammengesackt bist.«

Ich hörte ein Zischen vom Kriegsgott und zwang mich, mehr Nektar zu trinken, anstatt ihn anzusehen. Zeeva sprang neben mir auf. Noch hatte die Wirkung des magischen Getränks nicht eingesetzt.

»Warum bist du hier? Du tauchst immer zu spät auf«, sagte ich zu der Katze.

»*Ich habe meine Meinung geändert, im Bezug darauf, dir zu helfen.*« Ich sah Zeeva mit aufgerissenen Augen an. Schon diese kleine Bewegung ließ meinen Kopf noch mehr schmerzen. »*Antworte jetzt nicht laut. Wir unterhalten uns später.*«

Ich tat, was sie sagte und trank den Rest aus. Zum Glück fühlte ich jetzt den ersten winzigen Schub an Kraft.

»Fassen wir es also noch einmal zusammen, Ares hat meine ganze Energie und Kraft verbraucht, um drei Zyklopen zu besiegen, die ich bereits alleine entwaffnet hatte«, sagte ich laut.

»Ja. Und jetzt wird keiner von euch beiden im nächsten Kampf Kraft haben«, sagte Eris in einem herablassenden Ton, von dem ich wusste, dass er für ihren Bruder bestimmt war.

»Ich-«, begann Ares, brach aber ab.

»Wie lange haben wir bis zum nächsten Kampf Zeit?«, fragte ich.

»Eine halbe Stunde.«

»Ich möchte einen Moment mit Ares unter vier Augen sprechen.«

Die Worte überraschten mich selbst. Ich wollte ihn nicht einmal ansehen, geschweige denn mit ihm allein sein. Aber die Wut, die durch mich wirbelte, brauchte ein Ventil, bevor etwas in mir explodierte und wenn ich mich nicht körperlich verausgaben konnte, würde ich etwas anderes tun müssen.

»Oh, das wird was«, sagte Eris, drehte sich von mir weg und schritt durch eine Steintür aus dem Raum. Ich sah zu, wie ihr runder, lederbekleideter Hintern aus dem Raum schwang und holte tief Luft. Ihre Frechheit würde mir jetzt einen wertvollen Dienst leisten. Zeeva sprang von dem Steintisch herunter, warf mir einen langen Blick zu und schlenderte hinter Eris her.

»Wenn du eine Entschuldigung erwartest...«, begann Ares, aber als ich ihm in die Augen sag, hörte er auf zu reden. Er trug seinen Helm nicht und seine Reaktion war eindeutig.

»Du bist überrascht darüber, wie wütend ich bin?«, zischte ich. »Du, der meine Kraft teilt, der weiß, wie es ist, zu kämpfen und zu siegen, in Stärke und Sieg zu schwelgen, bist überrascht, mich so wütend zu sehen, nachdem du mir all meine Kraft entzogen hast und mich vor der verdammten Welt hast hilflos zu Boden sinken lassen?«

Mehr Blut pochte in meinem Kopf und meine Wut trieb meinen Puls noch weiter herauf. Ares Mund verzog sich zu einer Linie und er löste seinen Blick von meinem.

»Ich war schon seit einiger Zeit nicht mehr in der Lage, meine Macht in einem Kampf einzusetzen«, sagte er leise, ohne mir in die Augen zu sehen.

»Du bist ein verdammter Gott, kein Kind! Wie kannst du nur so wenig Kontrolle über dich haben? Und das auf Kosten von jemand anderem?«, spuckte ich. Ich hatte auch schon einmal die Kontrolle verloren, natürlich hatte ich das, aber ich hatte, seit ich ein Teenager war, niemanden mehr verletzt, der es nicht verdient hatte.

Ich sah die Wut in Ares Augen, doch sie erlosch schnell, als ich ihn anfunkelte.

»Was geschehen ist, ist geschehen. Wir müssen jetzt herausfinden, wie wir überleben können«, sagte er flach.

»Fick dich, Ares. Ich kann nicht mit dir kämpfen. Ich kann nicht mit dir arbeiten. Hättest du mir von Anfang an geholfen, die Stäbe zu zerschlagen, hättest du das Schwert schneller bekommen und wir beide hätten die Zyklopen ausschalten können, aber du hast darauf bestanden, dich wie ein arrogantes Arschloch zu verhalten.«

»Wir müssen zusammenarbeiten«, stieß er hervor.

»Warum? So bin ich dir nicht von Nutzen!«, schrie ich und deutete auf meinen schmerzenden Körper. Meine Wut kochte über. Sich so nutzlos zu fühlen, machte mich fertig. Ich konnte mich immer auf meinen Kampfgeist, Schnelligkeit und Stärke verlassen. Mein derzeitiger Zustand war unerträglich. »Du hast mich ausgelaugt, mitten im Kampf! Weißt du, wie sich das anfühlt, ohne Kraft dazustehen?«

»Ja!«, brüllte er so laut zurück, dass meine aufgewühlten Gefühle kurzzeitig gestoppt wurden. »Ich weiß genau, wie sich das anfühlt!« Er fuhr sich durchs Haar. »Ich lebe schon seit Monaten mit diesem Gefühl! Zeus hat mir meine Macht gestohlen und sie jetzt wieder zu kosten, ist-« Er stampfte mit dem Fuß auf und klappte den Mund zu, als ob er zu viel gesagt hätte. Er rieb sich mit einer Hand über das Gesicht, sein langes Haar fiel ihm über die Schulter und ein unerwarteter Stich des Mitgefühls durchzuckte mich.

Er hatte sich in den Kampf hineingesteigert. Er hatte einen Vorgeschmack darauf bekommen, was er so unheimlich vermisste und er hatte sich von seinem Adrenalinpegel mitreißen lassen. Ich konnte das verstehen, auf einer gewissen Ebene.

Aber nicht auf Kosten eines anderen.

»Ich werde nicht mit dir kämpfen. Ich werde dir nicht helfen. Ich kann nicht. Du hattest vorhin recht. Wir werden uns gegenseitig umbringen.«

Joshuas Gesicht füllte meinen Geist und übergoss meine kochende Wut mit Schuldgefühlen, aber ich wusste, dass meine Worte wahr waren. Wir *würden* uns noch gegenseitig umbringen, wenn wir so weitermachten und dann würde ich niemandem mehr helfen können. Ares war unüberlegt, egoistisch und unmöglich. Ich würde mich einfach darauf verlassen müssen, dass sein riesiges Ego gerechtfertigt war und beten, dass er die Tribunale der Könige ohne seine Macht bewältigen konnte. Es gab keinen Zweifel, dass er ein guter Kämpfer war und Schmerzen aushalten konnte, ob mit oder ohne Magie.

Mir wurde übel, als ich daran dachte, ihn aus dem Abseits aus zu beobachten. Joshuas Leben stand auf dem

Spiel, aber ich sah keinen anderen Weg, wenn er mich so behandelte.

»Ich glaube nicht, dass ich diese Tribunale ohne deine Hilfe gewinnen kann«, sagte Ares nach einer langen Pause, so leise, dass ich ihn kaum hören konnte.

»Ich habe keine Kraft mehr, die du einsetzen kannst! Und das ist deine verdammte Schuld!«

»Genau deshalb brauche ich dich. Da ich keine Kraft mehr habe, brauche ich deine Hilfe. Um gegen das zu gewinnen, was uns als Nächstes bevorsteht.«

Ich blinzelte ihn an. Hatte ich ihn eben richtig verstanden? Er blickte auf seine Füße hinunter und hatte seine riesigen Arme vor der Brust verschränkt.

»Du brauchst meine Hilfe in dem Kampf? Du willst mich nicht nur als Batterie benutzen, wann immer dir danach ist, sondern willst, dass ich an deiner Seite kämpfe?«

Er sah zu mir auf und der Blick in seinen Augen ließ meine Augenbrauen noch höher schießen. Er sah ... normal aus. Wie ein normaler Kerl, der nach etwas fragte, von dem er hoffte, dass er es bekommen würde.

»Ich weiß nicht, was eine Batterie ist«, sagte er.

Ich war überrascht von seiner Aufrichtigkeit.

»Eine Batterie ist eine Stromquelle in meiner Welt«, sagte ich leise.

»Oh, verstehe. Ja, ich möchte, dass du mir hilfst, zu kämpfen. Ich brauche deine Hilfe gegen das Monster, das Schmerz als Nächstes mit mir in die Grube stecken wird.«

Ich starrte ihn an. Ich würde keine Entschuldigung bekommen, so viel war klar. Aber ich hatte das Gefühl, dass dies so nahe an einer Entschuldigung war, wie ich sie je von einem Gott erhalten würde. Er bat mich höflich um Hilfe und das würde er nicht tun, außer er wollte, dass ich getötet wurde oder er glaubte tatsächlich, dass ich kämpfen konnte.

Ich sah ihn aus zusammengekniffenen Augen an. »Willst du, dass ich getötet werde, damit du auf diese Weise meine Macht bekommst?«

Er verzog beleidigt das Gesicht.

»Wenn ich dich töten wollte, würde ich es mit Ehre tun.«

»Über der Leiche meines Freundes?«

»So hatte ich nicht geplant, dich zu töten«, antwortete er unwirsch. Ich hielt meine Hand hoch, um ihm zu signalisieren, dass er aufhören sollte.

»Hör zu, wenn du tatsächlich meine Hilfe willst, ist es keine gute Idee, mir zu erzählen, wie du geplant hattest, mich zu töten.«

»Einverstanden.«

»Siehe an. Wir sind uns tatsächlich bei etwas einig«, murmelte ich. Der aufrichtige Blick in seinen Augen, die Abwesenheit wütender Abwehr, gepaart mit meinem intensiven Wunsch, dieses Mal nicht wegzulaufen, ließ meinen Zorn dahin schmelzen. Es war fast so, als ob er seine Wut ausschaltete und damit auch meine.

Die Wahrheit war, dass ich kämpfen wollte. Ich hatte der Menge etwas zu beweisen. Wenn Ares wirklich bereit war, mit mir zusammenzuarbeiten, anstatt uns beide zu töten, könnten wir ihnen eine unvergessliche Show bieten.

»Nach diesem Tribunal müssen wir aber über meine Kraft reden. Und du wirst mich nie, nie wieder so behandeln.«

Ich sah, wie er sich ärgerte, so autoritär angesprochen zu werden und wie seine Kiefermuskeln arbeiteten.

»Es war ein Unfall«, sagte er schließlich.

»Schwörst du, dass du es nie wieder tun wirst? Denn es hörte sich nicht so an.«

Sein Blick legte sich auf mich und eine neue Intensität brannte darin. Ich konnte nicht sagen, ob es Wut oder Reue oder etwas ganz anderes war, aber was auch immer es war, die Emotion war intensiv. Ich widerstand dem Drang, wegzuschauen.

»Ich schwöre«, sagte er zähneknirschend.

»Gut. Ich bin sehr müde«, sagte ich, riss meine Augen von seinem unbehaglichen Blick los und schwang meine Beine unbeholfen über den Tisch. Ich probierte vorsichtig aus, ob sie mein Gewicht halten würden. Meine Oberschenkel fühlten sich an, als wäre ich drei Marathons gelaufen und meine Füße pochten. Aber ich konnte aufstehen. »Ich weiß nicht, ob ich dir helfen kann.«

»Trink mehr Nektar. Es sollte dich vor dem nächsten Kampf wieder zu Kräften bringen, aber es wird wohl nicht genug sein, um deine Magie wiederherzustellen.« Er bewegte sich auf mich zu und beugte sich vor, um meinen leeren Steinbecher aufzuheben. Es war unmöglich, nicht zu bemerken, dass er nach frischem Schweiß, Sand und Metall roch. Ich schloss kurz die Augen, um mich zu sammeln, dann drehte ich mich um und beobachtete, wie er zu einem anderen Tisch in dem langen Raum ging, wo ein Krug stand.

Er schenkte mir einen Drink ein, reichte ihn mir und ich trank. Mein Magen überschlug sich. Das restliche Adrenalin, die Vorfreude auf den nächsten Kampf und die anhaltende Scham über meine öffentlich zur Schau gestellte Schwäche kämpften in mir. Aber die Sache, die den meisten Platz in meinem Gehirn einnahm, war meine Verwirrung über den Berg von Muskeln, der vor mir im Sand stand.

Was er gerade getan hatte, war egoistisch, gefährlich und machte mich so wütend, dass ich dachte, ich würde explodieren. Aber ich war mit ihm verbunden, auf eine Art und Weise, die alles andere überwog.

ZWEIUNDZWANZIG

ARES

» Wo sind wir hier?«, fragte Bella mich und schlürfte ihren Nektar.

»Es ist der Ort, an dem die Kämpfer gegessen haben, als sie unter den Gruben lebten«, erklärte ich ihr. Die Überreste ihrer Kraft durchströmten mich noch immer und es war nicht einfach, meiner Stimme einen ruhigen Tonfall zu verleihen. Das selige Hochgefühl von Geschwindigkeit, Kraft und Bewegung zu spüren, als ich gegen die Zyklopen gekämpft und von ihrer Magie profitiert hatte... Ich hatte ihr die Wahrheit gesagt. Ich hatte nie vorgehabt, ihr all ihre Kraft und Energie zu entziehen.

Aber jetzt war ich besorgt, dass mein Mangel an Kraft mehr mit mir anstellte, als ich verstand. Dieses Mädchen bedeutete mir nichts und doch ergriff jedes Mal, wenn ich sie ansah, ein fremdes Gefühl, meine ganze Brust.

Schuldgefühle.

Ich fühlte mich schuldig für das, was ich ihr angetan hatte.

Bevor Zeus mir meine Kraft gestohlen hatte, hätte ich keinen Gedanken an sie verschwendet. Ich habe sie nicht getötet, ich habe sie nur geschwächt, um meine Macht zu demonstrieren, um mich im Ruhm sonnen. Das war, was ich am besten konnte. Warum hatte ich also das Gefühl, dass ich etwas falsch gemacht hatte?

Weil ich die Scham kannte, die sie gefühlt hatte, als sie schwach auf dem Boden zusammengebrochen war. Ich kannte den Nervenkitzel des Kampfes, den ich ihr verwehrt hatte. Ich verstand es auf eine Weise, wie nur sie und ich es konnten.

Ich schüttelte den Gedanken ab, da mir nicht gefiel, was er bedeuten könnte. Mein Mangel an Kraft musste sich sowohl auf meine Gedanken als auch auf meinen Körper auswirken. Er hatte mich geschwächt. Ich konnte es mir nicht leisten, mir Sorgen um andere zu machen, wenn ich ein so schwieriges Ziel zu erreichen hatte.

Doch das war genau der Grund, warum ich mich um sie sorgen musste. So sehr ich es hasste, auf sie angewiesen zu sein, ich konnte, was mir bevorstand, nicht allein bewältigen.

Jedoch wünschte ich mir, dass es jemand anders wäre. Ich wünschte mir, dass das Feuer in ihren Augen nicht stundenlang nach jedem Streit mit ihr in meinen Erinnerungen verweilen würde. Ich wünschte, ich würde nicht jedes Mal Kriegstrommeln hören, wenn sie die Beherrschung verlor. Ich wünschte, dass ich ihre Hartnäckigkeit nicht so sehr respektieren würde.

Nein, diese Gefühle für sie waren nicht richtig. Es war falsch, solch intensive Emotionen ihr gegenüber zu haben. Sie war schließlich ein Mensch, ein nerviger, kleiner Mensch. In Gedanken verglich ich sie mit Aphrodite. Die Göttin der Liebe und schönste Frau der Welt war nicht mit Bella gleichzusetzen. Meine Gefühle mussten aus dem derzeitigen Zustand resultieren. Wenn ich meine Kraft zurückhatte, würde mein Geist wieder stärker werden und Aphrodite würde mich wieder lieben.

»Warum leben die Kämpfer nicht mehr hier unten?«

»Sie haben sich entschieden, in ihren eigenen Lagern zu leben.« Ausnahmsweise war ich dankbar, dass ihre Fragen mich von meinen Gedanken ablenkten.

»Das kann ich verstehen«, nickte Bella. »Wenn ich versklavt wäre, würde ich auch nicht unter Felsen leben wollen. Ich würde verrückt werden, mich so gefangen zu fühlen. Du nicht auch?«

»Ich weiß es nicht«, antwortete ich.

»Was meinst du damit, du weißt es nicht? Denk mal darüber nach, überhaupt keine Freiheit zu haben und alles tun zu müssen, was man dir sagt, einschließlich, um dein Leben kämpfen zu müssen. Da wärst du doch unglücklich, oder nicht?«

»Ich... ich weiß es nicht. Ich habe nie darüber nachgedacht.« Sie starrte mich an.

»Dein Reich erlaubt Sklaverei und du hast noch nie darüber nachgedacht?«

»Nein.«

»Dann denk halt jetzt darüber nach! Denk über ein Leben nach, das zum Spielzeug eines anderen wird! Wie kannst du dich nie in ihre Lage versetzt haben?«

»Das muss ich nicht. Ich bin ein Gott.«

»Du bist ihr Herrscher. Du hast Verantwortung gegenüber diesen Menschen.«

»So funktioniert meine Welt nicht. Ich lasse jeden König oder jede Königin regieren, wie sie es wollen. Es ist nicht einfach, sich ein Königreich zu verdienen und noch schwieriger, die Kontrolle darüber zu behalten.«

Ich verschränkte die Arme und war zufrieden mit meiner Antwort.

»Natürliche Selektion«, sagte sie nachdenklich. »Ich glaube nicht, dass das richtig ist.«

Wut wallte in mir auf.

»Du bist seit zwei Tagen hier! Warum meinst du mehr über meine Welt zu wissen als ich?«

»Das tue ich nicht, aber es scheint, dass du unfähig bist, Empathie zu empfinden. Also bist du nicht in der Lage zu regieren.«

Roter Dunst verfärbte mein Sichtfeld.

»Du wagst es mir zu sagen, dass ich kein guter Machthaber bin?«

»Solange du nicht bedenkst, wie es ist, das Leben deiner Untertanen zu leben, ja. Wenn du dir vorstellen kannst, was sie jeden Tag durchmachen und trotzdem beschließt, so zu regieren, dann ist das etwas anderes. Ich meine, du wärst ein Arschloch, aber ein besserer Machthaber.«

»Hör auf, mich so zu nennen.« Jedes Mal, wenn sie dieses Wort benutzte, lief mir ein Schauer den Rücken hinunter. Ich dachte, es sei Wut, aber irgendwie war die Tatsache, dass sie stark genug für mich empfand, um ein solches Wort zu benutzen, seltsam befriedigend.

Ich mochte es überhaupt nicht.

Sie zuckte mit den Achseln und trank ihren Drink aus.

»Ich sage ja nur, in einer Welt wie dieser hättest du kein Problem damit, die Kampfgruben mit Leuten zu füllen, die tatsächlich dort sein wollen. Sklaverei ist nicht nötig. Das würdest du sehen, wenn du verstehen könntest, wie es ist, versklavt zu sein.«

Ihre Worte schwirrten laut in meinem Kopf herum. Manchmal fühlte es sich tatsächlich so an, als wäre ich versklavt. Und ich hasste es. Doch ich verwarf den

Gedanken sofort wieder. Aphrodite liebte mich, sie behandelte mich nicht wie einen Sklaven. Ich machte sie glücklich, wenn wir miteinander schliefen. Das war nicht die Beziehung zwischen einem Diener und seiner Herrin. Ich schüttelte den Kopf.

»Du bist wütend«, sagte ich.

»Es geht mir schon besser«, antwortete sie.

»Klopf, klopf«, erklang die Stimme meiner Schwester durch die offene Tür, bevor sie eintrat. »Wir stören doch nicht, oder?«

»Wie bleibt deine Frisur auf deinem Kopf?«, fragte Bella und betrachtete Eris Lockenberg.

»Wieso ist das wichtig?«, fragte ich sie ungläubig. Das Mädchen war wahnsinnig. »Wirst du jemals aufhören, Fragen zu stellen?«

Eris lachte.

»Ich werde es dir eines Tages zeigen. Wenn du das hier überlebst.« Ich hörte die unterschwellige Nervosität in ihrer Stimme. Und sie war gerechtfertigt. Bella schien sich nicht bewusst zu sein, wie unwahrscheinlich es war, dass wir eine magische Kreatur ohne jegliche Kraft besiegen konnten. Noch mehr Schuld und Scham pulsierten in meiner Brust. Es war mein Fehler gewesen. Dass ich mich so in das selige Gefühl ihrer Magie verrannt hatte, könnte uns das Leben kosten. Und jetzt hatte ich sie gebeten, einen Kampf anzutreten, von dem ich nicht sicher war, dass wir ihn gewinnen konnten. Wenn sie sterben würde, wäre es allein mir zuzuschreiben.

Aber ich hatte sie kämpfen sehen und mit ihr hatte ich eine bessere Chance zu gewinnen.

Früher hätte ich dem potenziellen Verlust eines Menschenlebens nicht einmal nachgetrauert, wenn das

Opfer nötig gewesen war, um mich zu stärken. Ich musste so stark sein, wie ich es einst gewesen war. Ich musste den Respekt von Aphrodite zurückgewinnen.

Und außerdem, wenn Bella herausfand, wie sie menschlich geworden war, würde ich sie sowieso töten müssen, bevor sie mich tötete.

DREIUNDZWANZIG

Der Zweifel in Eris Augen war ernsthaft beunruhigend.

»Sicherlich können wir alles besiegen, was Schmerz uns zu bieten hat?«, fragte ich. Mein übliches Gehabe und meine Zuversicht waren zurückgekehrt, nachdem ich meinen zweiten Becher Nektar getrunken hatte. Gott sei Dank.

»Es wird eine Kreatur oder ein Wesen mit Macht sein, das dazu bestimmt ist, einem Gott gegenüberzutreten. Ohne jegliche Kraft zu kämpfen, wird es... schwierig werden«, sagte Ares. Den Zweifel in *seiner* Stimme zu hören, war viel, viel beunruhigender.

»Dann müssen wir nicht nur hart sein, sondern auch klug vorgehen«, sagte ich. »Wenn du das letzte Mal auf mich gehört hättest...«

Er schnitt mir das Wort ab. »Dann hätte ich das Schwert leichter bekommen, ich weiß!«

»Herrgott noch mal, beruhige dich, Panzerknabe«, sagte ich und warf ihm einen Blick zu.

»Ich muss schon sagen, ohne deinen Helm macht es

viel mehr Spaß dir zuzusehen, wie du sauer wirst«, sagte Eris mit einem Lächeln. »Dein Kiefer zuckt ganz wundervoll.«

»Du hast mein Gesicht schon oft gesehen«, grunzte er.

»Ja, aber nicht, wenn jemand dabei ist, der dich so sehr ärgert wie sie. Das macht Spaß.« Sie grinste, hüpfte auf den Steintisch und schwang die Beine durch die Luft. Ihre enormen Brüste waren in ein ledernes Mieder gequetscht, in das sie eingenäht worden sein musste, so eng war es.

»Sieh mal, was ich sagen will, ist, dass ich nicht glaube, dass es bei diesen Tribunalen nur um rohe Kraft geht. Er verkörpert den Schmerz, es werden Ausdauerprüfungen sein, die wehtun werden. Im letzten Test ging es darum, den Schmerz beim Zerschlagen der Stäbe auszuhalten, um weiterzukommen. Das schaffen wir doch auch ohne Magie, oder?«

»Ich kann mit jedem Schmerz umgehen«, sagte Ares und richtete sich auf.

»Du wirst gleich herausfinden, wie es sich anfühlt, ein Mensch zu sein, kleiner Bruder«, sagte Eris.

Als ich Ares durch ein Labyrinth von Felstunneln folgte und auf die sandige Bühne und den Gegner, der uns erwartete, zusteuerte, ging es mir schon viel besser. Ich wusste nicht, ob ich genug Kraft hatte, um Kampfsicht zu entwickeln, aber die Menge an Adrenalin, die durch meinen Körper pumpte, würde das hoffentlich wettmachen.

Das Wissen darum, dass Eris und Ares, uralte,

allmächtige Gottheiten, sich Sorgen machten, ob wir diesen Kampf gewinnen konnten, spornte mich nur weiter an. Ich hatte sowohl der Menge als auch den göttlichen Geschwistern etwas zu beweisen.

In all den Jahren, in denen ich gegen viel größere und stärkere Gegner angetreten war, hatte ich Vertrauen in meine Fähigkeiten entwickelt. Ich hätte jeden einzelnen meiner Kämpfe verlieren müssen und genau deshalb kamen die Leute, um bei meinen Gefechten zuzusehen. Erst nach vier oder fünf Kämpfen in jedem neuen zwielichtigen Ring merkten die Buchmacher, mit wem sie es da zu tun hatten.

Ich schlug meinen ersten Gegner in Stücke und sie dachten, es wäre ein Zufall, ein Glücksfall. Sie ließen mich gegen einen härteren Gegner antreten und nachdem ich kurzen Prozess mit ihm gemacht hatte, sanken die Quoten gegen mich ein wenig, aber ich war immer noch weit davon entfernt, der Anwärter auf den Sieg zu sein. Nachdem ich drei weitere Riesen auf Steroiden k.o. geschlagen hatte, kippten die Quoten und ich wurde der Favorit. An diesem Punkt bin ich immer gegangen, um eine neue Herausforderung zu finden und eine neue Gruppe von Abschaum und Adrenalinjunkies, die ich schockieren und begeistern konnte.

Der Grund, warum ich immer gewann, war nicht, weil ich stärker oder schneller war, obwohl das oft der Fall war. Es war, weil ich gelernt hatte, was mich auszeichnete. Ich hatte nicht von Anfang an gewonnen. Anfangs habe ich oft den Arsch versohlt bekommen. Aber langsam wurde mir klar, dass es bei Kämpfen nicht nur um große Muskeln ging. Schmerz bedeutete nicht nur, Schläge einzustecken.

Meine mentale Stärke; mein unbeugsames Selbstvertrauen und die Fähigkeit, mich in meinen Gegner hinein-zuversetzen, hatten mir immer einen Vorteil verschafft. Und das war es auch, was mir in diesem Kampf die Überlegenheit verschaffen würde. Ich musste der Grund dafür sein, warum Ares diesen Wettstreit gewann.

Denn wenn ich ihn dazu bringen konnte, einzugestehen, wie gut ich war, würde er mir mit meiner Kraft helfen müssen. Er würde zugeben müssen, dass ich mit ihr nützlicher war als ohne sie.

Ich wiederholte das in meinem Kopf und versuchte verzweifelt, den verräterischen Teil von mir zu übertönen, der gewinnen wollte, damit er sah, wie gut ich war, um ihn zu beeindrucken.

Das Gebrüll der Menge war ohrenbetäubend, als wir aus einem der Tore auf die sandige Bühne traten. Sie jubelten natürlich Ares zu, dem Gott in goldener Rüstung, der eine halbe Stunde zuvor die drei Zyklopen vernichtet hatte.

Ich drückte den Rücken durch, als er das Schwert, das er gewonnen hatte, triumphierend der Menge entgegenhielt. Die rote Feder auf seinem Helm flatterte und ich konnte nicht anders, als die Augen zu verdrehen. Ich hatte eine unnatürliche Abneigung gegen seinen Helm entwickelt und ich hatte keine Ahnung, warum.

Vielleicht weil er sein schönes Gesicht verdeckte, meldete sich der sexhungrige Teil meines Gehirns. Ich fletschte die Zähne. Vielleicht hatte der außerordentlich hohe Grad an Aufregung und Adrenalin, den ich seit meiner Ankunft im Olymp erlebt hatte, etwas mit meinem Sexualtrieb angestellt.

Oder vielleicht hatte ich gerade zum ersten Mal einen Mann kennengelernt, der mit mir umgehen konnte.

»Bist du bereit, mächtiger Kriegsgott?«, dröhnte die

Stimme von Schmerz und ich zog mein Messer aus der Tasche und konzentrierte mich. Es war an der Zeit, mich allen zu beweisen.

»Hephaestus hat mir ein gotteswürdiges Monster für die zweite Runde zur Verfügung gestellt!« Die Stimme war voller Schadenfreude.

»Hephaestus macht Kreaturen aus Metall«, sagte Ares und drehte mir den Rücken zu.

»Mehr Elektrizität also?«, fragte ich.

»Ich bezweifle, dass er zweimal denselben Trick anwenden wird«, knurrte er. Der Boden rumpelte wieder, aber die Toren blieben verschlossen. »In Bewegung!«, bellte Ares und ich erkannte, dass die Mitte der Grube abfiel. Wir bewegten uns beide schnell, erreichten den Rand des Rings, wo der Boden stabil zu sein schien und drehten uns um. Der mittlere Teil der Grube war zu weit gesunken, um sehen zu können, was sich dort unten befand und ich begann vorsichtig auf den Rand zuzugehen und hinunter zu spähen. Ares Arm schoss vor und hielt mich zurück.

»Aber-«, begann ich, Er schüttelte den Kopf und seine Feder tanzte auf seinem Helm.

»Der Boden kommt gleich wieder hoch. Und er wird unseren Feind mit sich bringen.«

»Oh.« Dann musste das in den Gruben üblich sein. »Sollen wir uns trennen?«

»Nein. Wenn sie Kreaturen auf diese Weise in die Grube bringen, dann sind sie zu groß für die Tore. Wir sollten hierbleiben, damit wir uns verständigen können.«

Meine Überraschung über seine Bereitschaft, zusammenzuarbeiten, wurde nur geringfügig durch meine Sorge gedämpft, dass wir gegen etwas kämpfen würden, das zu groß war, um durch die Tore zu passen.

Sie waren mindestens drei Meter hoch. Was zum Teufel kam da?

Ich musste nicht lange warten, um es herauszufinden. Zuerst sah ich den Kopf, der aus dem Loch in der Mitte der Grube aufstieg. Er war aus glänzendem Metall gefertigt und war der hintere Teil eines schlangenförmigen Kopfes, welcher mit bösartig aussehenden Hörnern besetzt war. Eine schwarze, ölige Flüssigkeit tropfte von silbernen Reißzähnen. Der Kopf war an einem langen Hals befestigt und ich hielt den Atem an, um zu sehen, ob ein Körper mit Gliedmaßen folgen würde, oder ob es tatsächlich eine Schlange war.

Es war keine Schlange. Es war viel, viel schlimmer als eine Schlange.

Der Hals war mit einem Körper verbunden. Einem riesigen, massigen Körper mit vier Beinen, die in tödlichen Klauen endeten. Aber das war es nicht, was meinen Puls in die Höhe schnellen und mein Herz in meiner Brust pochen ließ. An dem Körper waren zwei weitere Köpfe befestigt. Drei lange Hälse wickelten sich umeinander und die Köpfe schnappten nach uns und knurrten. Todesangst lief mir den Rücken hinunter und mein Atem beschleunigte sich.

»Begrüßt meine neue Hydra!«, sang Schmerz.

»Hack ihr ja keine Köpfe ab!«, sagte Ares eindringlich. Ich starrte ihn an.

»Womit sollte ich sie abhacken?« Ich hielt mein winziges Messer in die Höhe und die Hydra gab einen schrecklichen kreischenden Laut von sich. Ares Augen huschten von meiner kleinen Waffe zurück zu meinem Gesicht.

»Für jeden Kopf, den wir abhacken, wachsen zwei weitere nach«, sagte er.

»Du bist derjenige mit dem Schwert«, schnauzte ich. »Wie zum Teufel sollen wir diese Bestie töten?«

»Ich habe bisher nur eine gesehen und die wurde ausgeschaltet, indem jemand die Energiequelle in ihrem Kopf herausgezogen hat.«

Der Boden der Grube war fast wieder eben und ich glaubte nicht, dass wir lange Zeit haben würden, bevor die Hydra angriff.

»Wie kommen wir an ihren Kopf heran?« Die Kreatur war gut und gern vier Meter groß. Der rote Nebel und meine Konzentration stellten sich nicht ein und ich hyperventilierte. Mein überhöhter Puls ließ meine Glieder erzittern.

Ich zerrte von der blinden Zuversicht, die ich noch vor wenigen Augenblicken gefühlt hatte und versuchte, sie wieder heraufzubeschwören. Ich musste mich beweisen. Ich musste mich einfach beweisen.

»Ich weiß es nicht. Und wir müssen auch herausfinden, in welchem Kopf der Schalter steckt.«

»Verdammt.«

»Bist du bereit?«, fragte Ares, ging in Stellung und richtete sein Schwert auf die Hydra.

Nö, aber das wollte ich ihm auf keinen Fall eingestehen.

»Natürlich«, sagte ich und ahmte seine Pose nach, wobei ich versuchte, nicht daran zu denken, wie unterbewaffnet ich war. Ich liebte mein Messer wirklich, aber es hatte sich noch nie so unzureichend angefühlt. Ich hatte es mit einem vier Meter hohem Monster aus Metall zu tun. Ein kleines Klappmesser wäre nicht die Waffe meiner Wahl gewesen.

Der Gedanke bestärkte mich jedoch in meiner Entschlossenheit. Die Hydra kreischte erneut auf und der

Boden der Grube rastete endlich ein. Kopfschüttelnd schob ich mein Messer zurück in meine Tasche, bog meine Hände zu Fäusten und sah der Kreatur dabei zu, wie sie durch den Sand stampfte. Jetzt würde es um Schnelligkeit und Beweglichkeit gehen müssen.

Dein Körper ist eine Waffe, dein Körper ist eine Waffe, sang ich in Gedanken. Das war es, was ich mir im Gefängnis gesagt hatte, das einzige Mal, als ich von meiner Klinge getrennt worden war.

Alle drei Hydra-Köpfe hörten auf sich zu winden und richteten sich auf uns. Meine Haut juckte, meine Glieder zitterten vor Adrenalin und das Blut rauschte in meinen Ohren. Bevor sie uns jedoch angreifen konnte, brüllte Ares und stürzte sich auf sie. Mit einem Schrei folgte ich ihm.

Ich sah sofort, was er vorhatte. Als die metallene Bestie auf uns zustürmte, ließ sich Ares fallen, schlitterte über den Sand und hob sein Schwert. Er hatte es auf die Unterseite der Kreatur abgesehen. Ich nutzte die Gelegenheit, dass die Aufmerksamkeit auf Ares lag und wich nach rechts aus. Wenn ich hinter die Kreatur gelangen konnte, hätte ich die Chance, den Rücken zu erklimmen. Das musste der einfachste Weg sein, an einen der Köpfe zu gelangen.

Aber ich hatte das Monster unterschätzt. Der Kopf, der mir am nächsten war, drehte sich zu mir um und ich hörte, wie Ares Schwert Kontakt mit dem Metall aufnahm. Ein Schrei begleitete das Geräusch, aber ich war mir nicht sicher, ob der Laut von Ares oder der Hydra stammte, denn ein gehörnter Schlangenkopf, doppelt so groß wie mein eigener, schnappte nach mir.

Die Metallzähne waren so lang wie mein Unterarm und der schwarze Schlamm darauf glitzerte. Ich versuchte einen Geschwindigkeitsschub zu erzwingen, aber ich hatte keine Kraft dafür. Vergeblich versuchte ich außer Reichweite zu springen, doch das Ding erwischte mich an der Seite. Der Hieb reichte aus, dass ich nach vorn flog, gnädigerweise nun jedoch außerhalb der Reichweite der Kreatur. Doch der Stoß war hart genug, um mir mein Gleichgewicht zu nehmen. Schmerzen durchzuckten meinen Knöchel, als ich stolperte, fiel und schmerzhaft landete. Ich spürte, wie sich mein Gesicht verzog, doch ich drehte mich schnell um, um zu sehen, ob die Hydra noch hinter mir her war.

Das war sie nicht. Alle drei Köpfe versuchten nun, unter ihren eigenen Körper zu gelangen, während Ares unter ihr hockte und mit seinem Schwert in sie einstach.

»Spring auf ihren Rücken!«, brüllte er.

Ich warf ihm einen finsteren Blick zu und richtete mich mühsam auf. Meine Dankbarkeit galt meiner Lederrüstung, denn wenn der Reißzahn meinen Rücken erwischt hätte, wäre er direkt in das Fleisch eingedrungen. Vorsichtig trat ich auf und obwohl mein Knöchel schmerzte, war es nicht lähmend. Zuerst joggte ich, dann rannte ich auf die Hydra zu, wobei ich darauf achtete, hinter ihr zu bleiben, außerhalb der Reichweite ihrer langen Hälse. Doch als ich näherkam, begann sie mit den Füßen zu stampfen und mir wurde ganz warm.

Ich rannte weiter, als ein Kopf in die Höhe schoss, über den Rücken der Kreatur reichte und mich anblickte. Sie öffnete die Kiefer weit und ein unheimliches Glühen leuchtete tief aus ihrem Rachen. Unbehagen ergriff mich und ich riss meinen Blick vom Kopf los und sah den Schwanz an. Ich musste daran zum Rücken hochklettern und ich konnte mir später noch Gedanken darüber machen, warum das Maul glühte.

Ich war jetzt nur noch ein paar Meter entfernt. Stacheln ragten aus der Wirbelsäule der Hydra empor und das Metall, aus dem sie bestand, sah aus wie Millionen von winzigen, ineinandergreifenden Schuppen. Ich warf mich auf Hüfthöhe der Kreatur und schrie auf, als das Material unter meiner Berührung heiß aufglühte. Doch ich ließ nicht los, sondern hielt mich fest, drückte meine Fingerspitzen in die winzigen Lücken zwischen den Schuppen und trat mit den Füßen, um mich hochzuziehen.

Ich hörte Ares rufen, doch ich konnte die Worte wegen des schrillen Kreischens der Hydra nicht verstehen. Mit Mühe schaffte ich es, mich auf den Rücken des Dings zu ziehen, gerade noch rechtzeitig, um zu sehen, wie sich alle drei Köpfe zu mir drehten und mich ansahen. Das heulende Geräusch kam von keinem von ihnen, stellte ich fest. Es kam von drei kleinen glühenden Metallstümpfen an den Schultern der Kreatur. Ich beobachtete mit Entsetzen, wie sich die Metallschuppen wie aus dem Nichts verdoppelten und die Stümpfe sich schnell in Hälse verwandelten.

Ich hatte ungefähr dreißig Sekunden, bis sich Köpfe an den Enden bildeten. Und dann würde ich es mit sechs verdammten Sätzen von Reißzähnen zu tun haben. Es half ja nichts, ich musste in die Offensive gehen. Ich griff nach dem mittleren Hals und blieb dabei niedrig genug geduckt, um den schnappenden Kiefern auszuweichen. Die Köpfe links und rechts jedoch verfolgten einen anderen Plan. Sie kamen von beiden Seiten auf mich zu und ich konnte ihnen nicht ausweichen. Ich biss die Zähne zusammen und sprang vom Rücken der Hydra.

Ich hörte ein befriedigendes, knirschendes Geräusch, als der linke und der rechte Kopf ineinander krachten, bevor meine Schulter auf dem Boden aufschlug, schnell gefolgt vom Rest meines Körpers.

»Wo kommen die neuen Köpfe her?«, hörte ich Ares schreien, dann spürte ich einen Ruck an meinem Arm, der mich davon abhielt, weiter durch den Staub zu rollen. Innerhalb von Sekunden hatte er mich auf die Füße gezerrt und wir rannten zum Rand der Grube.

»Ich weiß es nicht«, keuchte ich und sah ihn an. Dunkles, öliges Zeug bedeckte seine schimmernde Rüstung. »Aber ich kann nicht an einen Kopf herankommen, solange die anderen nicht abgelenkt sind. Sie sind zu schnell.«

»Dann müssen wir etwas anderes versuchen.« Wir schauten beide zur Hydra auf. Wenn dieses Monster nicht gerade dabei wäre, zu versuchen mich zu töten, hätte ich das Klicken der Metallzähne, die sich in den neuen Köpfen zusammensetzten, verdammt cool gefunden.

»Wie zum Teufel sollen wir an sechs Köpfen vorbeikommen?«, hauchte ich. Als ob sie mich hörte, scharrte sie mit ihren Krallen auf dem Boden und machte dann einen langsamen Schritt auf uns zu. Alle sechs Kiefer schnappten gleichzeitig zu und öffneten sich dann weit. Sie glühten wieder. Die Geräusche um uns herum änderten sich und ich erkannte, dass es daran lag, dass das stetige Gebrüll und die Jubelrufe der Menge verstummt waren.

Die Hydra war bereit zu töten.

VIERUNDZWANZIG

ARES

Das Gefühl, das in meinem Körper brannte, als ich sah, wie die Hydra-Köpfe vor uns auftauchten, war keine Angst. Das wusste ich ganz sicher. Das war nichts, was ich jemals zuvor erlebt hatte.

Vielleicht war es mit Angst verbunden. Eine Art von angstgetriebener Aufregung? Mein Herz hämmerte gegen meinen Brustkorb, mein Magen krampfte sich erwartungsvoll zusammen und mein Atem beschleunigte sich. Ich konnte den Schweiß in meinem Nacken kühl auf meiner Haut spüren. Ich konnte das Blut in meinen Ohren rauschen hören.

Eris Worte schallten durch meinen Kopf. »Du bist dabei herauszufinden, wie es sich anfühlt, ein Mensch zu sein.« War es das, was das hier war? Diese viszerale, körperliche Reaktion auf die Bedrohung, die vor uns lag? Es war … intensiv. Noch nie zuvor war ich mir nicht sicher gewesen, dass ich meinen Gegner besiegen konnte. Noch nie zuvor hatte ich so wenig Kontrolle über mein eigenes Schicksal gehabt. Und es fühlte sich köstlich an.

Ich konnte sterben. Wirklich sterben. Die hoch aufragende Kreatur vor mir konnte mein Leben beenden, wenn ich nicht klug, stark und schnell genug war. Der Gedanke daran ließ mein Herz noch stärker rasen, als wollte es mich daran erinnern, dass es meine persönliche Aufgabe war, dass es weiterschlug.

Ein schiefes Grinsen legte sich auf mein Gesicht, Entschlossenheit strömte durch meinen Körper und meine Muskeln verhärteten sich. Dies war ein echter Kampf. Ein echter, wahrer Kampf um Leben und Tod. Konnte es etwas Aufregenderes geben, als den Tod selbst zu überwinden? Wieso hatte ich nie zuvor dieses Verlangen nach Ruhm gekannt, dieses Bedürfnis, an meine eigenen Fähigkeiten zu glauben? Wenn ich die Hydra besiegen könnte, das sechsköpfige, vier Meter große Monster, das geschaffen war, mich zu zerquetschen, wäre ich ein echter Held.

Feurige Erregung ließ ein Geräusch aus meinen Lippen sprudeln und Bella riss den Kopf herum, um mich anzusehen. Fühlte sie es auch? Fühlte sie es jedes Mal, wenn sie kämpfte?

Die Vorstellung war berauschend.

Hitze wogte durch die Grube und richtete all meine Sinne auf den bevorstehenden Todeskampf aus. Etwas war im Begriff zu passieren. In einer plötzlichen Bewegung schossen alle sechs Köpfe nach vorne und schwarze Flüssigkeit quoll aus den tödlichen Kiefern. Die ölige Substanz überzog den Boden, erreichte uns zwar nicht, breitete sich aber schnell aus.

»Ich schätze, wir sollten das Zeug nicht anfassen«, sagte Bella. Ich blickte auf die freiliegenden Teile ihrer Arme und dann auf meine eigene solide Rüstung hinunter. Selbst ohne meine Magie würde meine Rüstung mehr aushalten als ihre von Menschenhand gefertigten Stiefel und Leder. Wenn die Flüssigkeit Säure oder Lava war, war sie in Schwierigkeiten.

»Klettere auf meine Schultern. Von dort oben kannst du vielleicht die Köpfe erreichen und kommst nicht mit der Flüssigkeit in Berührung.«

Sie starrte mich an.

»Auf deine Schultern klettern? Ernsthaft?«

»Ja. Mach schon.«

»Aber-«, begann sie, dann schrie sie auf, blickte nach unten und sprang zur Seite. Die Flüssigkeit hatte ihren Stiefel erreicht und wie ich befürchtet hatte, begann sie sofort, sich durch das Material zu brennen. Beißender Rauch zischte aus ihrem Schuh. Ich schaute auf meine eigenen, göttlich geschaffenen Stiefel hinunter und war erleichtert, dass sie nicht auf die Säure reagierten.

»Weg! Mach es weg!« Bella trat und schüttelte ihr Bein und beugte sich, um den Schuh zu lösen. Ein Schrei der Hydra ließ uns beide aufblicken. Sie griff an.

Mit einem heftigen Fluch warf Bella mir einen Blick zu, dann griff sie nach meiner Schulter. Ich krümmte mich, als sie den Stiefel anhob, der nicht mit der schwarzen Flüssigkeit bedeckt war, griff mit einer Hand darunter und hob sie hoch. Ich hörte ihr Einatmen, als sie sich über meine Schultern schwang, dann spürte ich, wie mein Atem aussetzte, als sich ihre Schenkel um meinen Hals legten. Aber ich hatte keine Zeit, mich mit dem Anstieg meiner Pulsfrequenz zu beschäftigen, den ihre Schenkel verursachten. Die Hydra hatte uns erreicht.

Ich schlug mit meinem Schwert zu, ohne mich darum zu kümmern, ob ich einen Hals durchtrennte, während ich nach links rannte. Bella schrie auf und umklammerte meinen Helm. Die schwarze Säure spritzte um mich herum auf, als meine goldenen Stiefel auf die Erde stießen und die Hydra hinter mir aufstampfte und kreischte.

»Wir müssen unter sie gelangen!«, rief Bella. Ihre Stimme klang angestrengt.

»Wir müssen an die Köpfe ran!«, brüllte ich zurück. Aus den Augenwinkeln sah ich einen ihrer Stiefel, der nur noch zur Hälfte vorhanden war und rauchte, zu Boden fliegen.

»Nein, das ist eine Schmerzprüfung und die brennende Säure ist auf dem Boden. Wir müssen die Säure aushalten, um zu gewinnen. Die Antwort liegt in der Tiefe, nicht in der Höhe!«

Ich dachte über ihre Worte nach, während ich einem schnappenden Kiefer auswich und versuchte, das Gefühl ihrer Beine zu ignorieren, die sich um meinen Hals drückten. Sie hatte vorhin Recht mit den Stäben, obwohl ich es nicht zugeben wollte. Es machte Sinn, entschied ich. Ich würde tun, was sie sagte.

»Du darfst den Boden nicht berühren, sonst verbrennst du. Lass mich drunter rutschen, und du kannst dich auf meine Rüstung stellen.«

»Du bist sicher, dass du die Säure verträgst?« Sie packte meinen Helm fester, als ich mich umdrehte und mein Schwert erhob. Ich spürte, wie sie sich auf meinen Schultern bewegte und ihre Füße anzog.

»Meine Rüstung ist göttlich. Sie kann allem widerstehen!«, brüllte ich und rannte mit voller Wucht auf die Kreatur zu.

In meiner Aufregung fühlte sich mein Körper an, als stünde mein Inneres in Flammen. Die unzähligen gehörnten Schlangenköpfe stürzten auf uns zu und ich ließ mich zu Boden fallen. Dabei vertraute ich darauf, dass Bella sowohl der Säure als auch den Reißzähnen ausweichen würde. Sie sprang in die Höhe, als ich auf dem Rücken unter den Bauch der Bestie rutschte. Die geschuppten Hälse kollidierten miteinander und Säure spritzte zu beiden Seiten neben uns auf.

Bella stieß einen wahren Kampfschrei aus, hob ihre Arme und griff nach dem geschuppten Unterbauch der Kreatur. Ich rammte mein Schwert hinein und brachte mich in Position. Bella hing von den Fingerspitzen an der Unterseite der Bestie und hielt ihre Beine angewinkelt, damit ihre Füße nicht die Säure unter ihr berührten. Sie fand einen der Einschnitte, die ich mit meinem Schwert gemacht hatte und drückte einen Arm tief in die Kreatur hinein, Dabei hielt sie sich mit dem anderen Arm mit einer Kraft fest, die ich ihrem kleinen Körper nicht zugetraut hätte.

Ihr Körper zuckte zusammen und im Takt mit den Schreien der Hydra, deren vier Klauenfüße um uns herum zu stampfen begannen, zuckte sie, als habe sie einen Anfall. Ein hoher, langgezogener Schrei zerriss das Innere meines Schädels und als ich merkte, dass er von ihr ausging, rief ich ihren Namen, bevor ich mich zurückhalten konnte.

»Bella!«

Sie reagierte nicht, ihr Körper krampfte wieder, aber ihr Arm bewegte sich weiter in die mechanische Kreatur hinein. Dann, mit einer plötzlichen Bewegung, riss sie ihren Arm zurück. Sie fiel herunter und schlug ungeschickt auf meiner gepanzerten Brust auf. Ein Blick in ihr gequältes, tränenüberströmtes Gesicht ließ meine Wut überkochen. Doch bevor ich wusste, was ich tun sollte, begann sie von dem schimmernden Metall zu rutschen.

Ich ließ das Schwert fallen, streckte beide Arme aus, um ihren Fall zu stoppen und zog ihren Körper an meinen.

»Halt dich an mir fest!«

Sie schrie vor Schmerz auf und für einen Moment dachte ich, sie hätte die Säure berührt. Dann zog sie ihren linken Arm, der in der Hydra gewesen war, aus meinem schraubstockartigen Griff. Die Haut glühte rot und war von Blasen übersäht, aber in ihrer Faust befand sich eine lilafarbene Kugel.

»Es ist vorbei«, keuchte sie und mit einem Lichtblitz verschwand die metallene Bestie über uns. Ein Gong ertönte laut in meinen Ohren.

FÜNFUNDZWANZIG

BELLA

A res setzte sich auf, packte mich mit einem Arm um die Taille und griff mir mit dem anderen sanft unter die Kniebeugen, so dass er mich hochheben und in Sicherheit vor der schwarzen Säure bringen konnte. Tränen des Schmerzes sickerten immer noch aus meinen Augen, aber das war mir egal. Die Qualen meines verbrannten Arms waren unwichtig gegenüber der Tatsache, dass ich die Hydra getötet hatte.

»Wie hast du das gemacht?«, fragte mich Ares leise, als er aufstand und mich immer noch in den Armen hielt.

Ich verzog mein Gesicht wegen des heftigen Brennens und konzentrierte mich darauf, ihm zu antworten.

»Ich bin der Hitze gefolgt. Ich habe meinen Arm hineingesteckt und bin dorthin vorgedrungen, wo es am heißesten war.« Übelkeit überkam mich und ich biss die Zähne zusammen. Schmerzen hin oder her, ich wollte nicht auf die schicke Rüstung des Kriegsgottes kotzen.

»Schmerz! Wir haben dein Tribunal bestanden!«, brüllte Ares. Die Menge brach in lauten Jubel aus. »Das ist genug für heute.«

»In der Tat. Ihr habt eine gute Show geliefert«, tönte die magisch verstärkte Stimme. Im nächsten Moment blitzte es weiß um uns herum auf.

Wir waren in der Karawanserei, in meinem Zimmer und Ares setzte mich schnell auf dem Bett ab. Meine Übelkeit stieg mir die Kehle hinauf.

»Mir ist schlecht«, krächzte ich und er ließ sich neben dem Bett auf die Knie fallen, bevor er mit meinem Rucksack in seiner riesigen Hand wieder aufsprang. Er durchwühlte ihn schnell und seine Rüstung klirrte. Dann zog er den Behälter mit der Paste heraus, die wir in der Apotheke erstanden hatten.

»Das kann weh tun«, sagte er, stellte den Bottich neben mich aufs Bett und zog seinen Helm ab. Der Schmerz war so verzehrend, dass ich mich nicht einmal auf sein Gesicht konzentrieren konnte. Ich fühlte mich, als würden meine Knochen in Flammen stehen und mein ganzer Unterarm und meine Hand waren nichts als Feuer und Qualen. Für kurze Momente spürte ich nichts als Taubheit und diese Sekunden waren eine Erlösung, auch wenn ich wusste, dass der Grund für die Schmerzen mich gleich wieder verzehren würde.

»Bist du bereit?«, fragte mich Ares.

Ich nickte.

Er hatte recht. Es tat weh. Es tat mehr weh als alles andere, das ich je in meinem Leben erlebt hatte. Mehr als wenn ich mir die Rippen, das Schlüsselbein oder den

Knöchel gebrochen hätte. Mir war schlecht. Die Tränen liefen mir frei übers Gesicht und ich schrie. Ich hatte vollkommen die Beherrschung über meinen Körper verloren.

Aber Ares saß geduldig neben mir, trug noch mehr dicke Paste auf meine rohe und verbrühte Haut auf und sagte nichts außer: »Bald kannst du schlafen.«

Nach einer gefühlten Ewigkeit war mein Arm komplett mit dem Zeug bedeckt und Gott sei Dank hörte ich auf, mich lebendig gehäutet zu fühlen und begann die kühlende Wirkung der Paste zu spüren. Innerhalb einer Minute, nachdem der Schmerz nachgelassen hatte, war ich bewusstlos; der Schlaf, den Ares mir versprochen hatte, nahm mich völlig ein.

Als ich aufwachte, war das Erste, was ich registrierte, Schmerz. Aber er war nicht quälend, nur dumpf und unangenehm. Mit einer instinktiven Behutsamkeit hob ich meinen Arm von meinem Körper und setzte mich langsam auf. Obwohl dieses Zimmer meinem sehr ähnlich war, war es nicht mein eigenes. Der Kleiderschrank und die Waschraumtür waren falschherum angeordnet. Ich sah mich langsam um und hielt inne, als mein Blick auf Ares fiel. Er saß in einem großen, extravagant gepolsterten Stuhl, trug ein offenes Leinenhemd und stützte einen Ellbogen auf die Armlehne. Er sah … zerzaust aus.

»Wie geht es deinem Arm?«, fragte er mich. Ich blinzelte ihn an und schaute dann auf meinen angehobenen Unterarm. Die Paste war ausgehärtet und bildete eine Art Gips. Ich war dankbar dafür. Ich wollte nicht sehen, wie es um meine Haut darunter bestellt war.

»Tut weh«, sagte ich. »Aber nicht so schlimm wie vorher.«

Ich spürte ein winziges Ziehen in meinem Bauch und riss meine Augen auf. »Was machst du da?«

»Ich helfe dir«, sagte er unwirsch. »Zeeva hat gesagt, dass ich dich schlafen lassen muss, damit sich deine Kräfte regenerieren können.« Wut begann in mir zu brodeln.

»Du hast mir nur geholfen, damit du wieder an meine Magie kommst?«

Er gab ein genervtes Zischen von sich, stand auf und trat an mein Bett. *Sein* Bett, wie ich mit einem Schrecken feststellte. Wenn wir nicht in meinem Zimmer waren, mussten wir in seinem sein.

»Nein. Du musstest deine Kraft zurückgewinnen, damit ich das hier tun konnte.« Er lehnte sich über mich und nahm meine andere Hand in seine. Mein Körper reagierte sofort auf seine Berührung und mein Puls beschleunigte sich. Ich spürte ein stärkeres Ziehen in meiner Magengegend und noch bevor ich den Mund öffnen konnte, um zu protestieren oder ihn zu fragen, was er da tat, durchflutete ein köstliches, beruhigendes Pulsieren meinen Arm. Ein Kribbeln, das mich völlig entspannte, wanderte über meinen gesamten Körper, von meiner Wirbelsäule meinen Arm hinunter. Jeder Muskel in meinem Körper erschlaffte und ich verschmolz mit der Matratze.

Zum ersten Mal, seit wir die Gladiatorengrube betreten hatten, schmerzte nichts in meinem Körper.

»Götter haben Heilkräfte«, sagte Ares leise und ließ meine Hand los. Er entfernte sich jedoch nicht und sein Haar fiel nach vorne, als er sich über mich beugte.

»Auch Götter des Krieges?«, flüsterte ich. Die wohltuende Wärme verebbte, aber der Schmerz kehrte nicht zurück.

»Götter des Krieges ganz besonders. Ich musste allerdings warten, bis du deine Magie wiedererlangt hast, um sie zu benutzen.«

»Warum hast du das nicht gemacht, als mich der Mantikor gestochen hat?«

»Du warst bewusstlos. Ich kann deine Kraft nicht nutzen, wenn du bewusstlos bist. Und außerdem ist das Heilen einer Verbrennung nicht dasselbe wie das Heilen einer Vergiftung. Du bist noch nicht so stark.«

Ich versuchte, mich darüber zu empören und ihm zu sagen, dass ich sehr wohl stark war, aber es gelang mir nicht. Er hatte mich nicht beleidigt. Er hatte eine Tatsache festgestellt.

Er hatte mir geholfen, mich umsorgt und sich um mich gekümmert. Und warum? Für meine Kraft, offensichtlich. Aber wer hätte gedacht, dass er so sanft sein konnte? Ich schaute ihm in die Augen und fragte mich, wie jemand gleichzeitig so traurig und erzürnt aussehen konnte. Aber ehrlich gesagt war ich die meiste Zeit meines Lebens sowohl traurig als auch wütend gewesen.

»Danke«, sagte ich.

Er richtete sich auf und entfernte sich ein wenig von mir.

»Du wurdest ehrenhaft verletzt. Du hast die Hydra getötet.«

»Da hast du verdammt recht«, grinste ich. »Wer braucht da schon Magie, hm?«

»Wir brauchen sie, um dich zu heilen«, sagte er und mein Hochgefühl sank. »Du kannst die Paste abwaschen. Sie ist nicht mehr nötig.«

Ich runzelte die Stirn.

»Sollte ich sie nicht besser drauflassen, um die Haut noch ein wenig zu schützen?«

»Deine Haut ist verheilt.«

»Was?«

»Die Heilung hat dir nicht nur den Schmerz genommen, sie hat auch deine Wunden kuriert. Dein Arm ist jetzt wieder in Ordnung.«

Ich starrte Ares an. »Ihr könnt hier Wunden sofort heilen?«

»Das kann nicht jeder. Meine Schwester kann das zum Beispiel nicht. Ihre Kraft ist zu zerstörerisch.«

»Aber... Was hat es für einen Sinn zu kämpfen, wenn man seine Wunden so einfach behandeln kann?«

Ares zögerte und löste seinen Blick von meinem. Als seine Augen sich wieder auf meine legten, tanzte eine Glut darin, aber ich spürte keinen Zorn.

»Ich bin unsterblich. Heute war das erste Mal seit Jahrtausenden, dass ein echtes Risiko bestand, nicht nur verletzt zu werden, sondern vielleicht sogar zu sterben.« Die Aufregung in seiner tiefen Stimme war ansteckend und ich spürte, wie sich mein Magen verkrampfte, als ich mich an das Gefühl eines Adrenalinstoßes erinnerte, der mit einer Herausforderung einherging. »Es war das beste Gefühl der Welt.«

»Also warst du seit Tausenden von Jahren nie in Gefahr, zu verlieren?« Er leckte sich über die Lippen und schüttelte den Kopf. Hitze stieg in meinem Inneren auf. »Kein Wunder, dass du so verdammt unglücklich bist.« Ich atmete laut aus. »Es gibt nichts Besseres auf der Welt, als zu wissen, dass man es sich verdient hat, seinen Gegner zu besiegen. Die Herausforderung, die vor einem liegt und es darauf ankommen zu lassen, wenn die Chancen nicht gutstehen.« All meine Muskeln spannten sich jetzt an, der Schmerz war komplett verschwunden und meine Energie kehrte mit voller Wucht zurück.

Meine Chance, mich in der Herrlichkeit meines Sieges über die Hydra zu sonnen, war durch meine Verletzung gestohlen worden und nun überflutete mich das Hochgefühl wie eine glückselige Welle.

»Ich habe mich heute lebendig gefühlt«, sagte Ares. »Und zu sehen, wie du mit so viel Mut kämpfst, obwohl du gar keine Kraft hast...« Er sah mir tief in die Augen und der Schlag einer Trommel ertönte in den Tiefen meines Geistes.

Ich hatte es geschafft. Ich hatte den Respekt des Gottes des Krieges gewonnen.

Nur war es nicht sein Respekt, den ich jetzt wollte. Die Energie, die durch meinen Körper pulsierte, lief an einem Punkt zusammen. So sehr ich mich dagegen wehren wollte, wanderte mein Blick zu seinem Mund und von dort weiter nach unten, die Linien seiner Bauchmuskeln nachzeichnend, das V seiner Bauchmuskeln entlang zu seinem Hosenbund.

Die Trommeln wurden lauter und als Ares scharf einatmete, war ich mir sicher, dass er sie auch hören konnte.

Bevor ich mich zurückhalten konnte, schlang ich meine Hand um seinen Hinterkopf, zog ihn an mich und drückte meine Lippen auf seine. Seine Hände schossen zu meinem Gesicht, seine Finger schoben sich in mein Haar und seine Zunge fand meine. Die Gefühle hinter meinem Bauchnabel waren so intensiv, dass es wehtat. Meine Haut wurde so empfindlich, wie ich es noch nie zuvor gespürt hatte und jede Liebkosung seiner Finger an meinem Hals und Wange ließ mich erschauern.

Er küsste mich wie ein Verhungernder. Als hätte er

noch nie etwas wie mich gekostet und ich wusste das, weil es genauso war, wie ich mich fühlte. Niemals zuvor war ein Kuss so verzehrend, so verheißungsvoll, so verdammt *richtig* gewesen.

BELLA

Leidenschaftlich zog ich ihn näher zu mir, seine weichen Lippen bewegten sich fester gegen meine und er ließ sich halb auf das Bett fallen. Seine Hand berührte meinen Rippen, als er sich auf mich rollte. Seine Bewegung unterbrach den Kuss und fiebrige Panik ergriff mich angesichts der Leere, die seine Zunge hinterließ. Doch im nächsten Augenblick zogen seine starken Arme mich wieder zu ihm. Eine Hand lag auf meinem Rücken und die andere war in meinen Haaren. Er zog sanft meinen Kopf zurück, damit er Küsse auf meinem Hals verteilen konnte.

Ich begehrte ihn so sehr, dass es mir Angst machte. Wundervolle Stromstöße schossen von dort, wo seine Lippen auf meiner Haut landeten, zu all den Stellen an meinen Körper, die danach schrien, berührt zu werden. Meine Brustwarzen verhärteten sich und mir wurde vage bewusst, dass ich immer noch das geschmeidige Korsett trug. Wir lagen auf der Seite, mein rechter Arm war unter ihm und der andere steckte noch immer in seinem Gipsverband.

Ich musste seine harten Brustmuskeln, seinen muskulösen Rücken und seine gebräunte Haut auf der meinen spüren. Die Trommeln schlugen lauter und mein Atem stockte. Seine Küsse erreichten mein Schlüsselbein und bewegten sich in Richtung meiner Brüste. Sein Haar streifte meine Haut aufreizend mit jeder seiner Bewegungen.

Er erreichte den oberen Rand des Korsetts und hielt inne. Er sah in mein Gesicht und atmete genauso schwer wie ich. Flammen, riesig, wild, heiß und wunderschön, tanzten in seinen Augen und der Anblick war so perfekt, dass alles andere in meinem Leben, das nicht er war, verblasste. Jeder Gedanke, jeder Zweifel, jede Tatsache, sogar die verdammte Matratze unter mir hörte auf zu existieren - es gab nur ihn und mich. Unsere Körper gehörten zusammen und die Intensität meines Verlangens schmerzte zwischen meinen Beinen.

Ein tiefes Stöhnen entfuhr seinen Lippen und er zog mich an sich, um meine zu küssen, noch hungriger als zuvor.

»Ares? Persephone ist hier, um Bella zu heilen.«

Eris Stimme an der Tür ließ uns beide aufschrecken. Ares ließ so schnell von mir ab, dass er vom Bett fiel.

Ich zwang mich, mich aufzusetzen, aber die Hitze und die Erregung hatten mein Gehirn außer Gefecht gesetzt. Ares stand schnell auf und seine Augen fanden meine. Obwohl sie immer noch von Sehnsucht erfüllt waren, war das Feuer in ihnen erloschen.

»Wir... wir hätten das nicht tun sollen.«

Die Trommeln hörten auf zu schlagen.

Ich sah ihn an und seine Worte rissen mich aus meinem animalischen Verlangen.

»Warum nicht?« Ich atmete schwer.

»Aus vielen Gründen. Wir hätten das nicht tun sollen.« Seine Worte fühlten sich an wie ein Schlag ins Gesicht. Musste er das sagen, während meine Lippen noch vom Küssen geschwollen waren?

Meine Gefühle müssen sich in meinem Gesicht gezeigt haben, denn sein wilder Gesichtsausdruck wurde eine Sekunde weicher, bevor das Hämmern an der Tür begann.

»Ares? Lass uns rein!«, rief Eris von der anderen Seite.

Ich schob mich schnell von der Matratze und spürte, wie meine Wangen brannten. Auf keinen Fall wollte ich, dass Eris oder Persephone mich so sahen. Und wenn dieser idiotische Muskelklumpen mir das Gefühl geben wollte, unerwünscht zu sein, dann hatte er es geschafft.

»Ich gehe duschen«, murmelte ich, sprang vom Bett und bewegte mich unbeholfen zur Tür des Badezimmers. Wortlos knallte ich sie hinter mir zu und hörte keine Widerworte von Ares. Ich ließ mich dagegen sinken, atmete tief durch und flehte meinen Körper an, sich zu beruhigen. Einen Moment später hörte ich ihn sprechen.

»Ich habe ihre eigene Kraft benutzt, um sie zu heilen. Aber vielen Dank, dass du gekommen bist, Königin Persephone.«

Ich konnte die Antwort der Königin gerade noch ausmachen. Sie sagte etwas, etwas in der Art, dass sie froh war, dass es mir besser ging und sich darauf freute, uns in ein paar Stunden auf dem Ball zu sehen.

Ein Ball? Nein, verdammt. Auf keinen Fall wollte ich mit Ares zu einer verdammten Party gehen. Ich stapfte durch das schöne Badezimmer, wo eine riesige versenkte

Badewanne in den Boden eingelassen war. Ich bemerkte kaum die verschlungenen blauen und orangen Fliesen, die das kleine Becken säumten, als ich den Wasserhahn aufdrehte.

Wie zum Teufel konnte ich nur so dumm sein, ihn zu küssen? Noch beunruhigender: Warum zum Teufel war es so unglaublich gut gewesen? Wenn nur ein Kuss sich so sensationell anfühlte, was zur Hölle würde mein Körper nur tun, wenn er mir die Kleider auszog?

Er will mich nicht ausziehen, erinnerte ich mich und dieser Gedanke zerstörte meine Erregung sofort. Er hat sich einfach mitreißen lassen.

Der Mann hatte einfach keine Selbstbeherrschung. Zuerst nahm er mir all meine Kraft, weil es sich so gut anfühlte, zu kämpfen. Und dann ließ er sich von dem Nervenkitzel, über den gewonnenen Kampf, den er auch hätte verlieren können, mitreißen.

Ich trat wütend gegen das Wasser in der sich schnell füllenden Wanne und knurrte, als meine Jeans nass wurde. Die enge Jeans mit einer Hand auszuziehen war schon schwierig genug, aber das Korsett abzulegen war ein Albtraum. Als ich endlich nackt war, war ich zehnmal wütender als zuvor.

Ich sank in das Wasser ein und meine Frustration wurde kurzzeitig gestoppt, als mein Arm das Wasser traf. Die feste Paste auf meinem Arm zischte und blubberte und ich zuckte zusammen, da ich Schmerzen erwartete. Doch da war nichts und langsam löste sich der Gips auf. Staunend betrachtete ich meinen Unterarm, bewegte die Finger und hob ihn aus der Wanne.

Er war perfekt. Als wäre ich nie verletzt worden. Unaufhaltsame Erregung durchströmte mich, als ich darüber nachdachte, was es bedeuten würde, Wunden wie diese heilen zu können. Das Verlangen, an meine Kraft zu kommen, schwoll in mir an und kämpfte mit meiner Wut um die Oberhand in meinem aufgewühlten Emotionshaushalt.

Ich bemühte mich, mich zu beruhigen und versuchte mir auszumalen, wie es sich anfühlen würde, wenn jeder Kampf, den ich bestritt, keinerlei Risiko in sich trüge. Eine Reihe von puderblauen und rosafarbenen Seifen stand am Rand der Wanne und während ich sie benutzte, um den Rest der Paste von meinem Arm und dann den Sand und Schweiß von meinem Körper und meinem kurzen blonden Haar zu waschen, konzentrierte ich mich darauf, wie es wäre, eine Göttin zu sein. Das war das erste Mal, dass ich darüber nachdachte, seit diese verrückte Achterbahnfahrt begonnen hatte.

Sicher, unsterblich zu sein, hätte seine Vorteile. Und in der Lage zu sein, mich mit magischen Blitzen durch die Welt zu bewegen, wäre verdammt cool. Genauso wie der Reichtum und die Macht, die mit dieser Position einhergingen. Wer wollte nicht im Luxus leben?

Aber Ares hatte all diese Dinge und er war unglücklich. Ich wusste nicht genau, was es war, dass ihn so humorlos machte, aber ich wusste, dass es tiefer lag als der Verlust seiner Macht. Seine Lebenseinstellung war offensichtlich nicht neu, sondern tief in ihm verankert. Er hatte überhaupt kein Einfühlungsvermögen. Als wir vorhin über die Sklaven gesprochen hatten, war es offensichtlich gewesen, dass er noch nie über ein anderes Leben als sein eigenes nachgedacht hatte. War es das, was eine so große Macht mit einem Menschen machte? Waren alle Götter so verblendet und weltfremd?

Und der Kick, den er durch den Kampf mit der Hydra bekommen hatte... Er sagte, er hätte dieses Gefühl seit Jahrtausenden nicht mehr gespürt. Wollte ich das wirklich aufgeben?

Ich stieß einen langen Seufzer aus und spülte mir die Seifenlauge aus dem Haar. Ares war ein Arsch. Er hatte den Körper eines Mannes und das Temperament eines Teenagers. Bevor ich zu lange darüber nachdenken konnte, wie männlich sein Körper war, zementierte ich meinen Entschluss, den ich soeben gefasst hatte. Wenn er meinte, dass es ein Fehler war, dass wir einander gefunden hatten, dann sollte er meinetwegen recht haben.

Ich war nicht an einem Typen interessiert, der einer Frau, die buchstäblich nach ihm hechelte, sagte, dass er es bereute, sie geküsst zu haben.

Nein, Ares war ein Arschloch. Ich würde mit ihm zusammenarbeiten, um die Tribunale zu bestehen und Joshua zu retten, aber ihm nicht mehr nachlaufen.

Was meine Magie anging... Wenn ich sie brauchte, um im Olymp zu bleiben, dann würde ich lernen, sie einzusetzen. Aber ich wollte auf keinen Fall, dass sie mich in jemanden verwandelte, der so verkorkst war wie er.

Entschlossen stieß ich die Tür auf und setzte meine beste abweisende Miene auf. Zu meiner Überraschung war Ares jedoch nirgends zu sehen. Stattdessen saß Eris auf seinem Bett.

»Den Göttern sei Dank, ich dachte schon, du würdest da nie wieder rauskommen«, lallte sie und stand auf.

»Ähm, warum bist du hier?«

»Deine hochnäsige Katze hat mich gebeten, dir zu helfen, dich auf den Ball vorzubereiten«, strahlte sie. »Normalerweise helfe ich niemandem, aber du faszinierst mich.«

»Zeeva? Wo ist sie?«

»Anscheinend anderweitig beschäftigt. Redet wahrscheinlich gerade mit jemand anderem, als wäre er ein Vollidiot. Ich habe die Klamotten aus deinem Kleiderschrank in dieses Zimmer gebracht.«

»Warum das?«

»Ares hat angeboten, Zimmer zu tauschen. Deins musste aufgeräumt werden, nachdem...« Sie brach ab und ich erinnerte mich daran, wie ich geweint und geschrien hatte, als Ares meinen Arm versorgte. Ein Stich von etwas, das keine Wut auf ihn war, fuhr mir durch die Brust und ich verzog das Gesicht.

»Ich brauche keine Hilfe, mich fertig zu machen. Wo ist meine Tasche?«

»Süße, du brauchst definitiv Hilfe. Warst du jemals auf einem Ball im Olymp?«

»Du kennst die Antwort«, antwortete ich und mein Blick glitt zu ihrem lächerlichen Dekolleté hinunter. Sie schenkte mir ein Lächeln.

»Ich werde dich nicht in so etwas stecken, das schwöre ich«, sagte sie. »Du könntest diesen Look sowieso nicht tragen.« Ich runzelte die Stirn und schaute auf meine Brüste hinunter, die glücklicherweise von einem großen Handtuch verborgen waren. Zugegeben, sie waren nicht so groß wie ihre, aber sie waren in Ordnung. »Nein, ich denke, wir nehmen etwas Weibliches, aber trotzdem knallhartes«, überlegte sie laut.

Entgegen aller Anweisungen meines Gehirns öffnete sich mein Mund. »Was zum Beispiel?«

»Wir haben eine große Auswahl«, sagte sie, schlenderte zum Kleiderschrank hinüber und öffnete ihn. »Such dir eine Farbe aus und ich finde das Richtige für dich.« Ich sah sie misstrauisch an.

»Du bist die Göttin von Zwietracht und Chaos. Ich bin mir nicht sicher, ob ich etwas tragen sollte, was du für mich aussuchst. Es wird sich wahrscheinlich nach der Hälfte des Abends auflösen und ich werde nackt dastehen.«

»Keine schlechte Idee!« Eris klatschte in die Hände. Ich verdrehte die Augen.

»Außerdem gehe ich auf keinen verdammten Ball. Ich bin müde. Und dein Bruder ist ein Arschloch.«

»Du musst. Du bist einer der Ehrengäste. Und das besagte Arschloch ist der andere Ehrengast. Such dir gefälligst eine Farbe aus.«

Ich war kurz davor, ihr zu widersprechen, aber ich wusste, dass es keinen Sinn machte. Außerdem war ich nicht wirklich müde und ein Teil von mir wollte unbedingt herausfinden, wie ich mit etwas Hilfe von Magie aussehen könnte. Die Tatsache ignorierend, dass derselbe Teil von mir wollte, dass Ares sah, wie gut ich aussah, schritt ich auf den Kleiderschrank zu.

»Das hier?« Ich deutete auf ein hellblaues Kleidungsstück, von dem ich nicht wusste, was es war.

»Ja, das sollte zu deiner Haarfarbe passen«, sinnierte Eris und griff nach einer Strähne meines nassen Haares. »Schulterlang ist aber nicht der richtige Schnitt für dich, Süße.«

»Ich will es nicht kürzer«, sagte ich und trat aus ihrer Reichweite, so dass mir die Haare auf die Wange klatschten. Ich hatte Jahre gebraucht, um es so lang wachsen zu lassen, nachdem ich es im Gefängnis super-kurz hatte schneiden müssen. Und lange Haare konnten im Kampf gegen einen verwendet werden.

»Nein, nein. Nicht kürzer. Länger.«

Ich spürte ein Kribbeln auf meiner Kopfhaut, dann eine Bewegung über meinen Schultern und meinen Rücken. Mit einem Aufschrei wirbelte ich herum, hielt mein Handtuch mit einer Hand fest, um es nicht fallen zu lassen und griff mit der anderen an meinem Hinterkopf.

»Was machst du da?« Eris packte mich mit einer Hand an der Schulter, hielt mich davon ab, mich panisch im Kreis zu drehen und schob mich vor den langen Spiegel, der in der offenen Schranktür hing.

Ich erstarrte. Meine Haare waren hüftlang. Verwobene Strähnen in Platin- und Aschblond fielen mir in sanften Wellen über den Rücken.

»Heilige Scheiße.«

»Definitiv eine Verbesserung. Und ich verspreche, dass nicht alles ausfallen wird.«

»Nur Supermodels haben solches Haar«, hauchte ich und war zu ängstlich, es anzufassen. »Wie hast du das gemacht?«

»Schätzchen, ich bin verdammt alt. Es gibt nicht viel, das ich nicht kann.«

»Ares hat gesagt, du kannst nicht heilen«, sagte ich und erinnerte mich an seine Worte. Ihre Miene verfinsterte sich.

»Es ist wahr, dass meine Kräfte eher zum Zerstörerischen neigen.« Ihr Ton war hart.

»Wie kannst du dann so schöne Haare zaubern? Das ist doch überhaupt nicht zerstörerisch.«

»Bella, wenn du heiß aussiehst, kannst du verdammt

viel Schaden anrichten, glaub mir«, sagte sie und ihr frecher Ton kehrte zurück.

»Was meinst du damit?«

Sie starrte mich an und ihre Augen waren voller Schalk. Ich konnte nicht herausfinden, ob es eine grausame oder spielerische Freude war, die sie empfand.

»Ich nehme an, du bist dir nicht darüber bewusst, dass Ares seit Jahrhunderten eine Affäre mit Aphrodite hat?«

Ich schluckte hart und ein ausgesprochen unangenehmes Gefühl kroch über mich hinweg, bevor es sich wie ein Stein in meinem Magen festsetzte.

»Aphrodite? Die Göttin der Liebe?«

»Genau die, ja.«

Verdammt, verdammt, verdammt, verdammt. Ich hatte sie jetzt zweimal gesehen und sie war mehr als schön. Schmerzhaft schön. Atemberaubend. Kein Wunder, dass Ares mich nicht wollte.

»Sie ist mit Hephaistos verheiratet, also ist es nicht so, als wären die beiden ein Paar oder so, aber jeder weiß, dass sie es miteinander treiben«, fuhr Eris fort, holte das blaue Kleid aus dem Schrank und hielt es hoch.

»Die Göttin der Liebe ist ihrem Mann also nicht treu?«

Eris hielt bei der Untersuchung des Kleidungsstücks inne und sah mich mit hochgezogenen Augenbrauen an.

»Süße, niemand im Olymp ist seinen Ehepartnern treu. Außer Hades. Dieses köstliche Exemplar von einem Mann ist außergewöhnlich.«

»Ach so.« Wenn Treue den Leuten hier egal war, dann bedeutete das hoffentlich, dass Aphrodite mich nicht kurz und klein schlagen würde, weil ich ihren Freund geküsst hatte. Aus irgendeinem Grund fand ich die Vorstellung, die Göttin der Liebe zu verärgern, viel beängstigender als den Gott des Krieges zu verärgern.

»Aphrodite spielt schon seit ich denken kann mit meinem kleinen Bruder und ich habe es noch nie erlebt, dass er sich auch nur ein kleines bisschen für eine andere interessiert hat.« Ein weiterer Schlag in die Magengrube. Warum zum Teufel kümmerte mich das? *Es war doch nur ein verdammter Kuss!* »Bis auf dich.«

Meine Kinnlade fiel herunter.

»Wie meinst du das?«

Sie stieß ein schallendes Lachen aus.

»Süße, wenn seine Unbeholfenheit in deiner Nähe nicht Anzeichen genug war, oder die Art, wie er im Ring an deiner Seite gekämpft hat, dann sollte die Hingabe, mit der er deine Wunden versorgt hat, ein kleiner Hinweis sein. Ares kann nicht gut mit anderen umgehen und er ist nie aufopferungsvoll.«

Ich schluckte die Welle der Hoffnung und des Hochgefühls hinunter, die ihre Worte mit sich brachte. Ares hatte mich abgewiesen. Er war mit Aphrodite zusammen. Und Eris konnte man *nicht* trauen. Auch wenn ich sie eigentlich mochte.

»Du hilfst mir also, gut aussehen, um Reibungen zwischen Aphrodite und deinem Bruder zu verursachen?«

Eris zuckte mit den Achseln.

»Ich mag sie nicht, aber sie sorgt für mehr Unruhe als die meisten anderen Olympier zusammen. Sie ist unglaublich wankelmütig, leicht gelangweilt, missachtet die Regeln und ist noch manipulativer als ich. Aphrodite zu verärgern ist für mich geradezu ein Sport. Die Folgen sind immer ihre Mühe wert.«

Ich schürzte die Lippen und sah sie an.

»Erinnere mich daran, mir dich nicht zum Feind zu machen«, sagte ich. Sie grinste mich an.

»Wenn Aphrodite merkt, dass du die Aufmerksamkeit ihres Kriegers hast, wirst du mich anflehen, deine beste Freundin zu sein.«

SIEBENUNDZWANZIG

BELLA

»Weißt du, für eine Frau, die seit zwanzig Jahren kein Kleid mehr getragen hat, siehst du verdammt gut aus«, sagte Eris, als wir beide mein Spiegelbild anstarrten.

Ich antwortete ihr nicht. Ich konnte kein Wort hervorbringen. Zu sehr war ich damit beschäftigt, herauszufinden, wie ich mich fühlte, sowohl mit dem, was ich da sah, als auch mit dem, was ich über Ares und Aphrodite erfahren hatte.

Eris hatte eine ganze Reihe von Änderungen an dem Kleid vorgenommen und sie hatte ihr Versprechen mehr als wahrgemacht. Das Gewand war im erimosianischen Stil gehalten und hatte einen fließenden Seidenrock, der fast bis zum Boden fiel. Das Band um die Taille und auch der Saum waren statt der Blumen, die sie vorher geschmückt hatten, mit einem goldenen Muster aus ineinander verschlungenen Schwertern verziert. Sie hatte die obere Hälfte des Kleides von Blau zu Gold verändert. Es war so eng wie eine Mumienbandage, wobei der hauchdünne Stoff gekonnt übereinandergelegt war.

Schlaufen desselben Stoffs bedeckten meine Schultern und so erinnerte meine Silhouette an eine Rüstung. Mein neues langes, welliges Haar wurde mit einem blauen Band, das zum Rock passte, aus meinem Gesicht gehalten und Hunderte von winzigen Goldperlen hingen daran.

»Hast du mich absichtlich so aussehen lassen, als trage ich eine goldene Rüstung?«, fragte ich. *Eine Rüstung wie Ares sie trug.*

»Ich habe dich gestylt, wie es der Göttin des Krieges würdig ist«, sagte sie. »Gefällt es dir?«

»Ja.«

Es war wundervoll. Es brachte nichts, so zu tun, als würde es mir nicht gefallen. Ich hatte mein ganzes Leben damit verbracht die zwei Teile meiner Persönlichkeit zusammenzubringen, mein gewalttätiges, konfrontatives Temperament und das Mädchen, das Theater und Disney-Filme liebte.

Eris hatte es geschafft, beide Teile miteinander zu vereinen und die zwei Hälften, die nie richtig zusammengepasst hatten, verschmolzen endlich. Ich war eine Kriegerprinzessin.

Ich drehte mich zu Eris um.

»Danke.«

»Gern geschehen«, sagte sie lächelnd. »Ich muss los und mich selbst fertig machen. Ares wird dich in Kürze abholen.«

»Warte...«, begann ich, aber sie winkte mir mit einem Finger zu und verschwand in einem weißen Blitz.

Ich schloss die Augen und holte tief Luft. So furchtlos ich auch war, in diesem Moment würde ich eine weitere Runde mit der säurespuckenden Hydra diesem Ball vorziehen.

· · ·

Eine halbe Stunde später klopfte es an meiner Tür und mein Herz setzte einen Schlag aus. Ich zwang mich, meine Beklemmung herunterzuschlucken und stand auf. Es gab keinen Grund so nervös zu sein, *es war schließlich nur Ares* und wir hatten die letzten zwei Tage zusammen verbracht. Kein Grund sich so aufzuregen.

Feuer, Trommeln, Hitze, Leidenschaft. Die Erinnerung an unseren Kuss schoss mir durch den Kopf und ich fletschte die Zähne. *Reiß dich zusammen, Bella!* Stattdessen dachte ich an Aphrodites schönes Gesicht und öffnete die Tür.

Ares stand in voller Rüstung und Helm da, genau wie ich es erwartet hatte. Aber ich war eindeutig nicht so gekleidet, wie er es vermutet hatte. Ein seltsames Geräusch drang unter seinem Helm hervor und ich sah, wie sich seine Augen weiteten.

»Bring uns einfach zur Party«, schnauzte ich und überraschte mich selbst damit, wie wütend ich klang.

»Deine Haare...«

»Sind länger, ja. Zehn Punkte für Beobachtungsgabe. Lass uns endlich gehen.« Ich konnte spüren, wie sich mein Gesicht erhitzte, nur weil ich in seiner Gegenwart war und ich wollte plötzlich nicht mehr mit ihm allein sein.

»Bella, ich-«

»Lass uns einfach gehen, Panzerknabe!«, schnitt ich ihm lautstark das Wort ab. Seine Augen verhärteten sich und er drückte den Rücken durch.

»Wie du willst.« Da war wieder das vertraute Ziehen in meinem Magen, ein Blitz leuchtete auf und im nächsten Augenblick standen wir wieder in der Kampfgrube.

· · ·

Blinzelnd sah ich mich um und nahm all die Veränderungen wahr. Der Himmel über uns war nicht mehr so hell und klar, wie er es tagsüber gewesen war. Die dunkle, marineblaue Decke wurde von glitzernden Wolken erhellt, die sich über meinem Kopf drehten und in pastellrosa und orangefarbenem Glanz die Düsternis erhellten. Die sandige Bühne hatte sich ebenfalls verändert und war nun mit hohen Marmorsäulen übersät, auf denen orangefarbene Flammen flackerten, die ein sanftes, lebhaftes Licht auf die Menge warfen, die sich dort tummelten. Kleine Satyrn und zierliche junge Frauen bewegten sich zwischen den Gästen umher und trugen Tabletts mit Getränken. Ich vernahm die Melodie einer Harfe, obwohl ich keine Musiker sehen konnte. Es war wunderschön hier und unerwartet friedlich.

»Bella! Ich bin so froh, dass es dir gut geht.« Ich drehte mich in die Richtung, aus der Persephones Stimme tönte. Die Königin eilte auf mich zu und ihr exquisites, hochgeschlossenes blattgrünes Kleid schwang elegant mit jedem Schritt. Die Ränder waren mit schwarzen Ranken bestickt.

»Ja, vielen Dank. Ich habe gehört, dass du gekommen bist, um mir zu helfen.«

»Königin Persephone«, grunzte Ares und schritt mit klirrender Rüstung davon.

»Ich sehe, er ist so gut gelaunt wie immer«, sagte Persephone lächelnd. »Du siehst toll aus! Ich habe auch einen neuen Look verpasst bekommen, als ich hier ankam.«

»Danke, du siehst umwerfend aus. Woher kriege ich einen dieser Drinks?«

Persephone winkte einen Satyr heran und ich schluckte das meiste des Getränks, das er mir reichte, in einem Zug hinunter. Persephone hob die Augenbrauen. »Sieht aus, als hättest du das bitternötig gehabt.«

»Ich werde noch eine ganze Menge mehr von dem Zeug brauchen.«

Ich unterhielt mich eine Weile mit Persephone, aber ich hatte Mühe ihr meine volle Aufmerksamkeit zu schenken. Jetzt, wo ich wieder bei Kräften war, nahm ich die Dinge um mich herum mit einer Intensität wahr, die mich nervös machte. Ich wusste nicht, ob es meine Scham über den Kuss und Wut über Ares Haltung waren, die mich so hibbelig machten, oder meine Angst vor Aphrodite. Eris hatte gute Arbeit geleistet, mich darauf einzustellen, die Göttin der Liebe zu sehen, das war sicher.

»Der Mann, der von dem Dämon entführt wurde, ist das dein Partner?« Persephones Worte holten mich in unser Gespräch zurück und lenkten meine Aufmerksamkeit wieder auf sie. Schuldgefühle überschwemmten mich.

»Nein, nein. Er war mein, ähm, Therapeut.«

»Da sind also gar keine romantischen Gefühle? Du hast sehr aufgebracht gewirkt, als du hier ankamst.« Ihre Stimme war sanft. Im Gegensatz zu Eris, von der ich glaubte, dass sie immer versuchte, an irgendwelche Informationen zu kommen, die sie später gegen mich verwenden konnte, hatte ich das Gefühl, dass Persephone sich tatsächlich Sorgen um mich machte.

»Er war der einzige Mensch, der mich unterstützt und mich trotz meines Temperaments angenommen hat«, sagte ich leise. »Wenn ich jetzt aber bedenke, dass er wusste, wer ich wirklich war, macht es Sinn. Ich dachte, er wäre mein Freund.«

»Nur weil er wusste, dass du aus dieser Welt stammst, heißt das nicht, dass er nicht dein Freund war.«

»Seine Aufgabe war es, mich zu beobachten. Er hat acht Monate damit verbracht, mir einzureden, dass meine Probleme auf einem chemischen Ungleichgewicht beruhen.« Ich konnte den Schmerz in meiner Stimme hören, als ich die Worte laut aussprach. »Die ganze Zeit über wusste er, dass mein Temperament ein Teil meiner Seele war, meine Stärke ein Teil von dem, was mich zu dem machte, wer ich war. Warum hat er mich angelogen? Warum hat er es mir nicht einfach gesagt?«

»Es tut mir leid«, sagte Persephone. »Das muss sehr schwierig zu verarbeiten sein.«

Ich schüttelte verlegen den Kopf.

»Nein, mir tut es leid. Ich schätze, ich habe es bis jetzt vermieden, darüber nachzudenken.« Ich war abgelenkt gewesen. »Ich muss ihn finden, denn ich bin die Einzige, die weiß, dass er entführt wurde. Ich kann mir Gedanken über unsere Beziehung machen, wenn er in Sicherheit ist.«

»Das klingt nach einem guten Plan. Es ist nicht immer alles wie es scheint im Olymp. Oh je, da ist Ärger im Anmarsch.« Ich sah auf und mein Herz überschlug sich. Die Frau, die auf uns zukam, hatte rabenschwarzes Haar, alabasterfarbene Haut und scharlachrote Lippen, passend zu ihrem Spitzenmantelkleid. Obwohl sie völlig anders aussah als beim letzten Mal, wusste ich sofort, dass es Aphrodite war.

»Königin Persephone«, sagte sie, als sie uns erreichte und ihre Stimme war wie eine Liebkosung. Sie wandte sich an mich. »Bella, nicht wahr?«

Ich senkte meinen Kopf, als ich ihr antwortete.

»Ja, das ist richtig.«

»Du warst ganz beeindruckend.«

»Oh«, sagte ich. Ich hatte nicht erwartet, dass sie mir ein Kompliment machen würde. »Danke.«

»Hast du Ares gesehen? Ich muss mit ihm sprechen.«

»Nein, er ist sofort davongelaufen, als wir ankamen.« Erleichterung darüber, dass sie ihre göttliche Macht nicht nutze, um mich dafür zu bestrafen, dass ich ihren Geliebten geküsst hatte, durchströmte mich. Doch das Gefühl war begleitet von einem winzigen, ungerechtfertigten Schimmer der Genugtuung, dass er nicht direkt zu ihr gelaufen war.

»Macht nichts. Ich bin mir sicher, dass er jeden Augenblick zu mir kommen wird«, sagte sie. Ihre Augen wanderten langsam an meinem Kleid auf und ab und ich verspürte plötzlich ein überwältigendes Verlangen, sie zu beeindrucken. Ich wollte so sehr, dass sie mich mochte, mich sogar liebte. Ich wollte so sein wie sie, so tiefe, hypnotisierende Augen haben, solch volle und weiche Lippen, so glatte und verführerische Haut...

»Meine Güte, du bist immer noch größtenteils menschlich«, sagte sie mit einem Schmunzeln. Das Gefühl löste sich auf und Verlegenheit stieg in mir auf, als ich realisierte, dass sie ihre Macht auf mich hatte wirken lassen.

Ich hatte sie verehren wollen. Zur Hölle, ich hatte sie sein wollen. Der Gedanke, dass sie so in meinen Verstand eingedrungen war und mich dazu gebracht hatte, mich zu verändern, ließ die Nervosität, die Eris mir eingeflößt hatte, gefährlich in Richtung Wut kippen. Ich mochte es nicht, wenn man mit mir spielte.

»Ja, ich bin immer noch größtenteils menschlich«, antwortete ich steif.

»Du solltest wirklich lernen, dass bisschen Kraft, dass

du hast, zu nutzen, um dich zu schützen, kleines Mädchen«, sagte sie leise.

»Kleines Mädchen?«, wiederholte ich. Die Ränder meines Sichtfeldes färbten sich rot.

»Ja. Du bist ein kleines Mädchen, Bella. Vergiss ja nicht, wie klein und unbedeutend du bist. Ich bin eines der zwölf mächtigsten Wesen auf der Welt und du bist winzig. Winzig in Größe, Macht und Einfluss. Winzig in den Augen des Gottes des Krieges.«

»Du bist nur sauer, weil du weißt, dass er mich mag«, knurrte ich und der rote Nebel senkte sich und das Wissen, welch blöde Idee es war, eine Göttin zu reizen, verließ mich völlig.

Aphrodite lachte.

»Dich mögen? Er hat mit dir zusammengearbeitet, weil er keine andere Wahl hatte. Er braucht seine Macht zurück. Und ich bin der Grund, warum er sie unbedingt zurückhaben will. Ich werde ihn nicht ficken, bis er wieder stark ist.« Sie lehnte sich nah an mich heran und flüsterte mir die letzten Worte ins Ohr, während ein grausames Lächeln ihr schönes Gesicht verzerrte.

Jeder Faser in meinem Körper wollte sie schlagen, aber meine Arme schienen wie gelähmt. Bevor ich ein weiteres Wort sagen konnte, sprach sie erneut.

»Was auch immer du glaubst, mit ihm zu haben, schlag es dir aus dem Kopf. Die kleine Bella in ihrem hässlichen Kleidchen wird es niemals mit der Göttin der Liebe aufnehmen können. Das ist ein Kampf, den du verlieren wirst.«

»Er ist doch kein Preis, den man gewinnen kann«, schnauzte ich und ihr Lächeln wurde breiter.

»Oh, das ist er. Und ein guter noch dazu.«

»Wenn du nicht willst, dass ich dich schlage, dann verpiss dich.«, zischte ich.

Aphrodite gluckste.

»Ich kann verstehen, warum du meinst, dass ihr beide etwas gemeinsam habt«, sagte sie, richtete sich auf und wich zurück. »Du bist genauso impulsiv und idiotisch wie er.«

»Lieber bin ich impulsiv und idiotisch als grausam.«

»Bella, Liebes, Ares bringt sie alle drei zusammen. Du wirst ihn nie verstehen.«

Ohne ein weiteres Wort drehte sie sich auf dem Absatz um und schritt über den Sand davon. Dabei strahlte sie jeden an, an dem sie vorbeikam. Ich spürte, wie sich meine Arme an meiner Seite lockerten und meine Hände sich automatisch zu Fäusten ballten. Mein Herz hämmerte mir gegen den Brustkorb.

»Das war vielleicht eine Show«, sagte Persephone und ihre Stimme ließ mich aufschrecken. Ich hatte ganz vergessen, dass sie da war.

»Wie kann sie nur so über ihn reden? Sie liebt ihn doch gar nicht, sie spielt mit ihm!«

Persephone berührte meinen Arm und blickte sich um. Mit gedämpfter Stimme fuhr sie fort: »Bella, die Götter können Gespräche vor anderen verbergen. Nur ihr beide wisst, was ihr gerade zueinander gesagt habt und das sollte auch so bleiben.«

»Jeder sollte wissen, wie bösartig sie ist!«

»Bella, bitte, hör mir zu. Jetzt eine Szene zu machen, wird nicht gut enden. Du kannst sie dir nicht zum Feind machen.«

Meine Wut hatte sich mit Aphrodites Weggang beruhigt und ich wusste, dass Persephone recht hatte. Doch dann machte Frustration sich breit.

Dass Ares und Aphrodite zusammen waren, war ja schön für sie. Aber dass sie über ihn sprach, als sei er ihr Spielzeug, eine glänzende Trophäe? Ihm zu sagen, dass sie nur mit ihm schlafen würde, wenn er seine Kraft zurückbekam, war dasselbe wie zu sagen, dass sie ihn nicht mochte, für wer er wirklich war, sondern nur für seine Kraft. Es war grausam.

Wenn mir ein Mann sagen würde, dass er nur mit mir schlafen würde, wenn ich größere Brüste oder längere Haare oder ein höheres Bankguthaben hätte, würde ich ihm gehörig den Marsch blasen. Warum ließ Ares zu, dass sie ihn so behandelte?

Ich biss mir hart auf die Innenseite meiner Wange.

Warum kümmerte mich das?

Was auch immer zwischen mir und Ares war, dass die Trommeln zum Klingen und das Feuer zum Tanzen brachte, es war etwas Körperliches, nicht mehr als das. Ich hatte überhaupt kein Recht, mich einzumischen. Er war ein erwachsener Mann. Er brauchte seine verdammte Ehre oder sein Herz nicht von mir verteidigt zu bekommen.

Und wenn Aphrodite eifersüchtig darauf war, dass wir Zeit miteinander verbrachten, oder was auch immer es war, dass sie dazu gebracht hatte, sich so auf mich zu stürzen, gab es nichts, was ich dagegen tun konnte.

Das Wissen, dass sie mich beschimpfen und herabsetzen konnte, ohne dass ich etwas dagegen tun konnte, beunruhigte mich jedoch. Natürlich tat es das. Sie hatte mich gerade zu einem Kampf herausgefordert, den ich nicht gewinnen konnte. Es war, wie einem Süchtigen Drogen anzubieten.

Doch es war kein richtiger Kampf, zu dem sie mich aufgefordert hatte. Wenn man einen Kampf gewann, verdiente man Geld, Respekt und einen Titel. Man konnte keinen verdammten Mann gewinnen. Das funktionierte nicht.

Ich starrte in die Menge, in die sie verschwunden war und versuchte, von meinen negativen Gefühlen loszulassen. Ich musste Ares helfen, die Tribunale zu gewinnen, den entkommenen Dämon zu fangen und Joshua zu retten. Aphrodites Liebesleben und ihre Einstellung Männern gegenüber gingen mich nichts an.

ACHTUNDZWANZIG

ARES

Ich konnte Bellas Zorn nach ihrer Unterhaltung mit Aphrodite körperlich spüren. Meine Muskeln spannten sich an, während ich der Göttin nachsah, wie sie durch die Menge stolzierte.

Sie wusste, was passiert war. Ich wusste, dass sie es in meinen Augen lesen würde, wenn sie mit mir sprach, weshalb ich seit meiner Ankunft mein Bestes getan hatte, um mit den Schatten zu verschmelzen. Aber irgendwie hatte sie es doch herausbekommen, noch ehe sie mir ins Gesicht gesehen hatte.

»Es ist nicht deine Art, dich so gut mit anderen zu vertragen.«

Die Stimme gehörte meiner Schwester und mein Magen begann zu schmerzen.

»Eris, nicht jetzt.«

»Du weißt, dass deine Geliebte Bella das Leben zur Hölle machen wird, wenn du morgen wieder so gut an ihrer Seite kämpfst.«

»Ich muss mit ihr zusammenarbeiten«, stöhnte ich.

»Nicht unbedingt.«

»Willst du vorschlagen, dass ich gegen sie arbeiten soll?« Ich drehte mich zu Eris um und sah sie finster an. »Vorhin hast du mich noch angeschrien, weil ich sie ausgelaugt habe.«

»Es ging darum, dass du gleich danach noch einen Kampf zu absolvieren hattest.« Sie zuckte mit den Schultern und ihr burgunderrotes Kleid legte sich in Falten. »Morgen ist das letzte Tribunal. Nimm sie aus.«

»Es ist nur das letzte bis zum Tribunal des nächsten Königs«, schnauzte ich.

»Ich bin sicher, dass sie bis dahin Zeit haben wird, sich zu erholen.«

Ich kniff die Augen zusammen und sie nippte an ihrem Glas.

»Ich dachte, du magst Bella«, sagte ich. »Warum rätst du mir das eigentlich? Sie wird mich hassen.«

»Ares, ich mag niemanden, das weißt du. Und was ist dein Problem? Du hast es doch schon einmal getan. Magst du sie etwa?«

Eris Augen funkelten, als sie in meine blickte.

»Ich will nur meine Macht zurück.«

»Du magst sie *wohl*«, hauchte Eris und strahlte.

»Stell dich nicht dümmer als du bist.« Meine Augen zuckten instinktiv zu Aphrodite, Eris merkte es und schnaubte.

»Mein Süßer, soweit ich weiß, seid ihr beide nicht monogam. Du weißt schon, dass sie jede Nacht mit jemand anderem schläft, oder? Sie ist die Göttin der Liebe, verdammt noch mal.«

Hitze und Wut brannten bei dem Gedanken in meinen Adern und ich war froh, dass mein Helm meine Reaktion verbarg.

»Geh weg, Eris.«

»Das ist nicht nett«, schmollte sie. »Kleiner Bruder, irgendwann wird das Mädchen herausfinden, was für ein Monster du bist. Da ist es doch besser, wenn du es ihr offen sagst.« Sie schenkte mir ein kleines, wissendes Lächeln und schritt davon.

Ich lehnte mich an eine Säule und knirschte mit den Zähnen. Was für ein gottverdammtes Durcheinander.

Seit Jahrhunderten hatte ich das Bett mit dem schönsten Wesen der Welt geteilt. Warum also, warum, warum hatte ich mich noch nie so gefühlt, wie als Bella mich küsste? Warum hatte ich nie das Feuer in Aphrodites Augen brennen sehen? Warum hatten die Trommeln des Krieges nie im Rhythmus meines rasenden Pulses geschlagen, wenn Aphrodite mich küsste? *Wenn ich mit Aphrodite zusammen war, sah ich immer nur sie.* Ich war mir nie meiner eigenen Gefühle oder meines Körpers bewusst. Ich wollte immer mehr von ihrer Lust, ihrem Vergnügen, ihrer Befriedigung und dachte nicht an meine eigene Erlösung. Mit Bella jedoch... Ich hatte sie begehrt und konnte mich nicht davon abhalten, mir vorzustellen, wie es sich anfühlen würde, in ihr zu sein, wie sich ihr Verlangen und Vergnügen *für mich* angefühlt hätte.

Ich stieß ein wütendes Zischen aus. Das waren unhaltbare Zustände. Bella war mehr als tabu für mich. Bei der Erinnerung an den Schmerz in ihrem Gesicht, ihre Wut auf mich, machte sich dieses ungewohnte Gefühl wieder in meiner Brust breit. Das, von dem ich annahm, dass es Schuld war.

Ich konnte ihr nicht sagen, warum es eine so dumme Idee war, sie zu küssen. Ich konnte ihr nichts sagen und zum ersten Mal in meinem Leben fühlte ich mich schuldig.

Verwirrt versuchte ich meine Gefühle zu ordnen, während ich die Party beobachtete. Ich war der Gott des Krieges und als solcher hatte ich eine angeborene Wertschätzung für Tapferkeit und Kampfgeschick. Bellas Mut und ihre Leidenschaft zwangen mich, sie zu respektieren. Der Adrenalinrausch, den ich nach dem Kampf mit der Hydra erlebt hatte, muss sich mit diesem Gefühl vermengten haben, was zu meinem Verlangen nach ihr führte. Die Tatsache, dass ich meine eigene Kraft in ihr schmecken konnte, ließ sie noch mehr mit mir verbunden fühlen, als sie es tatsächlich war.

Ja, das war sicherlich alles, was los war,

Aber sie spürte es auch.

Vielleicht hatte Eris recht. Vielleicht war der beste Weg, das zu beenden, was wir versehentlich ausgelöst haben könnten, die eine Sache zu tun, von der ich wusste, dass sie mich dafür verachten würde. Ich konnte ihr zeigen, was für ein Monster ich war. Vielleicht würde ich im nächsten Kampf noch einmal ihre gesamte Kraft aufbrauchen.

Das würde Aphrodite beweisen, dass ich keine Loyalität zu Bella hatte und es würde sicherstellen, dass Bella mich nie wieder küssen würde.

Der bloße Gedanke daran, ihre Lippen nie wieder auf den meinen zu spüren, erfüllte mich mit einem Gefühl des Verlusts. Das verstärkte meine Entschlossenheit.

Was auch immer diese Gefühle verursachte, ich musste ihm Einhalt gebieten.

BELLA

Es war ein Kinderspiel, die olympischen Götter unter den Gästen auszumachen. Selbst wenn sie nicht so deutlich durch ihre schiere Aura auffallen würden, würden die Scharen der sie anhimmelnden Gäste sie identifizieren. Wieder einmal war ich enttäuscht, Hera nicht zu sehen. Ich wollte unbedingt nach Zeeva und ihrem Interesse an mir fragen.

Hermes und Dionysos kamen jedoch beide zu mir, um mit mir zu sprechen. Hermes mochte ich sofort. Sein fröhlicher roter Bart und seine Haare hellten sofort meine Stimmung auf. Er fragte mich, wie es war, ein Mensch zu sein und woher meine Kraft komme. Als ich ihm sagte, dass ich das nicht wüsste, zuckte er mit den Achseln und erzählte mir, dass er auch nicht den Überblick über seine Nachkommen behalten könne und dass das eines der vielen Probleme der Unsterblichkeit sei. Er sah aber nicht beunruhigt aus und winkte mir bald fröhlich zu, als er ging, um mit einer Frau zu sprechen, die über zwei Meter groß war.

Mit Dionysos hingegen hatte ich Mühe, mich überhaupt zu unterhalten, denn seine Worte waren so undeutlich und sein Akzent so seltsam, dass ich ihn nicht wirklich verstehen konnte. Am Ende trug ihn eine kleine Truppe schweigsamer Frauen mit Baumrindenhaut - genau wie das Mädchen in der Karawanserei - mit einem entschuldigenden Grinsen von dannen.

»Du hast gut gekämpft heute«, sagte eine männliche Stimme, als ich Dionysos belustigt nachsah. Ich drehte mich um und sah König Schmerz, der mich anlächelte. Er sah wirklich königlich aus, in seiner weißen Robe, die mit Goldstickereien verziert war. Noch mehr Juwelen als zuvor hingen von seinem Hals und seinen Fingern. »Ich freue mich schon darauf, morgen mehr von euch beiden zu sehen.«

»Willst du mir nicht einen kleinen Tipp geben und mir verraten, was ich zu erwarten habe?«

Er gluckste.

»Auf gar keinen Fall. Du siehst heute Abend hinreißend aus.« Seine Augen wurden dunkler und dieses unbehagliche Gefühl, das ich immer bekam, wenn er in der Nähe war, ließ mich erschaudern.

»Danke. Ich suche dann mal Eris«, sagte ich und begann mich umzudrehen.

»Du bist nicht nur irgendein Halbgott«, sagte er leise. Ich hielt inne und drehte mich langsam zu ihm zurück.

»Ich bin größtenteils Mensch«, sagte ich schlicht. »Wenn du ein Problem mit meiner Magie hast, dann wende dich an Ares.« Irgendwann würde ich mit dem Kriegsgott reden müssen, um zu klären, was ich Leuten sagen durfte und was nicht. Da Eris mit so viel Interesse reagiert hatte, als ich ihr erzählte, dass Ares mich die Göttin des Krieges genannt hatte, wollte ich die Information nicht mit anderen teilen.

Um ehrlich zu sein, sträubte ich mich, überhaupt Informationen mit Schmerz zu teilen. Er machte mir Angst.

»Du verfügst über dieselbe Macht wie wir«, sagte er mit tiefer Stimme. Noch mehr Unbehagen machte sich in mir breit. Er hatte recht. Ich teilte Ares Macht und Ares sagte, dass er die Herren des Krieges erschaffen hatte. Unsere Macht war dieselbe.

»Wenn das wahr ist, dann bin ich froh, dass du den perversen Schmerzfetisch hast und ich nur flinke Füße und solide Schläge«, sagte ich. Sein Lächeln wurde breiter.

»Wir sind sehr, sehr interessiert an dir, Bella.«

»Hör mal Kumpel, ich hatte genug Interesse von verrückten Gottheiten für einen Abend. Ich gehe jetzt nach Hause. Ich muss mich auf einen Kampf vorbereiten.« Ich sprach mit übergroßer Zuversicht. Die Wahrheit war, dass ich überhaupt keine Ahnung hatte, wie ich zurück zur Karawanserei kommen sollte. Ich war zuvor immer mit Blitzen zur Kampfgrube gebracht worden und ich konnte die Stadt von hier aus noch nicht einmal sehen.

Aber ich wollte weg. Ich hatte meine Grenze, was den Umgang mit selbstgefälligen Arschlöchern anging, erreicht und die Spannung, Ares zu meiden, fühlte sich langsam erstickend an.

Wenn ich meinen eigenen Weg zurückfinden musste, würde ich das tun.

»Ich muss mich auch ausruhen. Wir werden jetzt aufbrechen.« Ares tiefe Stimme verkrampfte mir den Magen und ich wusste nicht, ob das daran lag, dass er mich erschreckt hatte, oder ob es einen ganz anderen Grund dafür gab.

»Du weißt, dass nur ich oder einer der zwölf Olympier ein Wesen in meine Stadt zaubern kann«, sagte Schmerz mit einem Lächeln. Er deutete zu Ares. »Tu dir keinen Zwang an.« Ares bewegte sich nicht und es war zu dunkel, um seine Augen hinter seinem Helm deutlich sehen zu können, aber ich war bereit darauf zu wetten, dass sie wütend waren. Schmerz wusste, dass er nicht stark genug war, um es zu tun. Meine Kraft war nicht mächtig genug, um etwas zu tun, was nur ein Olympionike tun konnte.

»Bring uns zurück zur Karawanserei«, stieß Ares hervor.

»Wie du willst, Allmächtiger«, sagte Schmerz und seine Stimme klang verschlagen und kalt. »Ich freue mich schon auf morgen.« Er warf mir noch einen letzten Blick zu, dann erschienen wir außerhalb des großen Turms im Zentrum von Erimos.

»Warum hast du nicht einen der anderen Götter gebeten, uns hierherzubringen?«, fragte ich sofort. »Warum musst du ihm die Genugtuung geben?«

»Desto mehr er mir jetzt antut, desto härter kann ich ihn bestrafen, wenn ich wieder göttlich bin«, zischte Ares. Ich hob meine Augenbrauen, sagte aber nichts. »Hast du etwas gegessen?«, fragte er mich unvermittelt. Seine Frage überraschte mich so sehr, dass ich ihm ehrlich antwortete.

»Ja, das Grillzeug, das sie herumgereicht haben.«

»Gut. Dann werde ich mich jetzt zurückziehen.«

»Gut«, sagte ich. Warum interessierte es ihn, ob ich gegessen hatte? Er begann, die Stufen zum Turm hinaufzugehen und ich folgte ihm. »Hör zu. Schmerz weiß, dass ich deine Macht teile. Ich weiß nicht, was ich anderen Leuten sagen soll.«

Ares Schritte schienen einen Moment langsamer zu werden, doch dann wurden sie wieder schneller.

»Das ist dir selbst überlassen.«

»Ja, super. Ich weiß nichts über meine Macht und du willst es mir nicht sagen!«

»Ich habe dir gesagt, dass du die Göttin des Krieges bist. Das ist alles, was du wissen musst.« Er stieg die Treppe hinauf und ich eilte ihm nach.

»Aber Eris und Persephone haben beide gesagt, dass es keine Göttin des Krieges gibt.«

»Deine Existenz beweist das Gegenteil.«

»Hör auf herumzustampfen und sieh mich an! Das ist jetzt wichtig!«

Er blieb stehen und starrte mich durch die Augenschlitze seines Helms an. »Es ist nicht im Entferntesten wichtig. Bis ich meine eigene Kraft wiedererlangt habe, kann ich über dich auf einen kleinen Teil von ihr zugreifen. Das ist alles, was wesentlich ist.«

»Hast du mich erschaffen, wie die Herren des Krieges?«, forderte ich und ignorierte das kribbelnde Gefühl in meinem Bauch, das seine Ablehnung in mir hervorrief.

»Nein«, schnauzte er, dann zuckte er zusammen, als hätte er gar nicht antworten wollen. »Genug jetzt.« Er drehte sich um und stapfte noch schneller die Treppe hinauf.

»Du bist ein Arschloch«, sagte ich, aber er hörte nicht zu »Du bringst mich hierher, stellst mein Leben auf den Kopf, benutzt mich für meine Macht und bist egoistisch und gefühllos genug, mir zu sagen, dass meine eigene Geschichte unwichtig ist.«

Er sagte nichts, marschierte einfach weiter, bis er aus meinem Blickfeld verschwunden war. Einen Moment später hörte ich eine Tür zuschlagen. Kalte Wut wusch über mich hinweg und war nicht nur auf ihn bezogen. Ich war wütend auf mich selbst. Ich war ein Narr, zu glauben, dass er mich mochte. Ich war ein Narr gewesen, ihn geküsst zu haben. Schlimmer noch, ich war ein Narr, es wieder tun zu wollen.

Als ich mein Zimmer erreichte, knallte ich meine Tür auch zu, nur um zu beweisen, dass ich auch stampfen und schmollen konnte. Ich war so sehr mit Ares beschäftigt, dass der Anblick von Zeeva auf meinem Bett mich so überraschte, dass ich aufschrie.

»*Beruhige dich*«, sagte sie in meinen Gedanken. Ich starrte sie an.

»Wo zum Teufel warst du?«

»*Bei einem Treffen mit meiner Herrin*«, antwortete die Katze und blinzelte langsam. Ihr Anblick bewirkte etwas in mir. Abgesehen von meinem kleinen Messer und meinem Guns N' Roses T-Shirt war sie das einzig wirklich Vertraute, das ich im Olymp hatte. Ich hatte in den letzten acht Jahren mein Herz meiner desinteressierten Katze ausgeschüttet. Sie jetzt hier zu sehen, während mein Gehirn so voll mit widersprüchlichen Emotionen und nutzlosen Informationen war, ließ meinen Mund sich bewegen, bevor ich ihn stoppen konnte.

»Ja? Nun, seit ich dich das letzte Mal gesehen habe, habe ich eine Hydra besiegt, mir fast den verdammten Arm verbrannt, den verdammten Kriegsgott geküsst, wurde von der Göttin der Liebe bedroht und habe das Interesse einer verdammt gruseligen Gottheit auf mich gezogen, die Schmerz verkörpert. Ich hätte schon etwas Hilfe gebrauchen können.«

Zeevas Schwanz zuckte, als ich tief einatmete und sie immer noch anstarrte.

»*Du hast ihn geküsst?*«

Ich schloss die Augen.

»Ja. Und Aphrodite ist verrückt und er ist ein Arsch und ich hätte es einfach nicht tun sollen«, stöhnte ich.

»*Nein. Das hättest du wahrscheinlich wirklich nicht tun sollen*«, sagte sie. Ich öffnete meine Augen und sah sie an.

»Zeeva, bitte. Ich brauche keine Moralpredigt. Ich muss wissen, woher ich komme. Ich muss wissen, wie ich meine Kraft einsetzen kann. Ich muss wissen, ob ich Ares vertrauen kann. Warum bin ich mit ihm verbunden?« Ich unterbrach den Gedanken und fügte hinzu: »Warum kann ich nicht aufhören, an ihn zu denken«

»*Genau aus diesem Grund war ich bei Königin Hera*«, sagte sie. »*Ich brauchte ihre Erlaubnis, dir zu helfen. Als ich gesehen habe, was Ares bei eurem ersten Kampf mit dir gemacht hat, bin ich sofort zu ihr gegangen.*«

Mir fiel die Kinnlade herunter.

»Ich dachte, du hättest gesagt, dass ich dir egal sei?«

»*Was mir wichtig ist, ist, dass du diese absurden Tribunale überlebst und den Dämon fängst.*«

»Warum?«

»*Weil es das ist, was meine Herrin wünscht. Ich kann dir nicht sagen, woher du kommst. Bevor du protestierst: Das liegt daran, dass ich es nicht weiß. Ich habe einen Verdacht, aber der wird dir nicht helfen, solange ich ihn nicht bestätigen kann.*« Ich hielt mir den Mund zu und verhinderte, dass der Protest, den sie richtig vorausgesagt hatte, entweichen konnte. »*Ich kann dir jedoch helfen, Zugang zu deiner Kraft zu erhalten.*«

Aufregung explodierte in mir.

»Ernsthaft?«

»*Ja. Hera und ich glauben, dass es wichtig ist, dass Ares nicht wieder alles an sich reißen kann. Wenn er zu weit geht, könnte er dich töten. Und der einfachste Weg, das zu verhindern, ist, dich zu lehren, deine Kraft selbst zu kontrollieren. Aber Bella, du musst sie mit Weisheit und Zurückhaltung einsetzen, sonst wirst du dich auslaugen.*«

»Mich auslaugen?«

»*Ja. Viele Halbgötter, die erst spät an ihre Macht kommen, werden von ihr überwältigt. Wenn dir das morgen während des Tribunals vor einem Gegner passieren würde, könnte es tödlich enden. Du würdest bewusstlos werden und Ares machtlos zurücklassen. Verstehst du das?*«

»Ja. Ich bin nicht so impulsiv, wie es scheint, das schwöre ich.« Das entsprach nicht unbedingt der Wahrheit, aber ich hatte nicht die Absicht, in der Kampfgrube zu sterben, Macht hin oder her. Die aufgeregte Energie ließ meine Handflächen schwitzen und ich wippte auf meinen Absätzen auf und ab. »Wie kann ich meine Magie einsetzen?«

»*Die Motivation ist der Kern der Sache. Wenn du einmal weißt, wo in dir die Quelle der Kraft ist, dann wird das Bedürfnis oder der Wunsch, etwas unbedingt zu wollen, sie aktivieren.*«

»Wie finde ich diese Quelle der Kraft?«

»*Wo ist deine Waffe?*«

Ich blinzelte sie an.

»Du meinst mein Schnappmesser?«

»*Ja.*«

Ich griff in eine der tiefen Taschen meines wallenden Rocks und zog mein kleines Messer hervor. »Was hat das mit meiner Kraft zu tun?«

»*Du bist mit dieser Waffe verbunden. Es ist klein und unscheinbar, aber schnell und tödlich. Es repräsentiert dich.*« Ich schaute auf das Messer in meiner Handfläche hinunter. So hatte ich noch nie darüber nachgedacht, aber es machte Sinn. »*Du hast deine Kraft lange Zeit ungewollt in diese Klinge gelenkt. Es ist an der Zeit, sie für dich wiederzugewinnen.*«

Ich starrte Zeeva erstaunt an.

»Aber die Kraft kann nicht in meinem Messer liegen. Wenn Ares meine Magie benutzt, kann ich es in meinem Bauch spüren. Wenn ich kämpfe, wirkt es sich auf mein Sehvermögen, mein Gehör und meine Muskeln aus. Es steckt nicht in dem Messer.«

»*Es ist wahr, dass ein gewisser Anteil in dir steckt. Aber deine wahre Macht, deine göttliche Macht? Je menschlicher du wurdest, desto mehr musste in die Klinge übergehen. Jedes Mal, wenn du oder Ares auf deine Macht zugegriffen haben, seit du hierhergekommen bist, war die Klinge bei dir. Du bist die Verbindung. Jetzt musst du wieder zur Quelle werden.*«

Ich stieß einen langen Atemzug aus und hatte eine Gänsehaut, als ich die Klinge in meine feuchte Handfläche legte. Jede verrückte Begebenheit, die ich erlebt hatte, seit ich den hässlichen Betonklotz in London verlassen hatte, verblasste im Vergleich zu dem Gefühl des sich erwärmenden Messers in meiner Hand.

»Zeeva, etwas tut sich«, flüsterte ich.

»*Ja. Gib der Klinge jetzt einen Namen. Nimm sie als einen Teil deiner Seele an.*«

»Ischyros«, flüsterte ich und sah dann erschrocken zu Zeeva auf. »Was ist das für ein Wort? Woher kenne ich es?«

Ich konnte das Lächeln in der Stimme der Katze hören, als sie mir antwortete.

»Es ist der Name deiner Waffe. Es bedeutet mächtig.«

Hitze explodierte aus dem Schnappmesser, aber anders als der sengende Schmerz im Inneren der Hydra, war diese Hitze selig. Sie breitete sich wie eine unaufhaltsame Kraft in meinem Körper aus und entzündete jedes meiner Nervenenden. Das Messer begann in meiner Hand zu vibrieren und als die Glut durch meine Brust wanderte und sich unter meinen Rippen zu sammeln schien, begann das Messer hellrot zu leuchten. Es wuchs.

Ich staunte nicht schlecht, als sich mein treues kleines Messer vor meinen Augen in ein ausgewachsenes Schwert verwandelte. Ich führte meine andere Hand an den Griff, staunte über das Gewicht und als ich die Klinge näher an mich zog, um sie zu betrachten, hörte die Hitze in mir plötzlich auf, umherzuschwirren, als hätte sie ihren Platz gefunden.

Ich kannte dieses Schwert. Ich kannte das verschlungene, wirbelnde Muster, das in der Mitte des Stahls eingraviert war. Ich kannte die zwei tiefdunklen Rubine, die auf jeder Seite des goldenen Griffs eingelassen waren. Ich kannte sein Gewicht in meinen Händen, wenn ich es von Hand zu Hand bewegte. Ich kannte es und ich liebte es.

»Ischyros«, murmelte ich und Kraft flammte in meiner Brust auf.

Ich sah zu Zeeva auf. »Das ist verdammt cool.«

»Oh nein«, sagte Ares, sobald ich ihm am nächsten Tag meine Tür öffnete. Er trug seine Rüstung, hatte seinen Helm aber unter dem Arm, so dass ich das Vergnügen hatte, sein schönes Gesicht zu sehen. Ich strahlte ihn an und hielt mein Schwert in die Höhe.

»Oh doch, Panzerknabe. Ich habe ein verdammtes Schwert.«

»Wie hast du-«, begann er, aber ich schnitt ihm das Wort ab.

»Lass uns doch gleich mal etwas klarstellen. Ich habe kein Problem damit, dass du meine Kraft benutzt. Aber von jetzt an teilen wir sie.«

Er starrte mich an.

»Ich weiß nicht einmal, ob das möglich ist«, sagte er langsam. »Und außerdem, nur weil du ein Schwert hast, heißt das noch lange nicht, dass du deine Kraft auch nutzen kannst.«

»Ach wirklich?«, fragte ich vergnügt und zog an der Hitzequelle, die nun unaufhörlich unter meinen Rippen brannte.

Ischyros wurde einen Meter länger und glühte rot auf.

Ich hatte nicht vor, einzugestehen, dass Zeeva mir nur beigebracht hatte, wie man das machte, kleine Wunden heilte und ich meinen Geist vor dem Einfluss anderer Götter schützen konnte. Das Letzte war das, von dem sie behauptete, es sei das Wichtigste und sie hatte es mich am längsten üben lassen, bevor ich endlich einschlief.

Aber das Schwert aufglühen zu lassen machte meiner Meinung nach viel mehr Spaß.

Ares verengte die Augen und ich spürte ein Ziehen in meinem Bauch. Auch er war einen Meter größer geworden.

Ich runzelte die Stirn. Ich wusste nicht, wie ich zu meiner Größe hinzufügen konnte. Zeevas Warnung, meine Magie weise einzusetzen, klang in meinem Kopf. Ich hatte noch viel Zeit, weitere Tricks zu lernen. Im Moment musste ich bereit sein, an der Seite dieses Trottels zu kämpfen, nicht gegen ihn.

»Siehst du, ganz einfach. Ich benutze ein bisschen, du benutzt ein bisschen«, sagte ich und zwang mich, eine nonchalante Miene aufzusetzen.

Ares schrumpfte zurück auf seine normale Größe.

»Du siehst anders aus«, sagte er und sah dann sofort so aus, als würde er bereuen, es gesagt zu haben.

»Ähm, meine Haare sind noch lang«, sagte ich unbeholfen. Außerdem trug ich immer noch das mit Juwelen besetzte blaue Stirnband, um es aus dem Gesicht zu halten. Der Look gefiel mir ganz gut. Außerdem hatte ich im Schrank eine ordentliche lederne Kampfhose gefunden, zusammen mit Stiefeln, die bei weitem nicht so bequem waren wie meine eigenen, die von der Säure zerstört worden waren.

»Wir sollten gehen«, sagte Ares. Unsere Blicke trafen

sich und der Klang einer Trommel schlug irgendwo in der Ferne.

Wie in einem Rausch füllte die Erinnerung an unseren Kuss jede Faser meines Verstandes und ich fühlte, wie Hitze in meinen Wangen aufstieg. Er blickte schnell zu seinem Helm hinunter und setzte ihn sich unbeholfen auf.

»Ja«, sagte ich eilig. »Lass uns gehen.«

Wenn es möglich wäre, war die Menge, die die Tribüne in der Kampfgrube säumte, noch größer und lauter als am Vortag. Ares hatte uns in die Mitte der sandigen Bühne gezaubert, statt auf den Balkon, auf dem wir gestern angekommen waren. Ich drehte mich langsam im Kreis und winkte den Zuschauern zu. Mit einem roten Blitz erschienen die drei Könige vor uns.

»Ihr habt die Party gestern Abend zu früh verlassen, Mächtiger«, sagte Schmerz einschmeichelnd und neigte sein Haupt.

»In der Tat. Aphrodite hat eine ziemliche Show hingelegt, nachdem du gegangen warst. Welch Schande, dass du nicht dabei sein konntest. Sie ist eine wundervolle Göttin.« Paniks Worte ließen Ares erstarren und irrationale Wut in mir auflodern.

»Weißt du, wenn sich sonst nichts aus diesen Tribunalen ergibt, dann hat sich die ganze Sache allein für Aphrodites Anwesenheit gelohnt«, zischte Schrecken. Er sprach in einem ruhigen Tonfall und wirkte noch viel grausamer als die anderen beiden.

»Lasst uns das nächste Tribunal beginnen«, rief Ares

und alle drei neigten grinsend die Köpfe, bevor sie mit einem weiteren roten Blitz verschwanden.

Die Stimme von Schmerz dröhnte über die Grube hinweg.

»Guten Tag, Bewohner des Olymps! Danke, dass ihr euch versammelt habt, um dem mächtigen Ares, dem Gott des Krieges, dabei zuzusehen, wie er es mit meiner Schmerz-Prüfung aufnimmt!«

Die Art, in der er sprach, hatte etwas an sich, das darauf hindeutete, dass wir das, was uns bevorstand, nicht wirklich genießen würden. Ich verlagerte unruhig mein Gewicht. Was auch immer es war, es konnte nicht so schmerzhaft sein, wie mir die Haut vom Arm zu brennen. Ich hatte Magie und Pasten, um Wunden zu heilen, erinnerte ich mich. Hier ging es nur darum zu beweisen, dass wir uns der Prüfung stellten und ich wusste, dass ich mit allem umgehen konnte, was der Fiesling uns entgegenhalten würde.

»Und zu ihm in die Grube gesellt sich die entzückende Bella, die Göttin des Krieges!« Ich erstarrte und schaute in die Menge, die in Jubel ausbrach. Es war gut, dass das kein Geheimnis sein musste, dachte ich, doch all diese Aufmerksamkeit machte mich nervös. Persephone oder Eris musste ihnen gesagt haben, wer ich war, nachdem wir die Party verlassen hatten. War es von Bedeutung, ob diese Leute wussten, dass ich eine Göttin war? Wussten sie, dass ich nur ein kleines bisschen Macht hatte? Sie hatten mich bereits kämpfen sehen, also konnten sie kein magisches Feuerwerk erwarten.

Ich atmete tief durch und reichte *Ischyros* von Hand zu Hand. Mit jedem Ausatmen konzentrierte ich mich darauf, meinen Puls zu beruhigen. Warum sollte es mich interessieren, was diese Leute dachten? Ich fühlte mich nicht wie die Göttin des Krieges. Ich war einfach Bella, nur dass ich jetzt ein magisches Schwert hatte.

»Und jetzt, zum Kampf! Schaltet den Hunderthänder aus, um zu gewinnen!«

»Hunderthänder? Um Himmels willen, sag mir, dass es keine Kreatur gibt, die hundert Hände hat!«, sagte ich und sah Ares an.

»Natürlich hat sie hundert Hände, warum sollte sie sonst so heißen?«, schnauzte er zurück. »Es sind uralte Titanen und sie sind außergewöhnlich stark.«

»Fantastisch«, antwortete ich und knirschte mit den Zähnen. Das Geräusch von rauschendem Wasser drang an meine Ohren und ich sah mich um, als sich der rote Nebel über mein Blickfeld senkte. Das Schwert vibrierte in meiner Hand und ich umklammerte es fester. Ein köstliches Gefühl von Selbstvertrauen und Stärke durchströmte meinen Körper während mein Fokus sich verschärfte und meine Muskeln erwachten und sich spannten.

Ich war für diesen Moment geboren worden.

Mit einem unheimlichen Getöse brach eine Wassersäule aus dem Zentrum der Grube hervor und schoss wie ein Geysir zwanzig Meter hoch in die Luft, bevor sie so abrupt verschwand, wie sie aufgetaucht war. Zurück blieb eine der seltsamsten Kreaturen, die ich je gesehen hatte.

Es war noch größer als die Hydra. Das Geschöpf musste gut zehn Meter groß sein, so groß wie ein Haus. Die Haut sah gummiartig und vernarbt aus und war eine seltsame Mischung aus hellen und dunklen Blautönen. Seine Augen lagen tief im Schädel und waren dunkel, der übergroße Mund unter seiner flachgequetschten Nase war mit braunen und abgebrochenen Zähnen gefüllt.

Doch all das war bedeutungslos im Vergleich mit dem Torso.

Der Oberkörper des Geschöpfs war *bedeckt* mit Armen. Sie waren überall. Sie kamen aus jedem verfügbaren Stück Haut wie auf der Brust, den Rippen, den Schultern, dem Rücken und den Hüften. Ich konnte mir gut vorstellen, dass es hundert waren. Jeder dieser Arme endete in einer knorrigen, klauenbewehrten fünffingrigen Hand.

»Cottus«, brüllte Ares und ich sah ihn erschrocken an.

»Heißt es so?«, zischte ich.

»Freut mich, dich kennenzulernen, junge Dame«, dröhnte der Hunderthänder und ich blickte ihn erschrocken an. »Und ich bin männlich, kein Es.«

»Ich... Ähm, entschuldige bitte. Hallo«, stammelte ich.

»Es wäre eine Schande, dich heute zu töten. Ich mag deine Haare. Aber du, kleiner Gott...« Alle seine Hände deuteten plötzlich auf Ares. »Es wird mir eine große Freude sein, dich heute zu zerquetschen.«

Gelächter tönte von der Menge und ich schaute zwischen Cottus und Ares hin und her.

»Ich nehme an, ihr zwei kennt euch?«

»Tun wir«, knurrte er.

Ein Schimmer flackerte um den Titanen-Riesen auf und im nächsten Moment hielten viele seiner hässlichen Hände Bögen und in anderen waren kleine Pfeile eingeklemmt.

»Euer Herr des Krieges hat mich mit einigen höchst interessanten Waffen ausgestattet«, grinste Cottus und etwas Schleimiges tropfte aus seinem Mundwinkel. Ich versuchte, mir nicht anmerken zu lassen, wie sehr er mich anwiderte und konzentrierte mich stattdessen auf einen der Pfeile. Ich konnte ihn jedoch nicht deutlich genug sehen, um etwas zu erkennen.

Mit einem plötzlichen Ruck bewegten sich etwa zwanzig seiner Arme und in Windeseile waren mindestens zehn Bögen gespannt, deren Pfeilspitzen direkt auf uns gerichtet waren.

Die Menge sog einen gewaltigen kollektiven Atemzug ein und Cottus sprach erneut: »Zeit zu sterben, Gott des Krieges.«

Mir wurde klar, dass kein magisches Schwert so viele Pfeile aufhalten würde können und mein Magen drehte sich um. Wir waren in ernsten Schwierigkeiten.

Eine Welle von Pfeilen raste auf uns zu und ich spürte ein scharfes Ziehen in meinem Bauch. Ich sah mit gedämpftem Erstaunen zu, wie sie alle in Flammen aufgingen und harmlos als Asche auf den Boden fielen.

»Ich werde das nicht mehr oft machen können«, rief Ares mit Dringlichkeit in seiner Stimme, während er begann, auf Cottus zuzurennen. »Du bist nicht stark genug.«

Auch wenn er recht hatte, riefen seine Worte Empörung in mir hervor, aber ich hielt meine Zunge im Zaum und rannte hinter ihm her. Meine Beine fühlten sich stärker und schneller an und *Ischyros* glühte heiß in meinen Händen.

Ich war mir ziemlich sicher, dass die Pfeile des Hundertjährigen die Ränder des Kampfrings erreichen würden und er hatte verdammte Arme rund um seinen

Körper. Nirgendwo waren wir außerhalb der Reichweite der Bögen, außer an einer Stelle.

Direkt unter ihm.

Ares musste zu derselben Erkenntnis gekommen sein, denn er stürmte vorwärts. Er rannte auf die Füße des Riesen zu, seine kräftigen Beine bewegten ihn schneller als meine.

Doch Cottus hatte die Bögen bereits wieder gespannt und richtete die Hälfte nun auf mich, die andere direkt auf Ares.

Pfeile regneten durch die Luft und wusste, dass ich nicht die Kraft hatte, sie aufzuhalten.

Sie mussten Ares einen Bruchteil Augenblick vor mir erreicht haben, denn sein Schmerzensschrei ging dem ersten scharfen Einstich in meinen Arm voraus. Ich spürte, wie Pfeile an meinem Lederkorsett sowohl an meinem Körper als auch an den breiten Schulterriemen abprallten, aber mindestens zwei trafen auf Haut.

Und zum Glück waren es nur zwei. Doch diese waren keine normalen Pfeile. Der, der meinen linken Arm durchbohrt hatte, fühlte sich an, als bestände er aus Feuer. Flammen breiteten sich in meinem Körper und sengende Hitze auf meiner Haut aus. Der Pfeil, der meinen Oberschenkel getroffen hatte, hatte dank meines Lederrockes nicht allzu viel Schaden angerichtet, genug jedoch, dass ich das Gefühl hatte, mein ganzes Bein friere ein. Der eisige Schmerz war so intensiv, dass ich kaum atmen konnte.

Als der Schmerz in meinem Bein und Arm mich zu überwältigen begann und mein stürmischer Lauf ins Stocken geriet, spürte ich ein Ziehen in meinem Magen. Ares Gebrüll verstummte und erinnerte mich plötzlich daran, dass ich Magie benutzen konnte.

Ich schöpfte aus der Quelle der Kraft unter meinen Rippen und versuchte, sie auf die Qualen in meinem Körper zu richten. Eine wohltuende Hitze erwachte in meiner Mitte zum Leben, breitete sich schnell aus und ich spürte, wie meine Kraft und Geschwindigkeit zurückkehrten und der weißglühende Schmerz immer schwächer wurde.

Ich stieß fast mit Ares zusammen, als ich Cottus Füße erreichte. Der Riese stampfte und brüllte. Wir hatten nur Sekunden, bevor er sich wieder bewegte und mein normalerweise tadelloses Urteilsvermögen über die nächste Bewegung meines Gegners wurde von den pulsierenden Wellen aus Feuer und Eis getrübt, die in meinen Nervenenden brannten. Ich griff dorthin, wo der Pfeil meinen Oberschenkel getroffen hatte, aber da war nichts.

»Die Pfeile werden von deinem Körper absorbiert«, keuchte Ares, als wir beide zur Seite hüpften, um unter Cottus zu bleiben, während er herumtanzte und versuchte, uns mit seinen Pfeilen zu erreichen.

»Von dort unten könnt ihr mich nicht besiegen!«, lachte der Riese.

Da war ich mir nicht so sicher. Wir hatten eine Option, die zwar sonst tabu war, aber in diesem Moment unsere einzige Chance war. Ich sah Ares fragend an.

»Sollen wir ihn bei den Hoden packen?«, fragte ich. Wir blickten beide zu den stoffbespannten Genitalien des Riesen hinauf und ich schluckte eine Welle von Abscheu und Unbehagen hinunter. Abgesehen davon, dass es eklig war, war es nicht wirklich fair. Aber er versuchte, uns hier gerade zu töten.

Bevor einer von uns ein weiteres Wort sagen konnte, sprang Ares auf das baumstammartige Bein des Riesen.

Es war doppelt so groß wie er und Cottus hob und schüttelte es, während Ares sich an dem gummiartigen Fleisch hochzog und den Saum der kurzen Hosen erreichte. Eine weitere Welle von Schmerz strahlte durch meinen Körper und spornte mich zum Handeln an. Ich warf mich auf das andere Bein des Riesen und begann zu klettern.

»Lasst mich los!«, brüllte der Hüne und schüttelte und stampfte abwechselnd die Beine. Ich klammerte mich panisch fest und versuchte zu ignorieren, wie seltsam sich seine Haut anfühlte. Sobald ich seine Hose erreicht hatte, war es einfacher, da der Stoff mehr Halt bot.

Eine Hand schlug nach mir und ich konnte gerade noch rechtzeitig meinen Kopf einziehen. Ich war jetzt in Reichweite seiner Unterarme. Ein Pfeil zischte an meinem Ohr vorbei und ich bemühte mich, an die Innenseite seines Oberschenkels zu gelangen und außer Reichweite seiner Arme zu bleiben.

Ich spürte ein Ziehen in meinem Magen, neigte meinen Kopf nach hinten und versuchte, Ares anzusehen.

Ich wusste sofort, dass etwas nicht hinhaute.

Er war ein paar Meter über mir, an der Vorderseite von Cottus Oberschenkel. Die Pfeile prallten von seiner Rüstung ab, aber ein paar mussten ihn getroffen haben, denn sein Körper zuckte immer wieder. Doch ich konzentrierte mich auf seine Augen durch die Schlitze in seinem Helm. Sie waren auf meine fixiert und selbst aus dieser Entfernung konnte ich sehen, dass etwas nicht stimmte.

Das Ziehen in meinem Magen verwandelte sich in einen Ruck, Ares begann golden zu glühen, bewegte sich so plötzlich und so schnell, dass er vor meinen Augen verschwamm. Meine Sicht schwankte.

Dieser verräterische, verlogene Bastard wollte wieder meine ganze Kraft einsetzen.

Wut erfüllte mich augenblicklich, heißer und härter als die Wellen des Schmerzes, die die Pfeile zurückgelassen hatten. Die Hitze unter meinen Rippen explodierte blitzartig und ich riss mit einem Schrei so fest ich nur konnte an der unsichtbaren Schnur in meinem Magen.

Ares stürzte. Der goldene Fleck sauste an mir vorbei und knallte mit einem Grunzen und einem metallischen Klirren auf den Boden. Aber ich bemerkte es kaum. Denn ich glühte.

Ich starrte auf meine Arme, die sich immer noch an Cottus kurzen Hosen festkrallten. Sie leuchteten golden. Cottus hob wieder sein Bein, aber es war, als wären wir unter Wasser und er bewegte sich in Zeitlupe. Ich sah, wie ein Arm nach unten zu mir griff, bereit zum Schlag auszuholen, aber es würde ewig dauern, bis er mich erreichte, so langsam bewegte er sich.

Ich nutzte meine Chance und kletterte, die Kraft in meinen Armen und Beinen und die Geschwindigkeit, mit der ich meinen Körper in die Höhe zog, überraschten mich. Als ich Cottus Taille erreichte, begann ich mich an seinen Armen hochzuziehen, als wäre ich ein Affe, der auf einen Baum klettert und sprang von einem sich langsam bewegenden Arm zum anderen, als hätte ich das schon mein ganzes Leben lang getan. An seinem Hals angekommen, strahlte ich goldenes Licht aus und ich sah, wie sich die Pupille des Riesen zusammenzog und seine Augen sich in seliger Langsamkeit weiteten.

Der Titanen-Riese hatte mich unterschätzt und jetzt zahlte er den Preis dafür.

Ich sprang auf seine riesigen Schultern, griff nach

einem Ohr, das so groß war wie mein Kopf und riss *Ischyros* aus seiner Schlaufe an meinem Gürtel. Ich hielt die Spitze der Klinge einen Zentimeter von Cottus linkem Auge entfernt und sprach.

»Unterwerfe dich.«

Die Welt um mich herum beschleunigte sich wieder und ich hörte, wie die Menge völlig verstummte, als sie die Szene vor sich aufnahm. Cottus holte schwer Luft und hatte sein riesiges Auge auf mich gerichtet.

»Du hast gewonnen, kleine Dame«, sagte er und verschwand in einem grünen Blitz. Ein Gong ertönte.

BELLA

Ich zog hart an der Hitze in mir, als ich durch die Luft fiel und versuchte meinen Fall zu bremsen. Ich stieß einen erleichterten Schrei aus, als ich auf ein weiches Luftkissen traf, von dem ich abrollte und auf dem sandigen Boden landete.

»Wie hast du das gemacht?«, knurrte Ares, aber ich hörte ihn kaum über das Gebrüll der Menge und dem Blut, das in meinen Ohren pochte. Ich rappelte mich auf und wirbelte herum, um ihn zur Rede zu stellen.

»Du Arschloch!«, schrie ich ihn an. Wut wie ich sie noch nie erlebt hatte, erfüllte mich. Ich glühte noch immer, gleißend hell und wütend und hielt ich *Ischyros* an Ares Brust. »Ich habe dir vertraut und du wolltest es wieder tun! Du wolltest mich leer und gebrochen zurücklassen!« Ich war stinkwütend. Und ich wusste, tief im Inneren, dass sein Verrat schlimmer war, weil uns jetzt mehr verband als zuvor. Mein Versuch mir einzureden, dass aus uns nichts werden würde, hatte nichts an der Sehnsucht und an den Glauben geändert, dass sich da etwas zwischen uns entwickeln sollte.

Aber seine Handlungen hatten all diese Hoffnungen zunichte gemacht.

»Es war der schnellste Weg, den Kampf zu gewinnen und es hinter uns zu bringen«, sagte Ares, gerade laut genug, dass ich ihn hören konnte. »Du hättest dich schon wieder erholt.«

»Nein! Deine Ausreden sind mir scheißegal. Du weißt, wie es sich anfühlt, seiner Macht beraubt zu werden! Du weißt es!« Ich spürte, wie heiße Tränen der Wut und Frustration in meinen Augen aufstiegen und hinter meinen Lidern brannten. Bei den Göttern, lass mich jetzt ja nicht vor ihm losheulen. Ich konzentrierte mich auf meine Wut und meine Haut glühte heller.

»Ich wusste nicht, dass du die Macht hast, ihn zu besiegen. Ich wusste nicht, dass du so stark bist. Wie konntest du es vor mir verheimlichen?«

»Es vor dir verheimlichen? Ist das dein verdammter Ernst? Du hast kein Recht, mir irgendetwas zu unterstellen, du verlogener Bastard!«

Feuer tanzte in seinen Augen, aber keine Trommeln ertönten. Und statt mich zu ihm hingezogen zu fühlen, wollte ich nichts mehr, als die Flammen zu löschen.

»Ich habe eine strategische Entscheidung getroffen.«

»Ich hasse dich.« Die Worte waren meinem Mund entwichen, bevor ich sie stoppen konnte und ich verabscheute es, wie sehr ich nach einem bockigen Teenager klang - oder einer betrogenen Geliebten. »Ich werde meine Magie nie wieder mit dir teilen. Du verdienst keinen verdammten Tropfen Macht, du selbstsüchtiger, arroganter...«

Das Auftauchen der Könige des Krieges unterbrach meine Tirade und Schrecken klatschte in seine Marmorhände.

Die Stimme von Schmerz dröhnte durch die Grube: »Ares und Bella haben das erste Tribunal gewonnen! Wir werden gleich erfahren, was mein geschätzter Bruder Panik mit ihnen vorhat.«

Die Menge brüllte und jubelte weiter, aber ich konnte meinen Blick nicht von Ares abwenden. Wie konnte er mich so behandeln? Nachdem er an meiner Seite gekämpft, mich umsorgt und verdammt nochmal *geküsst* hatte, hatte ich wirklich nicht geglaubt, dass er mich ein zweites Mal bewusstlos und ausgelaugt im Ring zurücklassen würde.

»Sollen wir das woanders fortsetzen?«, sagte Schrecken zuckersüß. »So sehr der Olymp Drama liebt, einige Dinge sollten wir besser für uns behalten.«

Wieder blitzte Licht um uns herum auf und wir erschienen einen Augenblick später auf dem Balkon am oberen Ende der Grube.

»Hör auf damit, verdammt!«, brüllte ich und drehte mich zu Schmerz um. »Ich habe es satt, hin und her bewegt zu werden, ohne dass mir jemand etwas sagt!«

»Sieht so aus, als könntest du es bald selbst tun«, antwortete Schmerz lächelnd. »Du hast eine schnelle Auffassungsgabe.«

»Und du bist ein genauso großes Arschloch wie er. Schick mich zurück in die Karawanserei, sofort.«

Ich brauchte einen sicheren Ort, um diese Wut auszulassen und zwar schnell. Meine Haut war heiß, als habe ich Fieber und mein Blut fühlte sich an, als würde es bald zu blubbern beginnen. Noch eine Minute in der Gesellschaft dieser unehrlichen Verrückten und ich würde völlig ausrasten. Und jetzt, wo ich glühte und ein verdammt großes Schwert hatte, schien das eine denkbar schlechte Idee zu sein.

»Willst du deinen Freund nicht sehen, bevor du gehst?«, fragte Schrecken.

Ich erstarrte.

»Was?«

»Du hast dich so gut geschlagen«, sagte er sanft. »Wir finden, du hast eine Belohnung verdient.«

Alarmglocken läuteten in meinem Kopf, als ich in sein steinernes Gesicht starrte. Es war unmöglich, dass diese Männer mir helfen oder mich belohnen wollten.

»Wir haben beschlossen, dass du die Chance bekommen sollst, den Dämon selbst zu fangen. Du warst schließlich nicht diejenige, die zu diesen Tribunalen herausgefordert wurde. Du musst nicht antreten.«

Sie versuchten, mich und Ares zu trennen. Sie wussten, dass er verlieren würde, wenn er mich nicht hätte.

Ich sah den Gott des Krieges an. Er starrte mich unter seinem Helm an und ich konnte seine aufgewühlten Emotionen nicht erkennen.

Es war mir egal.

»Wie?«, verlangte ich und wandte mich wieder den Königen zu.

Schrecken winkte mich mit der Hand heran und ein großer kreisförmiger Teil der Luft zwischen uns schimmerte und kräuselte sich. Die Luft hörte auf zu Flimmern und der Raum voller Steinbetten wurde sichtbar. Die Betten waren alle leer, aber ich war mir sicher, dass es derselbe Raum war.

»Tritt einfach hindurch. Wenn du den Dämon selbst fängst oder tötest, kann Ares die Aufgabe von Oceanus nicht erfüllen und wird seine Macht nicht zurückbekommen. Aber du kannst deinen Freund retten, bevor ihm etwas zustößt.«

Mein Herz galoppierte in meiner Brust. Eine Million

Emotionen krachten in meinem Kopf aufeinander. Ich blickte Ares an. Wenn ich durch dieses Portal trat, unterschrieb ich im Grunde sein Todesurteil.

Aber war er nicht gerade bereit gewesen, das Gleiche zu tun? Mein Leben dem Zufall zu überlassen? Er könnte die Tribunale ohne meine Macht überleben. Er war nicht gerade schwach. Ich schaute durch das Portal. Ich konnte das angetrocknete Blut auf den Steinbetten sehen und eine Vision von Joshua mit seinen glasigen, toten Augen und dem Blut auf seiner Brust erfüllte meinen Geist.

Wenn ich die Gelegenheit hatte, ihn zu retten, musste ich sie ergreifen.

Ich öffnete meinen Mund. Der Impuls, Ares zu sagen, dass es mir leidtat, stieg in mir auf. Doch als ich ihn ansah, schwoll meine Wut wieder an. Er hatte versucht, mich zu benutzen und wie ein weggeworfenes Taschentuch meinem Schicksal zu überlassen. Schon wieder. Nachdem er geschworen hatte, es nicht zu tun. Ich war ihm egal.

Und ich schuldete ihm nichts.

Ich hielt *Ischyros* fest in meiner Hand umklammert und trat durch das Portal.

www.ingramcontent.com/pod-product-compliance
Lightning Source LLC
Chambersburg PA
CBHW060807190726
48285CB00002B/575